문장의 온도

● 일러두기

1. 본문에 있는 이덕무의 문장들은 그의 문집 『청장관전서』에 수록된
   『이목구심서』와 『선귤당농소』의 글을 편역자 한정주가 꼼아 번역한 것입니다.

2. 모두 여섯 권으로 나누어져 있는 『이목구심서』의 출처를 표시할 때에는
   원전처럼 책 제목 뒤에 숫자를 붙여 구분하였습니다. 예) 『이목구심서2』, 『이목구심서3』

3. 책 제목은 겹낫표(『』), 편명은 홑낫표(「」), 시나 글 등은 꺾쇠(◇)를 써서 묶었습니다.

문장의 온도

지극히
소소하지만
너무나도
따스한
이덕무의
위로

이덕무 지음
한정주 엮고 옮김

다산
초당

일상의 아름다움을 담은 따스한 문장들

지난 몇 년 간 이덕무(李德懋)의 글을 읽고, 그에 관한 글을 쓰면서 보냈다. 이덕무와의 첫 인연은 벌써 십여 년 전으로 거슬러 올라간다. 처음에는 그의 문집에 담긴 박물학(博物學) 즉 백과사전적 지식에만 관심이 있었다. 그런데 소품문(小品文)을 비롯해 문장들을 하나하나 곱씹다 보니 어느새 마음을 완전히 빼앗겨 버렸다. 이후로는 자연스레 이덕무 마니아를 자처하게 됐다.

재작년 겨울에는 방대한 규모와 분량을 자랑하는 이덕무의 문집 『청장관전서(靑莊館全書)』를 한 권의 책으로 집약해 재구성하고 해설과 평론을 더한 책 『조선 최고의 문장 이덕무를 읽다』를 출간했다. 그러나 이덕무에 관한 종합 보고서라 할 수 있는 책을 써냈음에도 여전히 아쉬움이 남았다. 한 권의 책으로는 도저히 다 담을 수 없던 그의 다양한 면모가 아직 마음속에 뚜렷하게 남아 있었기 때문이다.

특히 이덕무가 남긴 글 가운데에서도 읽을수록 매료되고 틈틈이 곱씹게 되는 문장들이 있다. 바로 『이목구심서(耳目口心書)』와 『선귤당농소(蟬橘堂濃笑)』 속 소품문이다. 『이목구심서』는 이덕무가 스물네 살 때부터 스물여섯 살 때까지 삼 년 동안 쓴 산문집이고 『선귤당농소』는 그보다 이른 시기에 쓴 산문집이다. 전자는 이덕무의 전집 『청장관전서』에 여섯 권의 책으로 엮여 있을 만큼 분량이 많고 후자는 그 몇 십 분의 일 정도의 분량밖에 되지 않지만, 두 산문집은 마치 연작처럼 글에 담은 뜻과 기운이 서로 닮아 있어 하나의 책으로 묶어도 될 정도다. 이두 책에서 이덕무는 특유의 감성과 사유를 통해 평소 별반 가치나 의미가 없다고 무시하고 지나쳤던 우리 주변의 사소하고 하찮고 보잘것없는 것들의 아름다움을 재발견해 우리에게 보여 준다.

그렇다면 사소하고 하찮고 보잘것없는 것들의 아름다움을 재발견하는 일에 어떤 의미가 있는가? 사실 우리는 살아가면서 기쁘고 즐거운 때보다 일이 뜻대로 되지 않는 날을 더 많이 만난다. 그때마다 우리를 위로하는 것이 바로 소소한 일상이다.

크고 특별한 사건이 아니라 하루하루 마주하는 작은 것들, 그러니까 아침저녁으로 달라지는 노을의 빛깔에서, 눈 내리는 밤의 풍경에서, 활짝 핀 꽃과 차 끓는 소리에서 삶의 고단함을 달래는 따스한 온기를 느낀다. 때로는 날카로운 시선으로 때로는 섬세하고 따스한 눈길로 일상의 풍경을 담아낸 이덕무의 소품문을 읽다 보면, 사소한 일상의 가치와 아름다움을 재발견하는 동시에 따스한 위로를 받게 된다.

『이목구심서』와 『선귤당농소』에 더욱 특별한 애착이 가는 데에는 또 하나의 이유가 있다. 이 두 산문집이 마음껏 자유롭게 내면의 감정과 생각을 글로 옮겨 적는 데 큰 용기를 주었기 때문이다. 『이목구심서』는 제목 그대로 이덕무가 평소 듣고 보고 말하고 생각한 것들을 글로 옮긴 책이고, 『선귤당농소』는 '선귤당에서 크게 웃는다'는 뜻처럼 일상생활 속 신변잡기와 잡감(雜感)에 대해 쓴 것이다. 글을 감상하다 보면 그가 살아가면서 느꼈던 삶의 다양한 온도가 문장에 그대로 드러나는 것을 알 수 있다. 이처럼 글이란 잘 쓴 글인지 아닌 글인지 기술적으로 따지는 것이 중요한 것이 아니라 자신의 진실한 감정을 묘사하고 솔직한 생각을 표현하는 것이 중요하다는 사실을 이 두 책은 분명하게 깨우쳐 준다. 그래서 나는 이 글을 읽는 독자들에게 이렇게 말하고 싶다.

글쓰기가 두렵고 어려운가? 그렇다면 소품문의 글쓰기부터 시작해 보라. 일상의 사소하고 잡다한 것은 물론이고 하늘로부터 땅끝까지에 있는 무엇이든 글의 소재로 옮겨 적어도 괜찮다. 형식이나 격식에 구속받을 필요도 없다. 한 줄을 써도 좋고, 열 줄을 써도 좋고, 백 줄을 써도 괜찮다. 일기의 형식을 취해도 좋고, 편지의 형식을 취해도 좋고, 메모나 낙서의 형식을 취해도 좋다. 길을 걷거나 버스나 지하철을 타고 가다가 문득 글로 옮겨 적을 만한 것이 떠오르면 노트나 휴대전화에 써도 좋다. 그저 자신의 감정과 생각을 진솔하게 옮겨 적으면 충분하다. 단, 거짓으로 꾸미거나 애써 다듬으려고 하지 말라. 그렇게 할수록 글을 쓴다는 것이 더욱 두려워지고 어려워질 것이기 때문이다. 여기 『이목구심서』와 『선귤당농소』 속 이덕무의 소품문과 거기에 덧붙인 필자의 글 역시 마땅히 이러한 관점에서 읽어야 할 것이다.

2018년 새해를 맞이하며
고전연구가 한정주

차례

1

글을 쓰듯 그림을 그리고
그림을 그리듯 글을 쓰고　13

복숭아꽃 붉은 물결 | 매화꽃 피고 차 끓는 소리 들리고 | 푸른 봉우리와 흰 구름의 맛 | 봄철 새소리와 가을철 벌레 소리 | 봄비와 가을 서리 | 사계절과 산의 풍경들 | 순백의 구름 | 아침노을과 저녁노을 | 세계는 거대한 그림, 조물주는 위대한 화가

2

내 눈에 예쁜 것　31

벌과 벌집 | 말똥구리와 여의주 | 매화와 유자 | 거미의 몸놀림 | 흰 좀 한 마리 | 쇠 절굿공이와 쌀가루 | 붓과 종이와 먹과 벼루 | 동이 속 금붕어 | 벌레가 없는 곳은 없다 | 소소한 것들의 조화 | 사냥개와 사슴, 곰과 호랑이 | 서리 조각 | 나와 사향쥐 | 쥐와 족제비와 벼룩 | 자연과 깨달음 | 석벽 위 소나무 | 학을 춤추게 하는 법 | 해바라기 | 금봉화 | 회충의 쓸모 | 풀벌레의 천성 | 열매 맺지 못한 꽃 | 백마의 깨달음

5

내 마음속 어린아이가
얼어붙은 세상을 녹인다

6

온몸으로
글을 쓴다는 것

세상은 온통 달콤한 말과 글로 가득할 뿐 | 온몸으로 쓰는 글 | 참된 문장
이 사라진 까닭 | 그저 독서할 뿐 | 호색과 호서 | 시정과 화의 | 마음과 표
현 | 흥이 나는 대로 | 시문과 서화 | 글 읽는 선비와 저잣거리의 장사치 |
책 욕심 | 종기나 부스럼 | 모방한 문장과 가장한 도학 | 독서의 등급 | 마
음 밭 | 일과 독서 | 책을 빌렸다면 | 사람은 각자 재능에 마음을 쏟는다 |
문장과 천구 | 원굉도의 독서법 | 내 서재 | 공정한 마음과 문장 | 독서의
유익한 점 | 저절로 독서할 마음이 생길 때 | 문장과 세도 | 독서의 방법 |
옛사람과 지금 사람 | 음덕과 이명 | 글 한 편, 시 한 수 | 명확한 것과 모
호한 것 | 다만 쓰고 싶은 것을 쓸 뿐

보고 느낀 그대로 진경을 표현하고 묘사하는 것은
그림을 그리는 화가나 글을 짓는 문장가나 크게 다르지 않다.
글을 읽을 때 그림이 그려지면, 그 글은 진실로 좋은 글이다.
글이란 '마음으로 그리는 그림'이기 때문이다.

1

글을 쓰듯 그림을 그리고
그림을 그리듯 글을 쓰고

복숭아꽃 붉은 물결

삼월 푸른 계곡에 비가 개고 햇빛은 따사롭게 비춰 복숭아꽃 붉은 물결이 언덕에 넘쳐 출렁인다. 오색빛 작은 붕어가 지느러미를 재빨리 놀리지 못한 채 마름 사이를 헤엄치다가 더러 거꾸로 섰다가 더러 옆으로 눕기도 한다. 물 밖으로 주둥아리를 내밀며 아가미를 벌름벌름하니 참으로 진기한 풍경이다. 따사로운 모래는 맑고 깨끗해 온갖 물새 떼가 서로서로 짝을 지어서 금석(錦石)에 앉고, 꽃나무에서 지저귀고, 날개를 문지르고, 모래를 끼얹고, 자신의 그림자를 물에 비추어 본다. 스스로 자연의 모습으로 온화함을 즐기니 태평세월이 따로 없다. 가만히 지켜보고 있노라면, 웃음 속에 감춘 칼과 마음속에 품은 화살과 가슴속에 가득 찬 가시가 한순간에 사라짐을 느낀다. 항상 나의 뜻을 삼월의 복숭아꽃 물결처럼 하면 물고기의 활력과 새들의 자연스러움이 모나지 않은 온화한 마음을 갖도록 도와줄 것이다.

三月青谿 時雨新晴 日色怡熙 桃花紅浪 瀲灩齊岸 五色小鯽魚 不能猛鼓其鬐 游泳荇藻間 或倒立 或橫翻 或吻出于浪 細呷粼粼 眞機之至 猜快恬然 暖沙潔淨 鳩鶡鸂鶒輩 二二四四 或垂錦石 或喋芳芷 或刷翎 或

浴沙 或照影 自愛天態穆穆 無非唐天虞日之氣像 笑中之刀 攢心之萬

箭 胃中之三斗棘 掃除之快 不留一纖翳 常以吾意思 爲三月桃花浪 則

魚鳥之活潑 自然助吾順適之心

— 「선귤당농소」

18세기 조선은 진경 시대(眞景時代)의 전성기였다. 간송미
술관의 최완수(崔完秀)는 진경 시대를 "조선 왕조 후기 문화
가 조선 고유색을 한껏 드러내면서 난만한 발전을 이룩했던
문화 절정기를 일컫는 문화사적인 시대 구분 명칭"(최완수
외 지음, 『진경 시대 1─우리 문화의 황금기, 사상과 문화』, 돌베
개, 1998, 13쪽)이라고 정의했다. 이 시대를 움직인 양대 축
이 다름 아닌 진경 산수화와 진경 시문이다. 붓을 갖고서 보
고 느낀 그대로 진경을 표현하고 묘사하는 것은 그림을 그리
는 화가나 글을 짓는 문장가나 크게 다르지 않다. 겸재 정선
(謙齋 鄭敾)이 진경 산수화의 대가였다면, 진경 시문의 대가
는 이덕무였다. 그는 그림과 시문을 같은 뿌리에서 나온 다
른 가지로 보았다.

이러한 이덕무의 미학은 다음 문장에 집약되어 있다. "그림
을 그리면서 시의 뜻을 모르면 색칠의 조화를 잃게 되고, 시

를 읊으면서 그림의 뜻을 모르면 시의 맥락이 막히게 된다."

글을 읽을 때 그림이 그려지면, 그 글은 진실로 좋은 글이다. 글이란 '마음으로 그리는 그림'이기 때문이다. 마찬가지로 그림을 볼 때 글이 떠오르면, 그 그림은 참으로 훌륭한 그림이다. 이러한 까닭에 옛 그림에는 반드시 화제(畵題)나 발문(跋文)이 있었다. 글을 쓰듯 그림을 그리고 그림을 그리듯 글을 써야 할 까닭이 바로 여기에 있다.

매화꽃 피고 차 끓는 소리 들리고

세상사에서 벗어난 선생이 있었다. 만 개의 봉우리가 우뚝 솟은 깊은 산속 눈 덮인 초가집에서 등불을 밝히고 붉은 먹을 갈아 서책에 동그랗게 점을 찍는다. 오래된 화로에서는 향기로운 향연(香煙)이 하늘하늘 피어올라 허공으로 퍼져 화려한 공 모양을 만든다. 가만히 한두 시간가량 감상하다가 문득 깨달음을 얻어 웃곤 한다. 오른쪽에는 매화가 일제히 꽃봉오리를 터뜨리고, 왼쪽에는 차가 보글보글 끓는 소리가 들린다. 솔바람과 회화나무에 깃든 빗소리는 더욱 정취를 돋운다.

有超世先生 萬峰中雪屋燈明 研朱點易 古鑪香烟 嫋嫋青立 空中結綵 毬狀 靜玩一二刻 惡妙忽發笑 右看梅花齊綻蕚 左聞茶沸響 作松風檜雨 澎湃瀰淆

— 『선귤당농소』

늦추위가 채 가시지 않은 초봄, 매화꽃 활짝 피고 차 끓는 소리 가득한 방 안 풍경이 아늑하기 그지없다. 이덕무는 매화

17

에 미친 바보라는 뜻의 '매탕(槑宕)'이라는 자호(自號)를 썼
다. 한마디로 매화 마니아였다. 매화는 일 년 중 기껏해야 한
달 남짓 핀다. 일 년 내내 언제 어느 곳에서나 매화의 풍모와
아취를 즐기고 싶었던 이덕무는 견딜 수가 없었다. 그렇다면
어떻게 했을까? 직접 밀랍으로 인조 매화를 만드는 방법을
창안해 제조에 성공한다.

"내가 열일곱, 열여덟 살 때 삼호의 수명정(水明亭)에서 고
요하게 거처하면서 대개 삼 년 동안 매화를 주조해 독서하던
등불에 비쳐 그림자를 취했다. 세속과는 어울리지 않는 운
치였지만 조금이나마 마음을 붙일 즐거움이 있었다."(「윤회
매십전(輪回梅十箋)」) 이덕무는 이 인조 매화에다가 '윤회매
(輪回梅)'라고 이름까지 붙였다. 벌이 꽃을 채취해 꿀을 만들
고 꿀이 밀랍이 되었다가 다시 밀랍이 꽃이 되는 섭리가 불
가(佛家)의 윤회설(輪回說)과 같다고 생각했기 때문이다.

푸른 봉우리와 흰 구름의 맛

빼어나게 우뚝 솟은 푸른 봉우리와 싱싱하고 산뜻한 하얀 구름
의 아름답고 탐스러운 모양을 오랫동안 부러워하다가 한 손으
로 잡아당겨서 모두 먹으려는 마음을 품었다. 그러자 양 볼과
어금니 사이에서 이미 군침을 흘리는 소리가 들려왔다. 천하에
이보다 더 탐스럽고 먹음직스러운 것은 없을 것이다.

媚秀之靑峯 鮮濃之白雲 羨艶良久 意內欲一攬而盡飡 牙頰間 五聞簌
簌聲 天下之大饞饕 無如爾也

— 『선귤당농소』

작가 린위탕(林語堂)은 "자연은 사람의 삶 전체 속으로 들어
온다"고 말했다. 소리나 색깔로, 또는 모양이나 감정으로, 때
로는 분위기로 들어온다는 것이다. 그렇다면 이 글의 경우는
어떻게 말할 수 있을까? 마땅히 입속으로 들어왔다고 해야
한다. 글에 소리와 색깔과 모양과 감정이 있는 것처럼, 만약
맛도 있다면 반드시 이 글과 같을 것이다.

봄철 새소리와 가을철 벌레 소리

봄철 새소리는 화평하다. 가을철 벌레 소리는 처량하고 슬프다. 이것은 계절의 기운이 그렇게 만든 것이다. 당우(唐虞, 이상적인 태평 시대의 상징인 고대 중국의 임금 요堯와 순舜) 시대의 글은 순수하고 맑고 밝다. 말세의 글은 화려하나 경박하다. 그 기운을 어찌할 것인가.

春禽其塢也和悅 秋蟲其鳴也凄悲 是氣使之也 唐虞之文渾灝 叔季之文浮靡 其於氣何哉

— 『이목구심서 2』

계절의 기운에 따라 사람의 감정과 마음 역시 달라진다. 예컨대 필자는 봄을 좋아한다. 무엇인가 새롭게 시작해도 될 것 같은 생동한 기운을 느낄 수 있기 때문이다. 그런데 이덕무는 가을을 좋아했나 보다. 이런 글을 남겼다. "사람들은 가을을 슬퍼하지만 나는 가을이 좋네. / 나의 근성이 엄숙하고 서늘해 가을과 같기 때문이네." 명(明)나라 말기의 문장가

원중도(袁中道)의 문집 가운데 운자(韻字)를 따라 지은 시의 한 구절이다.

시대의 기운이 변함에 따라 사람의 글 또한 달라진다. 태평한 시대의 글은 순수하고 맑고 밝은 기운을 띠고 있으며 천연의 질박한 아름다움을 숭상한다. 반면 혼란한 시대의 글은 인위적으로 화려하게 꾸미는 데 힘을 쏟아 화려하고 경박한 기운을 띤다. 혼란한 세상일수록 약한 것보다는 강한 것, 소박한 것보다는 화려한 것, 내적인 것보다는 외적인 것을 더 중시하기 때문이다. 하지만 겉치레가 화려해질수록 본질은 더욱 경박해질 뿐이다.

봄비와 가을 서리

봄비는 윤택해 풀의 싹이 돋는다.
가을 서리는 엄숙해 나무 두드리는 소리에 낙엽이 진다.

春雨潤 草芽奮 秋霜肅 木聲遜

— 『선귤당농소』

지봉 이수광(芝峯 李睟光)은 시나 문장은 길면 긴 대로 짧으
면 짧은 대로 그쳐야 할 곳을 알아야 좋다고 말했다. 그쳐야
할 곳에서 그치지 못한다면 중언부언(重言復言)과 횡설수설
(橫說竪說)에 불과하다. 산문보다 더 긴 시도 좋고, 시보다
더 짧은 산문도 괜찮다. 어떤 장애도 없고 무엇에도 구속받
지 않는 글을 쓰는 것, 그것이 바로 소품문이 추구하는 정신
이자 가치다. 극도로 절제된 표현과 간략한 묘사는 어떤 글
보다 강한 여운과 여백의 미를 준다.

사계절과 산의 풍경들

봄 산은 신선하고 산뜻하다.
여름 산은 물방울이 방울방울 떨어진다.
가을 산은 여위어 수척하다.
겨울 산은 차갑고 싸늘하다.

春山鮮鮮 而夏山滴滴 秋山癯癯 而多山栗栗

— 『선귤당농소』

대우(對偶)와 대조(對照)의 묘미가 살아 있다. 계절에 따라
변하는 산의 풍경이 한 폭의 그림처럼 다가온다. 글에 소리
와 색깔, 감정과 경계가 있다면 마땅히 이러하리라.

순백의 구름

맑은 하늘에 떠 있는 한 조각 순백의 구름으로
형암(炯菴) 이덕무의 마음을 분명히 알 수 있으리.

青天中 一片純白之雲 分明是李炯菴知心

— 『이목구심서 2』

사람은 변할 수 있는가? 변할 수 있는 사람도 있지만 변할
수 없는 사람도 있다. 어떤 사람이 어렸을 때부터 오락도 즐
기지 않고, 가볍거나 제멋대로 행동하지 않으며, 성실하고
신중하며 단정하고 정성스러웠다. 그런데 어떤 사람이 그에
게 세상 풍속과 어울려 조화를 이루지 못하니 세상 사람들은
너를 받아들이지 못할 것이라고 말했다. 그 자신도 그렇게
생각해 그 후부터 입으로는 천박하고 상스러운 말을 내뱉고
몸은 가볍고 덧없이 행동했다. 이렇게 사흘을 보내고 난 후
도저히 편하고 즐겁지 않자, "내 마음은 변할 수 없다. 사흘
전에는 마음이 가득 차 모든 일이 형통한 듯했는데, 그 후 사

흘 동안은 공허하기만 했다"고 말한다. 그러고는 결국 처음으로 되돌아갔다. 이기적인 욕심에 대해 말하면 기운이 빠지고, 산림에 대해 말하면 정신이 맑아지며, 문장에 대해 말하면 마음이 즐겁고, 학문에 대해 말하면 뜻이 가지런해졌다. 깨끗한 매미[蟬]와 향기로운 귤(橘)을 취해 뜻을 세우고, 고요하고 담백하게 살았다. 이덕무가 〈자언(自言)〉에 새긴 젊은 시절 자신의 모습이다. 순백의 구름과 닮은 삶이다.

아침노을과 저녁노을

아침노을은 진사(辰砂)처럼 붉고,
저녁노을은 석류꽃처럼 붉다.

朝霞辰砂紅 夕霞榴花紅

— 『이목구심서 2』

진실로 형용과 비유가 잘된 아름다운 문장이다. 여기에 무엇
인가 더 보태려 한다면 군더더기가 되고 말 것이다. 묘사하
거나 표현하려고 한 것을 다했다면 한 줄의 문장만으로도 글
은 완성된 것이다. 소품문의 매력이 바로 여기에 있다.

세계는 거대한 그림,
조물주는 위대한 화가

세계는 거대한 그림이고 조화옹(造化翁)은 위대한 화가다. 주황색으로 요염하게 붉게 물든 오구나무의 꽃은 누가 붉은 물감을 칠하고 붉은 빛깔의 돌과 산호 가루를 뿌려 그려 놓았는가? 복숭아 꽃잎에는 연지처럼 붉은 즙이 뚝뚝 떨어지는 것만 같다. 가을 국화꽃의 빛깔은 등황색을 곱게 바른 것만 같다. 눈이 개고 피어오르는 푸르스름한 기운에는 푸른 빛깔이 두 겹세 겹 엇갈려 먼 곳과 가까운 곳에 골고루 나뉘었다. 세찬 소낙비가 강 위를 내달려서 수묵(水墨)을 한가득 뿌려 놓으면 더 채색할 틈도 없게 된다. 잠자리의 눈동자는 초록빛이 은은하고, 나비의 날개는 금빛으로 물들었다. 생각해 보면 이것은 천상에 채색을 담당한 성관(星官)이 있어서 풀과 꽃과 돌과 금의 정수(精髓)를 모았다가 조화옹에게 제공해 온갖 사물에 빛깔을 입히게 한 것이 아닐까? 그래도 가을 강 석양의 거대한 그림이 가장 좋다. 이것이야말로 조화옹이 뜻을 얻은 그림이라고 할 만하다.

世界大粉本 造化翁大畫史 烏舅樹冷艷而老紅 誰其設銀硃赭石珊瑚末

耶 桃花瓣 臙脂綿汁 滴滴欲漬 秋菊色 藤黃鮮抹 雪晴烟嵐 二靑三靑 勻分遠近 急雨奔江 滿灑水墨 渲染無罅 蜻蜓眼 石綠隱隱蝶翅 暈以乳 金 意者 天上有一星官 主彩色 收草花石金精英 以供造化翁 着色萬品 耶 秋江夕陽 粉本宛好 此造化翁得意筆也

—「선귤당농소」

철학자 프리드리히 니체(Friedrich Nietzsche)는 『그리스 비극 시대의 철학』에서 고대 그리스 철학자 헤라클레이토스(Heracleitos)의 말을 인용해 "하나의 세계를 창조하고 다른 세계를 소생시키는 것은 오직 어린아이와 예술가의 유희"라고 말한 적 있다. 세상의 창조와 생성은 어린아이의 놀이와 같은 신들의 놀이일 뿐이며, 심지어 신 중의 신 제우스를 가리켜서는 '세계의 어린아이'라고까지 말한다. 여기 세계를 화판 삼아 그림을 그리는 조물주 역시 무슨 위대한 작업과 거룩한 행위를 하는 전지전능한 창조자가 아니다. 그냥 놀이 삼아 그림을 그리는 예술가일 뿐이다. 전지전능한 자의 거룩한 역사(役事)로 창조된 세계보다는 차라리 예술가가 그림을 그리듯 어린아이가 놀이를 하듯 창조된 세계가 훨씬 더 낫지 않을까? 최소한 그런 세계에서는 '해야만 한다'는 식

의 획일화되고 규범적인 윤리나 명령의 강제보다는 예술가
와 어린아이의 '하고 싶다'는 마음처럼 상대적이고 개성적인
욕망이 자유롭게 존중될 것이기 때문이다.

무릇 벌이 모두 완전한 형상을 이루어 나간 뒤
비로소 그 속에 꽃으로 꿀을 만들어 채워 넣었다.
일을 이루는 순서와 차례가 분명하고 또한 단단하고 치밀하다.
어찌 사랑스럽지 않겠는가.

2

내 눈에 예쁜 것

벌과 벌집

내가 어렸을 때의 일이다. 누각 기둥에 난 구멍에 몇 되나 되는, 마치 대추만 한 크기의 황적색 벌이 무리를 지어 모여 있는 광경을 본 적이 있다. 벌들이 꿀을 거두려고 꽃을 찾아 모두 나갔을 때 구멍을 자세하게 살펴보았다. 가늘고 바짝 마른 풀이 쌓여 있고 헝클어진 실과 찢어진 종이 등 여러 가지 부드럽고 따뜻한 물건들이 있었다. 구멍 속에는 마치 고치와 같은 하나의 검은 덩어리가 있었다. 뾰쪽뾰쪽한 것이 서로 이어져 연방(蓮房)을 이루고 있었다. 방 하나마다 반드시 하나의 애벌레가 들어 있는데 밀랍으로 단단하게 봉해져 있었다. 나는 예전처럼 그것을 넣어서 감춘 다음에 며칠 지난 후 다시 꺼내 보았다. 애벌레는 비로소 머리와 눈과 날개와 발을 갖추어 마치 양(羊)의 기름과 같이 하얗고 아직 어려서 조금도 움직이지 않았다. 이에 다시 그대로 넣어 간직해 두었다. 여러 날이 지난 후 또 꺼내 보니 모든 방마다 꿀이 가득 차 있고 붉은 밀랍으로 봉해져 있었다. 무릇 벌이 모두 완전한 형상을 이루어 나간 뒤 비로소 그 속에 꽃으로 꿀을 만들어 채워 넣었다. 일을 이루는 순서와 차례가 분명하고 또한 단단하고 치밀하다. 어찌 사랑스럽지 않겠는가.

余幼時見樓柱有穴可容數升 有蜂大如棗黃赤色 成群屯聚 乘其采花 盡

出探穴 則積細枯草 亂絲裂紙諸軟暖之物 其中有一黑塊如繭者 相聯接

矗矗 成蓮房 每一房必有一蟻蛹 以蠟堅封之 余仍如前藏置 後幾日又

發 則蟻蛹始具頭眼翅足 白如羊脂 痴而不動 仍又藏置 後多日又發 每

房蜜皆盈焉 以赤蠟封之 盖蜂皆成形以出 而始釀花爲蜜於其中 作事有

次第 且堅緻可愛也

— 『이목구심서 1』

『이목구심서』와 『선귤당농소』에는 과거 우리 생활 가까이에
있던 동식물을 통해 천하 만물의 이치뿐만 아니라 인간 본성
과 세태까지 포착하는 우언(寓言), 우화(寓話) 종류의 소품
문이 아주 많이 남아 있다. 여기에는 개미, 누에, 벌, 말똥구
리, 나비, 거미, 벼룩, 풀벌레, 물개, 이, 뱀, 제비, 참새, 나귀,
비둘기, 개, 말, 고양이, 족제비, 쥐, 닭, 사슴, 곰, 호랑이 등
헤아리기도 힘들 만큼 수많은 동물이 등장하고, 오동나무,
뽕나무, 회나무, 소나무, 매화나무, 오이, 버드나무, 봉선화
등 식물에 대한 우화 역시 적지 않게 실려 있다. 그중에서도
벌과 개미와 거미와 같은 곤충, 벼룩과 이와 같은 벌레, 쥐
와 족제비와 닭과 같은 짐승, 소나무와 회나무 등에 관한 우

화가 특히 많다. 그런 의미에서 이덕무는 성명(性命)이나 어기(理氣), 사단칠정(四端七情)이나 도덕 윤리를 중시한 성리학(性理學)의 거대 담론 속에서만 글을 썼던 그때까지의 전형적인 양반 사대부 출신 지식인과는 달라도 한참 다른 새로운 유형의 지식인이었다. 그는 일상 가까이에 존재하는 지극히 미미하고 하찮은 사물들을 세밀히 관찰하면서 관점의 전환과 발상의 변화를 통해 우주와 자연과 인간 세계의 원리와 이치를 깨치려고 했다. 『이목구심서』와 『선귤당농소』에 담긴 사소하고 하찮은 것들의 아름다움 가운데 하나인 우언소품(寓言小品)의 미학이 바로 여기에 있다.

말똥구리와 여의주

말똥구리는 스스로 말똥 굴리기를 좋아할 뿐 용의 여의주를 부러워하지 않는다. 용 또한 여의주를 자랑하거나 뽐내면서 저 말똥구리의 말똥을 비웃지 않는다.

蜣蜋　自愛滾丸　不羨驪龍之如意珠　驪龍　亦不以如意珠　自矜驕而笑彼蜋丸

— 『선귤당농소』

말똥구리에게 여의주는 필요 없는 물건이다. 용 역시 자신의 여의주가 귀한 만큼 말똥구리에게는 말똥이 귀하다는 것을 안다. 비록 상상의 존재지만 우주 만물 중 가장 귀한 동물로 여겨지는 용의 여의주와 가장 미천한 동물로 여겨지는 말똥구리의 말똥의 가치는 동등하다. 이제 우열(愚劣)과 존귀(尊貴)와 시비(是非)의 이분법은 전복되고 해체된다. 사람의 시각이 아닌 하늘의 입장에서 보자면 우주 만물의 가치는 모두 균등하다. 단지 차이와 다양성이 존재할 뿐이다.

이덕무를 비롯한 북학파(北學派) 지식인들은 인성(人性)과 물성(物性)이 균등할 뿐만 아니라 동등한 가치를 갖는다고 여겼다. 그래서 자신들의 생각을 고스란히 표현한 이 구절을 무척 좋아하고 아꼈다. 연암 박지원(燕巖 朴趾源)은 〈낭환집 서문(蜋丸集序)〉에 이 구절을 그대로 옮겨 적었는데, 여기에는 영재 유득공(泠齋 柳得恭)의 숙부였던 기하 유금(幾何 柳琴)이 이 말을 듣고 문집의 이름으로 삼을 만하다고 했다는 기록이 등장한다. 실제로 유금은 자신의 문집을 '말똥구리의 말똥 구슬'이라는 뜻에서 『낭환집(蜋丸集)』이라고 이름 붙였다. 〈낭환집 서문〉은 바로 박지원이 이 문집에 써준 글이다.

매화와 유자

매화가 있는 감실(龕室) 가운데 유자를 놓아두는 것은 매화를 모욕하는 짓이다. 예전부터 매화는 맑은 덕과 깨끗한 지조가 있다고 하는데, 어찌 다른 물건의 향기를 빌려 매화를 돕는단 말인가.

梅花龕中置柚子 是辱梅花也 曾謂梅花之淸德潔操 忍能假借它家香以 助己也

— 『이목구심서 2』

매화와 유자만 그렇겠는가? 사람 역시 모두 자기 나름의 향기와 색깔을 가지고 있다. 다른 향기에 나의 향기가 덮이고, 다른 색깔에 나의 색깔이 묻히는 곳에는 애초에 나아가지 않아야 한다. 마땅히 자신의 향기가 더욱 진하게 퍼져 나가는 곳, 자신의 색깔이 더욱 선명하게 빛을 발하는 곳에 자리해야 한다. 다른 향기가 더 좋다고 나의 향기를 지우고, 다른 색깔이 더 빛난다고 나의 색깔을 없애려는 것보다 더 어리석

은 행동은 없다. 다른 사람의 향기가 아무리 좋고 색깔이 아무리 빛난다고 해도 나만의 향기와 색깔을 지니는 것만 못하다. 매화의 향기와 색깔을 지녔다면 매화답게 살면 되고 유자의 향기와 색깔을 지녔다면 유자답게 살면 된다. 향기가 진한 장미도 아름다운 꽃이고 향기가 없는 모란도 아름다운 꽃이다. 향기가 진하다고 해서 취하고 향기가 없다고 해서 버리지 않는다. 진한 색깔을 뽐내는 노란 국화도 국화고 순백의 색깔을 지닌 하얀 국화도 국화다. 색깔이 노랗다고 해서 취하고 하얗다고 버리지 않는다. 무릇 자연의 이치가 이와 같은데, 자연의 일부에 불과한 사람 역시 무엇이 다르겠는가?

거미의 몸놀림

무더운 여름날 저녁 콩꽃 핀 울타리가를 걷다가 기와빛을 띤 거미가 실을 뽑아 거미줄을 엮는 모습을 보았다. 그 신묘한 모습이 부처와 서로 통함을 깨달았다. 실을 뽑고 실을 당기며 다리를 움직이는 방법이 너무나 기막혔다. 때로는 멈춘 듯하다가 때로는 순식간에 거미줄을 엮기도 했다. 마치 사람들이 보리를 심을 때의 발놀림이나 거문고를 퉁길 때의 손놀림과 같았다.

暑月之夕 步荳花籬畔 玩瓦色珠結絲 妙惡可以通佛 産絲汲絲 股法玲瓏 有時遲疑 有時揮霍 大畧如蒔麥之踵 按琴之指

—「선귤당농소」

어느 날 박지원이 홍대용(洪大容)의 집에 놀러 갔다. 그날 밤에 김억도 찾아왔다. 홍대용이 가야금을 타자 김억이 거문고로 화답했다. 밤이 깊어지자 떠다니는 구름이 사방에서 얽혀 후덥지근한 기운이 잠깐이나마 물러갔다. 그러자 거문고를 타는 소리가 더욱 맑게 들려왔다. 바로 그 순간 박지원은 언젠가 이덕무가 왕거미가 처마 사이에서 거미줄 치던 모습을 보고 했던 말을 떠올린다. "절묘하더군요! 때로 머뭇거리는 것이 무언가를 생각하는 듯하고, 때로는 재빨리 움직이는데 무언가를 깨달은 듯 보였습니다. 파종한 보리를 발로 밟는 모습과도 같고, 거문고 줄을 손가락으로 눌러 연주하는 모습처럼 보이기도 했습니다." 박지원은 자신의 눈앞에서 홍대용이 김억과 어울려 연주하는 모습을 보고 나서야 이덕무가 말한 뜻을 깨닫는다. 우리는 하나의 기억이 또 다른 풍경과 우연히 만날 때 뜻밖의 깨달음을 얻곤 한다. 우연성과 마주침의 철학이다. 박지원의 〈하야연기(夏夜讌記)〉에 나오는 이야기다.

흰 좀 한 마리

흰 좀 한 마리가 내 책 『이소경(離騷經)』(초楚나라 시인이자 지식인
굴원屈原의 시 〈이소離騷〉를 말한다) 속의 글자 추국(秋菊), 목란(木
蘭), 강리(江蘺), 게거(揭車)를 갉아 먹었다. 처음에는 크게 화
가 나 잡아서 죽이려고 했다. 그런데 조금 지나자 기이하게도
그 좀이 향기로운 풀을 먹고 있는 게 아닌가. 그 벌레의 머리와
수염에서 넘쳐 나는 특이한 향기를 조사하고 싶은 마음에 돈을
주고 어린아이를 구해 대대적으로 찾아보게 했다. 반나절이 걸
려 갑자기 좀 한 마리가 줄기 사이에서 기어 나왔다. 그런데 손
으로 잡으려고 하자 마치 흐르는 물처럼 재빠르게 달아나 버렸
다. 단지 번쩍거리는 은가루만 녹아 종이 위에 떨어졌을 뿐이
다. 끝내 좀은 나를 저버렸다.

有一白蟫 食我離騷經 秋菊木蘭江蘺揭車字 我始大怒 欲捕桀之 少焉
亦奇其能食香草也 欲撿其異香 溢于頭鬚 購童子大索半日 忽見一蟫
脉脉而來 手掩之 疾如流水 廼逝 只銀粉閃鑠 墜之于紙也 蟫終負我耳

— 『선귤당농소』

이덕무와 그의 사우(師友)들은 풀과 꽃, 새와 벌레 같이 지극히 미미한 생물도 모두 저마다의 지극한 경지를 갖추고 있어서 하늘과 자연의 묘한 이치를 살펴볼 수 있다고 여겼다. 그들은 평범한 일상 속에서 마주하는 사물을 관찰하다가 느끼고 깨달은 것을 소재와 주제로 삼은 글을 즐겨 썼다. 이전까지는 없던, 18세기 조선에 새롭게 출현한 문예 사조였다. 이덕무가 속한 북학파와 쌍벽을 이룬 지식인 그룹인 성호학파(星湖學派)의 큰 스승 성호 이익(星湖 李瀷) 역시 이와 같은 철학을 갖고 있었다. 이덕무가 책의 글자를 갉아 먹은 흰 좀을 소재 삼아 쓴 글과 유사한 글 한 편이 성호 이익의 소품 문집 『관물편(觀物篇)』에도 수록되어 있다. 이익이 좋아하는 먹을거리가 생겨 나중에 먹으려고 종이에 싸서 상자에 넣어 두었다. 꽤나 깊고 은밀한 곳이었다. 어느 날 그 상자를 열었는데 작은 검은색 벌레를 발견했다. 이익은 그 순간 머리를 스쳐 지나가는 생각을 재빨리 붙잡아 이렇게 표현한다. "진실로 하려고 하면 들어가지 못할 곳이 없구나. 막을 방법이 없다. 소인의 무리가 몰래 틈을 노렸다가 뜻을 이루는 이치와 비슷하구나."

쇠 절굿공이와 쌀가루

나는 이웃 노인이 쌀을 빻아 가루로 만드는 모습을 조용히 관찰해 보았다. 그리고 탄식하면서 말했다. "쇠 절굿공이는 천하에서 지극히 강한 물건이다. 물에 젖은 쌀은 천하에서 지극히 부드러운 물건이다. 지극히 강한 쇠 절굿공이로 지극히 부드러운 쌀을 짓찧으니 순식간에 미세한 가루가 된다. 이것은 필연적인 형세다. 그러나 쇠 절굿공이도 오래 사용하게 되면 손상되고 닳아서 짧아진다. 이로써 시원스럽게 이기는 자 역시 보이지 않는 손실을 입게 됨을 알 수 있다. 따라서 너무 굳세고 강한 것은 믿을 수 없다."

余靜觀隣叟搗米爲屑　而歎曰　鐵杵天下之至剛者也　濡米天下之至柔者
也　以至剛撞至柔　不須臾而爲纖塵　必然之勢也　然鐵杵老　則莫不耗而
挫矮　是知快勝者必有暗損　剛强之大肆　其不可恃乎

—『이목구심서 1』

강한 쇠 절굿공이는 물에 젖은 부드러운 쌀을 빻아 가루로

43

만든다. 사람의 눈에는 가루로 변한 쌀만 보일 뿐 쇠 절굿공이는 처음 모습 그대로다. 그러나 그 변화가 지극히 미세해 눈에 보이지 않을 뿐 쇠 절굿공이 역시 닳는 것을 피할 수 없다. 오랫동안 사용하면 쇠 절굿공이 역시 닳고 짧아져 형체를 보존하지 못한다. 강한 것이 약한 것을 쉽게 이기는 것처럼 보이지만, 그 자신도 반드시 손해를 입는다는 사실을 알아야 한다.

붓과 종이와 먹과 벼루

붓은 마른 대나무와 죽은 토끼의 털이고, 먹은 묵은 아교와 까만 그을음이고, 종이는 떨어진 삼베와 헌 천 조각이고, 벼루는 오래된 기와와 무딘 쇳조각일 뿐이다. 그런데 그러한 물건들이 어떻게 사람의 뜻과 생각과 더불어 기이한 변화와 신기한 조화를 부릴 수 있을까? 지금 붓과 종이와 먹과 벼루는 흡사 피와 살이 숨 쉬는 심장 같고, 굽혔다 폈다 하는 팔뚝이나 손가락 같고, 그윽하거나 뚫어지게 쳐다보는 눈 같다고 말한다면 사람들은 분명 믿지 않을 것이다. 또한 붓은 먹과 같고, 먹은 종이와 같고, 종이는 벼루와 같고, 마음은 눈과 같고, 눈은 팔뚝과 같고, 팔뚝은 손가락과 같다고 말한다면 비록 눈을 똑바로 뜨고 긴 시간 동안 바라보며 위로 생각하고 아래로 관찰해도 그 모양이 닮지 않았다고 할 것이다. 그러나 내 마음이 한번 어떤 상태에 빠져들고 그 형상에 충동과 감정이 일어나서 무엇인가 하게 되면, 갑자기 눈동자가 바뀌고 팔뚝이 움직이며 손가락이 쫓아가 잡게 된다. 벼루가 모름지기 먹이 되고, 먹이 모름지기 붓이 되고, 붓이 모름지기 종이가 된다. 그리고 종이에 가로세로로 마구 쓰고 좌우로 내달려 순식간에 하늘 높이 날아올라 출입(出入)과 변화(變化)를 이루게 된다. 이렇게 몸과 마음에 기운을 얻고 뜻이 가득해지면 안 되는 것이 없다. 마음은 눈을 잊고, 눈은 팔뚝을 잊고, 팔뚝은 손가락을 잊고, 손가락은 먹을 잊고, 먹은 벼루를 잊고, 벼루는 붓을 잊고, 붓은 종이를 잊게 되는 상황에 이르게 되면 팔뚝과 손가락을 마음과 눈이라고 불러도 괜찮고, 붓과 종이와 먹과 벼루를 마음과 눈과 팔뚝과 손가락이라고 불러도 좋고, 먹과 벼루를 붓과 종이라고 불러도 된다. 급기야 마음은 수습되어 고요해지고 눈은 맑게 안정이 되어 팔뚝과 손가락을 소매 속에 거두어들인다. 먹을 닦고, 벼루를 씻고, 붓을 집어넣고, 종이를 말아 둔다. 잠깐 사이에 붓과 종이와 먹과 벼루와 마음과 눈과 팔뚝과 손가락이 모두 본래의 자리로 돌아간다. 또한 종전에 이리저리 힘을 썼던 일도 잊어버린다. 이러한 사실을 받아들인다면, 홀로 사는 과부의 방석과 부모를 극진히 모시는 효자의 이불이 가히 이상한 질병에 효험이 있다고도 할 수 있다. 기운이 이미 결합되고 또한 서로 뜻이 맞게 되면 초나라 사람의 쓸개와 월(越)나라 사람의 간조차 서로 견주어 함께 합할 수 있는 것이다.

筆枯筊死兔也 墨陳膠剩煤也 紙敗麻爛穀也 硯老瓦頑鐵也 何與人精神
意想奇變幻化事也 今以筆紙墨硯 謂似血肉之心包 屈伸之腕指 眈眈之
眼孔 則人必不信矣 且謂筆肖墨墨肖紙 紙肖硯心肖眼 眼肖腕腕肖指也
則雖明目張膽 仰思俯察 不其近矣 然吾心一寓境觸象 若有所爲 則忽

眼爲之轉 腕爲之運 指隨以操 硯須墨墨須筆筆須紙 紙橫欹仄左右馳驟

頃刻飛騰出入變化 氣得意滿無所不可 心忘眼眼忘腕腕忘指指忘墨墨

忘硯硯忘筆筆忘紙 當此之時 呼腕指爲心眼可也 呼筆紙墨硯爲心眼腕

指可也 呼墨硯爲筆紙可也 及其寂然心收 湛然眼定 腕指拱于袖 拭墨

洗硯 閣筆軸紙 則俄然之間 筆紙墨硯 心眼腕指 不相爲謀 又忘前之周

旋矣 是知因材收用 則寡婦之茵孝子之衿 可策勳於奇疾也 氣既合而又

相得 則楚之膽越之肝 可同照而幷投也

— 『이목구심서 1』

붓과 먹과 종이와 벼루는 생기 없는 물건이다. 반면 사람의
정신과 감정은 생동하는 것이다. 그런데 가슴속과 목과 입
에 오래도록 묵히거나 쌓인 것을 도저히 참거나 막을 수 없
는 지경이 된 사람이 있다고 하자. 그가 어느 날 문득, 아침
풍경에 감정이 치솟아 일어나 탄식이 절로 터져 나오고, 울
분을 마음껏 풀어내고, 불평을 거리낌 없이 털어놓고, 기구
함을 뼛속 깊이 느끼게 된다. 한순간 붓과 먹과 종이와 벼루
를 펼쳐 놓고 자신의 감정을 토하고 생각을 내뱉고, 마음을
풀어내듯이 글을 써 내려간다. 붓과 먹과 종이와 벼루가 사
람의 정신과 생각과 감정과 마음이 된다. 생기 없던 물건이

별안간 생동하는 물건으로 변한다. 무엇이 붓이고 먹이고 종이고 벼루인지, 또한 무엇이 정신이고 생각이고 감정이고 마음인지 구분할 수 없다. 물아일체(物我一體)가 되는 것이다. 기운을 얻고 뜻이 맞으면, 이렇듯 세상 모든 것이 생동하고 유동하게 된다. 이탁오(李卓吾)의 『분서(焚書)』속 〈잡설(雜說)〉의 말을 빌려 표현해 보았다.

동이 속 금붕어

동이를 묻고 물고기를 기른다. 열흘이 지나도록 물을 갈아 주지 않았다. 이끼가 끼어 마치 청동처럼 변해 사람의 옷을 물들일 지경이다. 금붕어도 온통 연녹색이 되었다. 머리를 늘어뜨리고 비실비실 헤엄치고 있다. 시험 삼아 깨끗한 샘물로 갈아 주고 먹잇감으로 붉은 벌레를 던져 주었다. 마치 토끼를 쫓는 매처럼 생기가 돈다. 물 위로 반쯤 몸을 드러내고 서서 사람을 향해 말을 하려고 한다.

埋盆養魚 旬日不換水 苔如青銅 欲染人衣 金鯽渾身 作軟綠色 悶悶垂頭而游 試灌新泉 投紅蟲 無不如鶻逐兔 生氣勃然 或半身出水上立 欲向人語

— 『선귤당농소』

살 수 없는 곳에 놓아두면 생기 넘치는 금붕어도 죽게 되고, 살 만한 곳에 놓아두면 죽어 가는 금붕어도 생기가 돌아온다. 어디 금붕어만 그러겠는가? 생명 있는 모든 것이 동일하

다. 사람은 어떤가? 자질과 능력이 있더라도 자신을 알아보지 못하는 곳에 있으면 아무런 쓸모없는 잉여 인간이 되지만, 자신을 알아주는 곳에 있으면 꼭 필요한 인재가 된다.

벌레가 없는 곳은 없다

하늘과 땅 사이에 벌레가 없는 곳은 결코 없다. 강한 쇠나 뜨거운 불에도 모두 벌레가 있다. 사슴에는 벌이 있고 뱀에게는 모기가 있다. 이상할 것이 없다.

天地間　無無虫之物　鐵之剛也　火之熱也皆有虫　鹿有蜂蛇有蚊　不足異也

— 『이목구심서 2』

짐승과 새와 물고기는 사람이 가까이 가면 반드시 달아나지만, 오직 벌레만은 그러지 않다. 모기는 한밤을 틈타 사람의 피를 빨고, 파리는 대낮을 노려 사람의 땀을 핥는다. 벼룩은 침상과 이불 사이에 살면서 사람의 살갗을 파고든다. 이(蝨)는 사람의 온몸을 삶의 터전 삼아 지내면서 사람을 괴롭힌다. 그러나 모기와 파리와 벼룩과 이는 사람의 몸 밖에 있기 때문에 사람의 몸 안에 살고 있는 온갖 기생충과 비교하면 차라리 더 낫다고 하겠다. 모기의 해로움은 사람의 살갗을 뚫어 피를 빨고 종기와 고름이 나게 하는 데 그치고, 이의 해악은 상처를 내서 머리카락을 잘라 내는 데 그치지만, 회충의 해로움은 사람의 머리까지 올라와 목숨까지 잃게 만든다. 이옥(李鈺)의 『백운필(白雲筆)』에 나오는 벌레 이야기다. 사람이 비록 만물 가운데 가장 우월하다고 거만을 떨지만, 모기와 파리와 벼룩과 이를 물리치지 못하고 심지어 기생충에 대해서는 어찌할 도리조차 없다. 사람이 더 우월한지 벌레가 더 우월한지 모르겠다. 더욱이 벌레는 사람이 무서워하는 맹수조차 두려워하는 존재다. 예를 들어 보자. 매와 새매가 비록 날쌔고 빠르지만 자기 발 사이의 모기를 피할 수 없다. 호랑이와 표범은 사납고 날카로운 이빨을 가졌지만 자기 턱 아래의 이를 제압할 수 없다. 이치가 이와 같은데 어떻게 작고 하찮고 보잘것없다고 멸시할 수 있겠는가?

소소한 것들의 조화

어린아이의 울고 웃는 모습과 시장 사람들이 물건을 사고파는 모습 또한 익히 관찰하다 보면 무엇인가를 느낄 수 있다. 사나운 개가 서로 싸우는 모습과 영악한 고양이가 스스로 재롱떠는 모습을 가만히 관찰하다 보면 지극한 이치가 그 속에 있다. 봄날 누에가 뽕잎을 갉아 먹는 모습이나 가을날 나비가 꽃에서 꿀을 채집하는 모습에도 하늘의 조화가 유동(流動)하고 있다. 만 마리의 개미 떼가 진(陣)을 이루고 행진할 때 깃발과 북소리를 빌리지 않아도 절도가 있고 격식이 잡혀 저절로 정비되어 있다. 천 마리 벌의 방은 기둥과 들보에 의지하지 않아도 칸과 칸 사이의 간격이 저절로 균등하다. 이 모두가 지극히 세밀하고 지극히 미미한 것이지만 제각각 그 속에는 끝을 알 수 없는 지극히 오묘하고 지극히 변화하는 만물의 원리가 담겨 있다. 무릇 하늘과 땅 사이의 높고 넓은 것과 고금의 오고 가는 것을 관찰하면, 장관이고 기이하지 않은 것이 없다.

嬰兒之啼笑 市人之買賣 亦足以觀感 驕犬之相鬨黠猫之自弄 靜觀則至
理存焉 春蠶之蝕葉 秋蝶之採花 天機流動 萬蟻之陣不藉旗鼓 而節制
自整 千蜂之房不憑棟樑 而間架自均 斯皆至細至微者 而各有至妙至化

之無邊焉 夫天地之高廣 古今之來往 觀不亦壯且奇乎哉

— 『이목구심서 1』

옛사람들은 자기 주변의 자연 만물을 스승으로 삼아 세상의
조화와 이치를 깨쳤다. 이 점에 대해서는 북학파의 일원으로
이덕무와 절친했던 홍대용의 『의산문답(醫山問答)』에 등장
하는 허자(虛子)와 실옹(實翁)의 대화를 주목해 볼 만하다.
사람이 아닌 하늘의 입장에서 본다면 사람과 동물과 식물은
모두 평등하고 균등한 가치를 지니고 있기 때문에 귀천(貴
賤)의 등급이 있을 수 없다는 실옹의 말에 허자가 심하게 반
발하면서 이렇게 말한다. "천지간 생물 중에 오직 사람이 귀
합니다. 저 금수(禽獸)나 초목(草木)은 지혜도 깨달음도 없
으며 예법도 의리도 없습니다. 사람이 금수보다 귀하고 초목
이 금수보다 천한 것입니다." 이에 실옹은 사람이 세상을 살
아가면서 동물과 식물로부터 도움을 받지 않는 것이 없다는
점을 깨우쳐 준다.

예를 들어 벌로부터는 의리를, 개미에게서는 군대의 진법을,
박쥐에게서는 예절의 제도를, 거미에게서는 그물 만드는 법
식을 각각 배워서 취했다는 것이다. 이것은 인간이 자연 만

물 중 가장 우월하다는 생각에서 벗어날 때 비로소 얻을 수 있는 지혜와 식견이다. 세상에 존재하는 모든 사물은 각자 나름의 존재 이유와 가치를 갖고 있다. 그렇기 때문에 세상 어떤 것도 더 우월하거나 열등하지 않다. 따라서 세상에 존재하는 그 어떤 것도 사람의 스승이 되지 않는 것이 없다. 레오나르도 다빈치(Leonardo da Vinci)를 비롯한 르네상스 시대 인문주의자들이 자연 만물의 습성과 행태를 관찰하고 탐구하며 사람의 본성 및 행동과의 유사성을 찾았던 까닭 역시 여기에 있다.

사냥개와 사슴, 곰과 호랑이

사람이 사냥개를 시켜서 사슴을 쫓게 하면 사슴은 반드시 미친 듯 내달린다. 개가 그 뒤를 쫓아가 거의 물려고 할 때 사람이 사냥개를 불러서 먹이를 주고 쉬게 한다. 그러면 사슴은 반드시 개가 다가오기를 기다리며 돌아보고 서 있다. 개가 다시 사슴을 쫓다가 또한 방금 전처럼 쉬면 사슴 역시 예전과 같이 기다린다. 여러 차례에 걸쳐 그렇게 하면 사슴은 기력을 다해 넘어지고 만다. 그때 바로 개가 이빨로 사슴을 물어서 죽인다. 그것은 인(仁)인가 또는 신(信)인가. 곰과 호랑이가 서로 싸울 때 호랑이는 발톱과 어금니를 크게 벌리고 위세를 모아서 힘을 쓰는 데 전념한다. 곰은 반드시 사람처럼 서서 큰 소나무를 구부려 꺾고 힘껏 내리친다. 한 번 내리친 나무는 버리고 쓰지 않고 다시 소나무를 꺾는다. 노고는 많지만 힘이 꺾여 끝내는 호랑이에게 죽고 만다. 그것은 의(義)인가 또는 정(貞)인가. 사람이 산골짜기에 가로질러 나무를 걸어 놓고 거기에다가 노끈으로 엮은 올가미를 설치해 놓으면 담비 무리가 물고기 떼처럼 나무를 건넌다. 앞서 가는 놈이 머리를 시험 삼아 올가미 속에 집어넣는데 아무런 거리낌 없이 내키는 대로 한다. 그러면 뒤따라오는 놈들도 먼저 머리를 올가미 속에 집어넣으려고 다툰다.

모름지기 잠깐 사이에 수많은 담비가 목이 매달려 죽고 마는데 살아남은 놈이 하나도 없을 지경이다. 그것은 순(順)인가 또는 공(恭)인가. 사람이 오직 한쪽으로 치우친 견해만 있고 이렇게 저렇게 융통하는 이치에 밝지 못하다면 단지 명분 없는 일에 자신의 몸만 해치고 말 것이다. 이러한 사람은 사슴이나 곰이나 담비로서 옷차림을 한 자다.

人嗾獵犬逐鹿 鹿必疾走 犬隨其後 庶幾嚙焉 而人呼犬與飧休息 鹿必竢犬至顧望而立 犬復逐之 而又如前休 鹿又如前竢 凡數度鹿力盡而蹶 犬廼嚙其勢而斃之 其仁耶信耶 熊與虎相鬪也 虎張爪牙 挾之以威 其用力也專 熊必人立 仰拉長松力擊之 一擊而棄不用 復拉松 勞則多 而力歧也 終爲虎所殺 其義耶貞耶 人橫木于壑 設繩套于木 貂羣魚貫而度木 先行者以首試納于套中 若甘心焉 後至者爭先納首 須臾間累累雄經 無一遺焉 其順耶恭耶 人惟有一偏之見 而不能委曲通暢者 只戕身於無所名之事 是鹿也熊也貂也 而衣冠者也

— 「이목구심서 1」

─────────────

사람들은 대개 이분법, 즉 이것과 저것 또는 옳은 것과 그른 것을 가르는 사고방식에 길들여져 있다. 그러나 이덕무의 사우 박지원은 이렇게 말한다. "참되고 올바른 식견은 진실로 옳다고 여기는 것과 그르다고 여기는 것 중간에 있다." 〈낭환집 서문〉에 나오는 말이다. 참되고 올바른 식견이란 천지자연 및 우주만물과 인간의 관점과 인식 사이의 중간 지점, 즉 대상과 작자의 사이와 경계가 분리되고 통합되는 어느 지점에 존재한다고 말할 수 있다. 그렇지만 박지원조차도 참되고 올바른 식견이 존재하는 중간 지점이 구체적으로 무엇인지에 대해서는 잘 모르겠다고 말한다. 다만 그 중간 지점이란 결코 절대적이고 고정불변한 것이 아니라 상대적이고 가변적인 것이라는 이치만을 말할 수 있을 뿐이다.

이러한 까닭에 어느 것이 옳고 어느 것은 틀렸다는 극단적인 사고에서 벗어나 견해의 다양한 전환과 관점의 무궁한 변환만이 참되고 올바른 식견이 존재하는 중간 지점에 접근할 수 있는 유일한 방식이라는 점을 강조하고 싶다. 그런 의미에서 한쪽에 치우친 견해만 고집하며 이리저리 소통하거나 융통하지 못하는 사람의 어리석음을 꾸짖는 이덕무의 말은 의미심장하다.

문득 이런 생각이 든다. 옳은 것과 그른 것의 중간에 존재하는 참되고 올바른 식견이란 마치 니체가 『차라투스트라는 이렇게 말했다』에서 묘사한 '광대의 줄타기'와 같은 것은 아닐까. 줄 위에 서 있는 광대는 이쪽으로 기울어져도 떨어지고 저쪽으로 기울어져도 떨어진다. 몸이 오른쪽으로 기울면 다시 왼쪽으로 몸을 기울여야 떨어지지 않고, 몸이 왼쪽으로 기울면 다시 오른쪽으로 몸을 기울여야 떨어지지 않는다. 이처럼 이쪽과 저쪽의 사이 또는 왼쪽과 오른쪽의 경계인 중간에 존재하는 어느 지점을 쉼 없이 찾으면서 앞으로 나아가는 것, 그것이 바로 줄타기의 종착점에 비유되는 진리에 이르는 길이 아닐까? 진리를 찾아가는 길은 그렇듯 위태롭고 모호하기 그지없다. 이치가 이러하기 때문에 어떤 특정한 것만이 절대적으로 옳다고 여기는 사람은 그것이 무엇이든지 간에 편견에 사로잡혀 있는 사람이다. 그런 사람은 진리의 실체에 다가가기는커녕 오히려 그 근처에도 가지 못할 어리석은 사람이다.

서리 조각

내가 예전에 서리 조각을 보니 거북등무늬와 같았다. 최근에
다시 보니 어떤 것은 비취의 털 같고 또 어떤 것은 아래에 작은
줄기가 하나 있어 아주 짧고 가늘다. 위에는 마치 좁쌀처럼 보
이는 것이 서로 모여 있는데 반드시 여섯 개가 모두 뾰쪽하게
곧추서 있었다. 대개 기와에 내려앉고 나무에 달라붙어 있는
것은 아주 작고 가늘다. 마른 풀에 붙어 있는 것은 자못 생김새
가 분명하고 밖으로 노출된 해진 솜이나 베에 붙은 것은 셀 수
있을 만큼 역력해 그 기이하고 공교로운 모양은 말로 다 표현
할 수 없었다. 내가 매양 세밀하게 구경할 때마다 가슴속의 오
묘한 생각이 마치 누에가 실을 뽑아내는 모습과 같았다. 눈과
우박은 또한 여러 종류가 있고 성에는 서리의 종류다. 대개 눈
과 우박은 공중에서부터 이미 형태를 만들어 내려오기 때문에
낮과 밤이 따로 없다. 그런데 서리와 성에는 기운이 겨우 물건
에 붙으면 비로소 형태를 이루고 그대로 붙어 엉기니, 이것은
다만 밤을 타서 만들어지기 때문이다. 또한 서리는 단지 바깥
으로 노출된 곳에서만 생기는데, 생각하건대 기운이 곧장 내려
와서 그러한 것인가. 성에는 서리와는 크게 달라서 마치 처마
사이의 깊숙하고 은밀한 곳이라고 해도 만약 나무 조각이나 갈

대 또는 헝클어진 터럭과 엉켜 있는 실만 있으면 아무런 이유 없이 그곳에 꽃을 피운다. 이와 같이 대개 안개 기운과 같은 종류가 하늘과 땅 사이에 빽빽하게 가득 차서 가로 흘러넘치고, 급하게 내달아 비록 처마 사이라고 해도 기운이 통하는 곳에는 들어가서 꽃을 피울 따름이다. 이 또한 한 가지 기이한 구경거리다.

余前見霜片如龜文 近又見或如翡翠毛 或下有一微莖甚短細 上必有如
粟粒者相聚必六箇 皆矗矗直立 大抵着瓦者着木者甚微細 着茅茨者頗
分明 着曝露之敗絮壞布者歷歷可數 其奇巧不可勝言 余每細玩 臆中妙
思 如蠶抽絲耳 雪雹之類亦有數種 霧淞花霜之類也 盖雪雹自空中已成
形而下 故無論晝夜 霜及霧淞花 氣纏着物 始成形而仍粘凝 是只乘夜
爲之故耳 且霜只露天處生了 意者氣直下歟 霧淞花大異於霜 如簷間娛
密處 若有木柹茅葦 或亂髮棼絲 無不緣而生花 此盖霧氣之類 密塞天
地 橫溢奔逐 雖簷間氣可通處 則橫入而生花耳 此亦一奇玩

— 『이목구심서 1』

보통 사람에게 서리는 모두 똑같아 보이지만, 사실 서리 또한 저마다 각양각색의 차이가 있다. 이덕무의 가장 절친한

사우였던 초정 박제가(楚亭 朴齊家)는 사람들을 향해 세상 온갖 꽃을 '홍(紅)'이라는 한 글자와 '붉다'는 한마디 말로 가두지 말라는 뜻을 담은 〈위인부령화(爲人賦嶺花)〉라는 시를 쓴 적이 있다. 무심히 지나치면 붉은 색깔의 꽃으로 보이지만, 마음을 두고 세밀하게 관찰하면 붉은 색깔 속에 수백 가지 다른 색깔이 존재한다. 또한 꽃은 수백 가지 색깔 속에 다시 수천 가지의 다른 형상과 향기를 갖고 있다.

서리 또한 마찬가지다. 거북등무늬 같은 것도 있고 비취 털 같은 것도 있다. 기와나 나무에 붙은 것, 마른 풀에 붙은 것, 해진 솜이나 베에 붙은 것, 처마 사이의 깊숙하고 은밀한 곳에 붙은 것, 갈대나 터럭과 실에 붙은 것이 모두 제각각 다르다. 더욱이 서리는 눈처럼 밖으로 드러난 곳에만 생기지만 성에는 그렇지 않다. 성에는 밖으로 드러나지 않은 깊숙하고 은밀한 처마 사이에서도 기운만 통하면 꽃을 피운다. 아무런 생각 없이 바라보면 서리는 그저 서리일 뿐이지만 자세하게 관찰하면 수많은 장소마다 제각각 다른 형상을 갖고 있다.

다르게 바라보기 시작하면 서리와 성에 또한 세상의 한 가지 기이한 구경거리로 바뀐다. 관물(觀物)의 철학적 전환, 곧 사물을 관찰할 때 본질보다 개성을 파악하고 포착하는 18세기 조선의 신사조(新思潮)가 여기에 있다.

나와 사향쥐

서북쪽 모퉁이에 있는 돌담은 내가 오줌을 누는 곳이다. 그 돌
담에는 사향쥐 구멍이 있는데 사향 냄새가 밖까지 새어 나온
다. 매번 오줌을 눌 때마다 쥐구멍을 파내 포육(脯肉)을 만들
생각이 일어났지만, 그때마다 생각을 바꿔 생물을 죽이는 마음
을 경계했다. 날마다 이와 같이 경계하면서도 아직 그 생각을
통쾌하게 떨쳐 버리지 못했다. 그러나 계속 힘을 쓰니 지금은
그런 생각이 끊어져 살생하려는 마음이 사라졌다. 이와 같은
것은 별반 중요하지 않은 하찮은 일에 마음을 쓰는 것이다. 이
보다 더 큰 곳에 힘쓸 것인가 말 것인가?

西北隅石墻 余溲處也 墻有香鼠穴 香氣外漏 每溲時 掘鼠爲臘之心必
生 旋思殺物爲戒 日日如是 而未快去也 勉之不已 今才斷却殺心寂然
不起 此不屑之機心 於大處能勉否乎噫

하찮고 보잘것없는 미물이라고 자기 멋대로 해도 되는가?

63

사람은 자연의 일부일 뿐이지 창조자도 지배자도 아니다. 그러한 까닭에 사람은 자연 만물과 공존해야 한다. 아무리 하찮고 눈에 거슬린다고 해도 자연을 함부로 해쳐서는 안 된다. 사람에게는 생명을 함부로 해칠 권리가 없다.

쥐와 족제비와 벼룩

한 마리 쥐가 닭장 안으로 침입해서 네 발로 계란을 안고 눕는다. 그러면 다른 쥐 한 마리가 그 꼬리를 물고 끌어당겨서 닭장 밖으로 떨어뜨린다. 곧장 다시 꼬리를 물어 당겨서 쥐구멍으로 옮긴다. 또한 병 안에 기름이나 꿀이 있으면 올라가 쭈그리고 앉는다. 꼬리를 병 안으로 깊숙하게 집어넣어 기름이나 꿀을 묻힌 뒤에 몸을 돌려 그 꼬리를 핥거나 빨아먹는다. 한 마리 족제비가 온몸에 진흙을 발라 더럽기 짝이 없다. 어디가 머리고 어디가 꼬리인지조차 분간하기 어렵다. 앞발 두 개를 모으고 밭둑에 서 있는 사람처럼 하고 있는데 마치 썩은 말뚝의 형상이다. 그때 다른 족제비 한 마리는 눈을 감고 마치 죽은 듯 그 아래에 뻣뻣하게 누워 있다. 그러면 까치가 와서 살펴보고 족제비가 죽은 줄 알고 부리로 한 번 찍어 본다. 그런데 족제비가 꿈틀대며 움직이면 까치는 살아 있는 줄로 의심해 재빨리 날아올라 썩은 말뚝처럼 서 있는 다른 족제비 위에 내려앉는다. 그 순간 족제비는 입을 벌려 까치의 발을 문다. 까치는 비로소 자신이 족제비의 머리 위에 내려앉았다는 사실을 알게 된다. 족제비는 벼룩이 온몸을 물면 곧장 나무토막 하나를 입에 물고 먼저 시냇물에 꼬리를 담근다. 벼룩은 물을 피해 족제비의 허리와 등 쪽으로 모여든다. 물에 담그면 피하고 다시 물에 담그면 피한다. 점차 목덜미까지 물속으로 집어넣으면 벼룩은 마지막으로 족제비가 입에 물고 있는 나무토막으로 모인다. 그러면 족제비는 나무토막을 물에 버리고 언덕으로 뛰어오른다. 누가 가르쳐 주었겠는가? 본래 언어로 서로 일러 준 것도 없다. 가령 한 마리 쥐가 계란을 안고 눕는다고 해도 어찌 다른 쥐가 그 꼬리를 물고 끌어당길 줄 안단 말인가? 한 마리 족제비가 썩은 말뚝처럼 서 있다고 해도 어찌 다른 족제비가 죽은 듯 그 아래에 뻣뻣하게 누울 줄 안단 말인가? 이것이 바로 자연이 아니겠는가.

一鼠入雞窠中 四足仰抱雞卵而臥 一鼠啣其尾曳之墜于窠外 則仍又啣其尾曳之輪于穴 瓶有油或蜜 蹲于瓶 以尾探入于中 塗之以出 回身舐其尾 一黃鼠渾身塗濁泥 不辨首尾 縮前二足 人立于田畔如朽杙狀 一黃鼠瞑目屛氣 僵臥于其下 有鵲來窺 以爲死一啄之 故蠢動 則鵲疑躍而坐于朽杙 朽杙開口噉其足 鵲始知坐于黃鼠之首也 渾身蚤咀 迺啣一木 先沉尾于溪 蚤避水莘于腰脊 隨沉隨避 涔涔沒項 蚤盡集于木 然後捨木於水 騰身於岸 孰敎之乎 本無言語相曉 假使一鼠抱卵臥 其一安知啣其尾乎 一黃鼠作杙立 其一安知僵其身乎 是豈非自然乎

— 『이목구심서 1』

자연은 누가 가르치거나 깨우쳐 준 것도 아닌데 제각기 나름의 방식을 찾아서 생명을 유지하고 보존한다. 니체의 표현을 빌리면, 자연은 "스스로의 힘에 의해 돌아가는 바퀴"다. 누가 시켜서 그렇게 하는 것이 아니라 저절로 그렇게 하는 것이다. 쥐와 족제비와 벼룩의 습성과 행태 속에서 다시금 자연을 배운다. 특별하지 않은 것에서 특별한 것을 아는 것, 그것이 일상의 재발견이다.

자연과 깨달음

정신이 맑을 때 한 송이 꽃과 한 포기 풀과 한 덩어리 돌과 한 사발 물과 한 마리 새와 한 마리 물고기를 조용하게 관찰한다. 즉시 가슴속에 연기가 무성하게 피어오르고 구름이 가득 일어난다. 마치 기분 좋게 스스로 깨달은 것이 있는 것 같다가 다시 그곳을 깨달아 알려고 하면 도리어 아득해지고 만다.

且精神好時 一花一草一石一水一禽一魚靜觀 則胷中烟勃雲蓊 若有欣然自得者 復理會自得處 則却茫然矣

— 『이목구심서 2』

돈오점수(頓悟漸修)와 돈오돈수(頓悟頓修)라는 말이 있다. 돈오점수는 단박에 깨치고 점진적으로 닦는다는 말이다. 깨달음을 얻은 다음에도 계속해서 수행을 해야 한다는 뜻이다. 돈오돈수는 단박에 깨달음을 얻고 단박에 닦는다는 뜻이다. 단박에 깨달음을 얻어 더 이상 수행할 것이 없는 경지에 도달했다는 뜻이다. 전자가 깨달음이 한 번으로 끝나지 않기

때문에 계속해서 수행을 해야 한다는 말이라면, 후자는 한 번의 깨달음만으로도 수행이 완성된다는 말이다.

여기서 어느 쪽이 옳은지 판정하는 것은 불필요한 일 같다. 다만 깨달음을 진리의 문제로 옮겨와 생각해 보면, 누군가 단 한 번의 깨달음으로 인간 세계와 우주 만물의 진리에 도달할 수 있다고 이야기한다면 필자는 그에게 사기꾼이라고 실컷 욕을 퍼부을 것이다. 우리가 무언가를 안다고 말할 때, 동시에 그 안다는 것 밖에는 필연적으로 우리가 모르는 것이 존재하게 된다. 즉, 앎이란 안다는 것과 모른다는 것이 끝없이 돌고 도는 것이다. 누구나 앎과 진리와 깨달음을 향해 무한히 나아갈 수 있을 뿐 그 끝은 알 길이 없다.

그런 의미에서 앎과 진리와 깨달음이란 시작과 끝을 알 수 없는 뫼비우스의 띠와 같다. 꽃과 풀과 돌, 물과 새와 물고기를 관찰해 만물의 이치를 자득했다가도, 다시 스스로 터득한 것을 이해하려고 하면 오히려 아득해지고 만다는 이덕무의 말은 앎과 진리와 깨달음을 향해 나아가는 인간 인식의 한계를 진솔하게 표현한 것이다. 세상의 진리를 모두 알고 천하의 이치를 모두 깨달았다고 떠들어 대는 것은 지적 사기꾼들의 허풍에 불과하다. 이덕무의 말과 사기꾼의 허풍 중 어떤 것이 더 가치 있겠는가?

석벽 위 소나무

암벽 위에 세 그루의 소나무가 층층이 자라고 있다. 노(老)와
장(壯)과 유(幼)로 구별할 수 있다. 맨 아래 소나무는 맨 위 소
나무의 손자다. 중간 소나무는 맨 위 소나무와 맨 아래 소나무
의 아들이자 아버지다. 오랫동안 고요하게 완상(玩賞)하고 있
으면 엄연히 윤기(倫氣)가 있다.

石壁上三松層生也 老壯幼可辨 下松上松之孫 中松上松下松之子與父
靜玩久之 儼有倫氣

— 『이목구심서 2』

인간 세계와 자연 만물의 질서는 노, 장, 유 3대가 함께할 때
가장 좋다. 노는 유로부터 지금과 새로운 것을 배우고, 유는
노에게서 옛것을 배울 수 있기 때문이다. 그럼 장은 무엇을
할 것인가? 노와 유의 중간 지점에서 그 장점과 단점을 중도
(中道)와 중정(中正)의 이치로 밝혀서 조화와 균형을 이룰
수 있게 한다.

학을 춤추게 하는 법

일찍이 학을 춤추게 하는 방법에 대해 들은 적이 있다. 깨끗하게 청소한 평평하고 매끄러운 방에 기물이나 세간을 모두 치우고 단지 구르는 둥근 모양의 나무 한 개만 놓아둔다. 그런 다음 학을 방 안에 가두고 구들에 불을 지핀다. 발이 뜨거워진 학은 견디지 못하고 둥근 나무에 올라서는데 구르면서 섰다가 미끄러졌다가 하게 된다. 양 날개를 수도 없이 오므렸다가 폈다가 하고 아래를 굽어보았다가 위를 쳐다보았다가 한다. 그때 창 밖에서 피리를 불고 거문고를 타서 떠들썩하게 소리를 내면 마치 학이 엎어지고 넘어지듯이 춤을 춘다. 서로 절조를 맞춰 연주한다. 학은 뜨거워서 마음이 번거롭고 떠들썩한 소리에 귀는 막막하지만, 순간 기쁨에 빠져 괴로움을 잊어버린다. 오랜 시간 동안 그렇게 한 다음에 비로소 학을 풀어놓는다. 여러 날이 지난 뒤 또한 피리를 불고 거문고를 타면 학은 홀연히 기쁜 듯이 날개를 치고 모가지를 꼿꼿이 세우고 절조에 따라 훨훨 춤을 춘다. 기이한 지략과 기묘한 계책이 이와 같은 지경에 이르게 했는가. 이로부터 만물이 모두 자연을 온전히 유지하지 못할 따름이다. 장자가 말하기를 "말과 소는 그대로가 천연인데, 머리를 잡아매고 코를 뚫는 것은 인위다. 이것은 통하고 자 하면서 오히려 막는 것이다"라고 했다. 그러나 잡아매고 뚫는 것 역시 천연이다. 만약 머리를 잡아매지 않고 코를 뚫지 않는다면 말과 소의 성품을 인도할 수 없다. 저 말과 소의 머리와 코를 바라보면 이미 타고날 때부터 잡아매고 뚫을 만한 형세를 하고 있는데, 이것은 천연이다. 이른바 인위라고 말하는 것은 학을 춤추게 하는 부류일 따름이다.

余嘗聞舞鶴法 當淨掃平滑之房 不留器什 只置圓轉之木一箇 囚鶴於房中 爇火于堗 使房熱烘 鶴不耐其足熱 立於圓木 必流轉乍立乍躓 兩翮翕張無常 俯仰不已 其時窓外吹竹彈絲 喧闐嘲轟 若與鶴之顚倒相節奏者 鶴心煩于熱 耳鬧于聲 有時而悅忘其勞 旣久之廼放 後多日又吹竹彈絲 鶴忽欣然鼓翼矯頸 應節翩翩矣 奇謀妙計一至于此 自是萬物皆不全其自然爾 莊子謂馬牛天也 絡首穿鼻人也 此欲通而反塞也 絡之穿之亦天也 若不絡不穿 不可以導馬牛之性也 看它首它鼻 已有天生可絡可穿之形勢此天也 其所謂人者 舞鶴之類歟

— 『이목구심서 1』

인간의 뜻에 맞게 자연과 사물을 길들이는 것은 모두 자연의 본성을 거스르는 행동이다. 학을 춤추게 하는 것은 인간의 즐거움을 위해 학을 괴롭히는 것밖에 안 된다. 인간에게는 그렇게 할 어떤 권한도 없다. 말과 소가 그대로 천연이라면 학 또한 그렇다. 말과 소의 머리를 얽고 코를 뚫는 것이 인위가 아닌 천연이라고? 말과 소의 성품을 인도할 수 있기 때문에? 이덕무의 말이지만 결코 동의할 수 없다. 말과 소의 성품은 무엇인가? 사람을 태워 멀리 이동하고, 사람을 도와 농사짓는 것인가? 오직 인간의 시각에서 볼 때만 그럴 뿐이다. 인간이 어떻게 말과 소의 성품을 알 수 있단 말인가?

이는 말과 소가 인간의 성품을 알 수 있다는 말과 똑같이 황당한 이야기다. 말과 소의 머리를 얽고 코를 뚫는 것 역시 천연이 아니라 인위다. 학을 춤추게 하는 것과 무엇이 다른가? 철학자 장 자크 루소(Jean Jacques Rousseau)는 자연 만물이 조물주의 손에서 나왔을 때부터 이미 완전하다고 말한다. 오히려 인간의 손에 들어왔을 때 자연은 뒤틀리고 어긋난다. 자연 만물을 타고난 그대로 두는 것만이 천연이고, 인간의 입맛에 맞게 고치거나 길들이는 것은 모두 인위다. 비슷한 이치에서 어린아이와 동심은 천연이지만 견문과 지식이나 도리와 윤리는 모두 인위일 뿐이다. 따라서 삶은 반드시 어린아이를 본보기로 삼고 글은 반드시 동심을 바탕으로 삼아야 한다는 주장 역시 이와 같은 맥락에서 이해할 수 있다.

해바라기

새는 하늘을 날 때 반드시 먼저 남쪽을 향해 날아간 뒤에 다른
곳으로 날아간다. 이(蝨)는 나아갈 때 반드시 먼저 북쪽을 향해
나아간 뒤에 다른 곳으로 나아간다. 제각기 그 음양의 기운을
따라 움직인다. 해바라기가 해를 향해 기울어지는 것은 품종이
편향된 것이다. 내가 해바라기를 분에 심고 매일 그 모습을 관
찰했다. 아침에는 동쪽으로 한낮에는 정중앙으로 저녁에는 서
쪽으로 기울어지는 것이 단 한 번도 착오가 없었다. 그런데 어
느 날 해바라기가 동쪽으로 기울어질 때 분을 서쪽으로 옮겨
놓았더니 얼마 지나지 않아 축 늘어져서 죽고 말았다. 슬프다!
내가 해바라기로 하여금 절개를 잃게 했더니 해바라기가 절개
를 지키다 끝내 죽고 만 것이다.

鳥之飛也 必先南而後它之 虱之行也 必先北而後它之 各從其陰陽之氣

也 葵花之傾日 品鍾之偏也 余種于盆 觀其每日朝東吾正夕西無一差

方其東也 移盆使西之 少間低垂而死 噫余使葵失節 而葵守節而死也

— 『이목구심서 1』

만약 평생 간직해야 할 절개가 있다면 마땅히 이래야 할 것이다. "어진 사람은 흥망과 성쇠로 절개를 고치지 않고, 의로운 사람은 보존과 멸망으로 마음을 바꾸지 않는다."『소학(小學)』에 나오는 말이다. 가장 좋을 때 지닌 마음을 가장 나쁠 때도 잃지 않는다. 가장 나쁠 때 가진 마음을 가장 좋을 때도 잃지 않는다. 그와 같이 할 수만 있다면 어진 사람이요 의로운 사람이라고 말할 수 있다.

금봉화

약초 밭두둑 난간의 금봉화가 새벽 비에 붉은 색깔이 가셔 버렸다. 어린 계집종이 꽃을 부여잡고 울고 있었다. 세속의 먼지에서 벗어난 통달한 선비가 이 모습을 보고 눈동자를 활짝 열며 말했다. "패왕 항우(覇王 項羽)가 우미인(虞美人)과 울며 이별할 때 바로 이와 같았을 것이다."

藥欄干畔 金鳳花爲曉雨褪紅 小婢子攀花而泣 有達觀士夫 開眼孔曰

項覇王泣別虞兮時 政如是

— 『이목구심서 2』

동서양 고전을 통틀어 사마천(司馬遷)의 『사기(史記)』와 겨룰 만한 책이 몇 권이나 될까? 『사기』의 문장 중 명문 아닌 것이 없지만, 그중에서도 가장 돋보이는 명문 중의 명문은 「항우본기(項羽本紀)」다. 특히 이 책의 클라이맥스는 항우가 최후를 맞이하기 직전 평생에 걸쳐 사랑한 여인 우미인과 이별하는 장면이다. 이 장면은 패왕별희(覇王別姬)라는 말이 생겼을 만큼 유명한, 오늘날에도 중국 전통 악극인 경극에서 가장 많이 다루는 이야기다. 이 이야기가 이토록 사랑받은 까닭은 무엇일까? 사랑과 이별의 진실함과 애절함이 이보다 더한 고사가 없기 때문이다.

금봉화(金鳳花)는 봉선화다. 봉선화가 활짝 피면 여인들은 누구나 할 것 없이 손톱과 발톱에 봉선화 물을 들인다. 그만큼 사랑받는 꽃이다. 그런데 어느 날, 새벽에 내린 비에 봉선화의 붉은 기운이 사라져 버렸다. 집안의 어린 계집종이 봉선화를 부여잡고 훌쩍거리는 모습이 마치 항우와 우미인이 이별할 때 그러지 않았을까 싶을 만큼 애틋하고 애절하다. 인간이 지닌 가장 가치 있는 덕목 중 하나가 바로 공감이다. 다른 사람의 슬픔에 슬퍼하고 기쁨에 기뻐하고 분노에 분노할 줄 모른다면, 세상 사람들이 아무리 훌륭하다고 떠들어도 반 푼의 가치도 없는 사람이다. 당시의 신분 질서를 기준으로 볼 때 어린 계집종은 지극히 천한 미물에 불과하다. 그런데 봉선화와 헤어지는 한순간을 슬퍼하는 어린 계집종을 지켜보면서, 이덕무는 지극히 높고 귀한 영웅인 초패왕과 우희의 가슴 절절한 이별 장면을 떠올린다. 진실로 슬퍼하는 사람을 볼 때 같이 저절로 슬퍼지는 것, 그것이 바로 공감이다.

회충의 쓸모

코에서 토해 낸 회충으로 자기(瓷器)의 깨진 틈을 붙일 수 있다. 그 끈끈한 성질을 취하고 그 더러움은 잊어버린다.

鼻嘔之蛔 可粘甆礜 取其粘 忘其穢

— 『이목구심서 2』

만물 중 완벽한 것은 없듯이 천하에는 버릴 물건 역시 없다. 백해무익하게 보이는 회충조차 깨진 자기 틈을 붙이는 재료가 되지 않는가! 따라서 만물은 전부 취하거나 전부 버릴 수 없기 때문에 오로지 취할 것은 취하고 버릴 것은 버려야 한다. 깨끗한 것과 더러운 것은 거론할 필요도 없다. 여기에서 여진족이 세운 청(淸)나라를 가리켜 "비록 오랑캐일지라도 배울 것이 있다면 마땅히 찾아가서 섬기고 배워야 한다"는 북학파 사상을 떠올리는 것은 비약일까?

풀벌레의 천성

비록 아주 작고 보잘것없는 풀벌레라고 할지라도 한 번 뒤집히
거나 거꾸러지면 한 번 절규한다. 어찌 거짓으로 꾸미겠는가.
어찌 거리끼거나 얽매이겠는가. 오직 천성(天性)에 따라 맡겨
둘 뿐이다.

草蟲雖細 一飜倒一叫 何嘗有假飾 何嘗有罣碍 只任眞機而已耳

— 『이목구심서 2』

미미한 풀벌레도 거짓 소리로 꾸미거나 구애받지 않고 오로
지 타고난 천성에 맡기는데, 어찌 사람만은 그러지 못한가?
권세와 명예와 이익과 출세를 탐하는 마음에 지배당하기 때
문이다.

열매 맺지 못한 꽃

널리 알면서도 편찬하거나 저술하지 못하는 것은 열매를 맺지
못하는 꽃이나 다름없다. 이미 떨어져 버린 꽃이 아니겠는가.
편찬하거나 저술하면서도 널리 알지 못하는 것은 근원이 없는
샘물이나 다름없다. 이미 말라 버린 샘물이 아니겠는가.

能淹博而不能纂著 猶無窊之花 不已落乎 能纂著而不能淹博 猶無源之
泉 不已涸乎

— 『이목구심서 2』

세상 모든 것을 두루 알면서도 글을 쓰지 못하는 까닭은 무
엇인가? 스스로 깨달아 터득한 것이 없기 때문이다. 만 권의
책을 읽더라도 다른 사람의 말과 글을 배우고 익히는 데 만
족한다면 아무것도 알지 못하는 것과 무엇이 다르겠는가?
스스로 의문을 갖고 질문을 던지며 생각하고 이해하고 깨
치려 한다면, 구태여 책을 읽지 않더라도 책을 읽은 사람보
다 더 많이 알게 된다. 세상의 이치가 어찌 책 속에만 있겠는

가? "사마천의 문장은 책 속에 있지 않았다"고 한 옛사람의 말을 곱씹어 볼 일이다. 얻은 것이 있으면 애써 글을 쓰려고 하지 않아도 쓸 수밖에 없다. 그 가슴속에 간직한 말과 글이 흘러넘치는데 어떻게 쓰지 않을 수 있단 말인가.

그렇다면 글을 쓰면서도 두루 알아야 하는 까닭은 무엇일까? 스스로 깨달아 터득한 것이 있다고 하더라도 한 사람이 세상의 모든 이치에 통달할 수는 없다. 그러므로 지식은 서로 연쇄 반응을 일으킬 때 가장 좋다. 하나의 지식을 알게 되면 다른 지식에 대한 의문이 일어난다. 그 의문을 풀어 가다 보면 또 다른 지식에 대한 의문이 생겨난다. 문학을 알면 역사가 궁금해지고, 역사를 알면 철학이 궁금해지고, 철학을 알면 과학이 궁금해지는 것과 같다. 그래서 학문과 저술이 지극한 경지에 오른 사람은 반드시 문학가이자 역사가였고 철학자이자 과학자였으며 또한 예술가였다.

백마의 깨달음

천리마의 한 오라기 털이 하얗다고 해서 미리 그 천리마가 백마라고 단정 지어서는 안 된다. 온몸에 있는 천만 개의 털 중에서 누런 털도 있고 검은 털도 있을지 어찌 알겠는가. 이러한 이치로 보건대, 어찌 사람의 한 가지 면만을 보고 그의 모든 것을 판단하겠는가.

不可以驥之一毛之白 而五定其爲白馬也 安知其渾身億千萬箇毛 或有

黃處黑處乎 豈徒見人之一偏 而論斷其大全哉

— 『이목구심서 4』

일반화의 오류란 부분을 갖고 전체인 양 착각하는 잘못을 말한다. 사물의 일부나 단면을 두고서 모든 것이 그렇다고 지레 짐작하기 때문이다. 박지원 역시 〈능양시집 서문(菱洋詩集序)〉이라는 글에서 까마귀의 비유를 통해 일반화의 오류를 통쾌하게 반박한다. "까마귀를 보라. 세상에 그 깃털보다 더 검은 것은 없다. 그러나 홀연히 유금(乳金)빛이 번지기도 하고 다시 초록빛을 반짝거리기도 하고, 해가 비치면 자줏빛이 튀어 올라 번득이다가 비취색으로 바뀌기도 한다. 그러면 내가 그 새를 두고 푸른 까마귀라 해도 좋을 것이고, 붉은 까마귀라 해도 문제될 것이 없다. 본래부터 그 새에게는 일정한 빛깔이 존재하지 않는데, 먼저 내가 눈으로 빛깔을 정했을 뿐이다. 어찌 눈으로만 결정했겠는가? 보지 않고도 마음속으로 먼저 그 빛깔을 정한다." 획일성이 아닌 다양성의 눈과 마음을 갖추고 세상 만물과 우주 자연의 이치와 조화를 헤아릴 줄 알아야 한다는 이야기다. "백마를 백마라고 단정하지 말라"는 이덕무의 말은 꽃을 '붉을 홍(洪)'이나 까마귀를 '검을 흑(黑)' 한 글자로 가두어서는 안 된다는 박제가와 박지원의 주장과 일맥상통한다.

———

만물을 세밀하게 관찰하면 부패해서 냄새 나는 것 이외는

모두 생기가 발랄하지 않은 것이 없어서 결코 억제하거나 저지할 수가 없다.

3

마음이 밖으로
드러나는 곳

소주와 황대구만 먹던 망아지

자여역(自如驛, 고려와 조선 시대에 쓰인 역참으로 오늘날 경상남도 창원시 동읍 송정리에 있었다)에 사는 어떤 사람이 망아지를 새로 샀다. 그런데 그 망아지는 꼴이나 콩을 먹지 않았다. 시험 삼아 오곡(五穀)을 던져 주었지만 역시 먹지 않았다. 사람이 먹는 음식에 이르기까지 시험 삼아 주었는데 모두 먹지 않았다. 그런데 소주를 주자 비로소 흔쾌히 마셨다. 또한 황대구를 얇게 저며서 주자 잘 먹었다. 그 후 연속해서 소주와 황대구 두 가지 음식을 먹이니 하루에 칠백 리 내지 팔백 리를 갔다. 정축년(丁丑年, 1757)에 금주령이 생긴 뒤 먹지 못해 죽고 말았다.

自如驛人 新買兒馬 不食蒭豆 試投五穀亦不食 至於人所食者試之皆不食 以燒酒與之始喜飮 又剉黃大口與之善吃 其後連喂二物 日行七八百里 丁丑歲 酒禁後不食死

— 『이목구심서 2』

박물학이 막 세상에 등장했을 때, 사람들은 이 새로운 학문을 어떻게 부를까 고민하다가 지괴소설(志怪小說)이라고 이름 붙였다고 한다. 이전까지의 학문과 지식, 저술의 대상과는 확연히 다른 세상의 기이한 일과 잡다한 사물을 다룬 짧은 글과 기록이었기 때문이다. 성리학에 길들여진 지식인의 관점에서 보면, 소주와 황대구만 먹던 망아지에 관한 이야기는 저잣거리의 풍설(風說)에 불과하다. 입에 담는 것도 체면을 망칠 일인데 어떻게 감히 글로 옮겨 적을 수 있겠는가? 그러나 박물학의 지적 전통에서 글을 썼던 이덕무에게는 다시없이 특별한 글감이자 흥미로운 소재였다. 기자들이 어떤 것이 기삿거리가 되느냐를 말할 때 예로 드는 재미있는 이야기가 있다. 바로 개가 사람을 물면 기삿거리가 아니지만 사람이 개를 물면 기삿거리가 된다는 것이다. 전자는 흔한 일이지만 후자는 아주 특별하고 기이한 일이기 때문이다.

아마도 이덕무는 이러한 기자의 심정으로 글을 쓰지 않았을까? 이 글에서는 한양 인근뿐만 아니라 먼 남쪽 궁벽한 지방의 풍설조차 허투루 다루지 않았던 그의 투철한 기록 정신을 엿볼 수 있다. 필자는 이렇게 생각한다. 조선이 가장 자랑할 만한 것은 『조선왕조실록(朝鮮王朝實錄)』과 『의궤(儀軌)』 같은 기록 유산과 헤아리기도 힘들 만큼 많은 지식인들이 자기 문집과 문헌에 남긴 기록 정신이라고. 철학자 데카르트(René Descartes)의 표현을 빌리면 이덕무를 비롯한 조선 시대 지식인들의 삶은 이렇게 정의할 수 있다. "나는 기록한다. 고로 존재한다."

박쥐와 벌

집 들보에 난 틈으로 박쥐가 여러 마리 날개를 펴고 붙어 있었다. 나무 끝으로 찔러 보니 쇠를 치는 소리가 났다. 그 밑에 죽은 벌이 무더기로 쌓였는데 모두 머리가 없었다. 그제야 박쥐가 벌의 머리를 먹는 것을 알았다. 야명사(夜明砂)를 가루로 만들어 보니 번쩍번쩍하는 것이 모두 벌의 머리와 눈이 부서진 것이었다. 그러나 낮에 보지 못하는 놈이 어떻게 벌을 잡겠는가. 또 벌집에는 박쥐가 들어갈 수가 없다. 낮이라도 벌은 사냥할 수 있는지 알 수 없다. 일찍이 그 큰 놈을 잡아서 초(醋)를 발랐더니 온몸이 붉어졌다. 그 발을 구리실로 묶어서 대통 속에 넣어 두었는데 아침에 보니 도망가고 없었다.

屋樑木理裂坼 衆蝙蝠次第布翅而伏 試以木尖築之 聲如戞鈇 其下堆積

枯蜂皆無首 始識蝙蝠食蜂頭也 屑夜明砂 則閃閃者皆蜂頭眼之破碎也

然晝不能視 則安得捉蜂也 且蜂窠非渠所可入也 雖晝蜂或可獵耶 未可

知也 嘗捕其大者 澆之以醋 渾身醋紅 以銅絲鎖其足 囚于竹筒 朝視廼

逃去矣

— 『이목구심서 1』

야명사는 박쥐의 똥이다. 몸에 난 종기나 부스럼 또는 눈병을 고치는 약재로 쓰였다. 이덕무는 박쥐를 살펴보다가 머리 없는 죽은 벌을 발견하고는 박쥐가 벌의 머리를 먹는다는 사실을 깨닫는다. 그러나 확신이 서지는 않는다. 박쥐 똥을 찾아 시험해 보기로 마음먹는다. 박쥐 똥을 가루로 만들어 보니 번쩍번쩍 빛을 발하는데 모두 벌의 머리와 눈이 부서져서 그렇게 된 것이었다. 이쯤에서 이덕무의 박물학이 어떻게 이루어졌을까 하는 의문의 답을 찾아보자. 문헌 기록에서 본 지식 정보를 해석하고 기록하는 작업이 한 축이라면, 일상생활에서 얻게 된 지식 정보를 직접 탐구하고 실험하는 작업이 또 다른 축이다.

전자가 고증(考證)과 변증(辨證)의 학문이라면, 후자는 실증(實證)의 학문이다. 박쥐가 벌을 먹이로 한다는 사실은 문헌 기록을 통해 얻은 지식이 아니다. 일상생활의 관찰과 실험 과정을 통해 얻은 것이다. 이 순간 이덕무는 그저 방 안에서 서책이나 뒤적이던 서생(書生)이 아닌 생물학자로 재발견된다. 이덕무와 절친했던 사우들의 면면을 살펴보면 이들은 모두 특정 분야에 깊은 조예를 가진 전문가였음을 알 수 있다. 이덕무는 박물학자, 박지원은 문학가, 홍대용은 천문학자, 박제가는 사회개혁가, 유득공은 역사학자, 정철조(鄭喆朝)

는 돌과 조각칼을 잘 다루는 공장(工匠), 유금은 기하학자
(幾何學者)였다. 이들이 한데 어울려 어떤 이야기들을 나누
었을지 궁금하지 않은가?

천적

닭의 크기는 쥐보다 열 배나 된다. 그런데 쥐가 닭을 씹어 배 속까지 뚫고 들어가도 닭은 피할 줄 모르고 움직이지도 않으면서 두 눈을 멀뚱히 뜨고 아무 일 없는 듯 행동한다. 뱀은 지네보다 백배나 크다. 그러나 지네가 뱀을 쫓으면 달아나지 못하고 기운이 빠져 바보처럼 입을 벌리고 엎드려 있다. 지네가 입으로 들어가면 곧 뱀이 죽는다. 지네는 뱀의 살이 모두 썩어야 나온다. 또 쥐가 거위와 오리를 뚫을 때에도 거위와 오리는 피할 줄 모른다. 돼지, 고양이, 거위는 모두 뱀을 즐긴다. 닭은 두꺼비 새끼를 통째로 삼키기를 마치 물을 마시듯 한다. 거미 오줌이 닿으면 지네가 물이 되고, 달팽이 침이 묻으면 지네의 발이 다 떨어진다. 달팽이는 전갈도 제압한다.

雞之大十倍於鼠也　鼠直唼雞肉　穿入腹中　而雞不知避　亦不小動　兩目
湛然若甘心者　蛇之大百倍於蜈蚣也　蜈蚣逐蛇　蛇不能走　氣沮如痴　張
口而伏　蜈蚣入其口　須臾蛇死　肥肉皆壞爛而始出　鼠又穿鵝鴨　鵝鴨不
知避　猪猫鵝皆嗜蛇　雞活吞蟾子如飲水矣　蜘蛛溺沾蜈蚣　蜈蚣化爲水
蝸牛涎繞蜈蚣　蜈蚣足盡落　蝸牛亦伏蝎

— 『이목구심서 1』

강자와 약자의 관계는 상대적이고 가변적이다. 절대 강자도 절대 약자도 없다. 닭은 쥐보다 열 배나 크지만 쥐에게 잡아먹힌다. 뱀은 지네보다 백배나 크지만 지네에게 죽임을 당한다. 그런데 지네는 거미의 오줌에 물이 되고, 달팽이의 침에 발이 모두 떨어져 나간다. 심지어 달팽이는 전갈까지 제압한다. 자연은 사람의 오래된 상식과 믿음을 순식간에 뒤집어엎곤 한다. 자연은 알면 알수록 매력적이다.

닭 기르는 법과 수박 기르는 법

일찍이 흙구덩이에서 닭을 기르는 방법에 대해 들었다. 겨울에 땅을 약간 정도의 깊이로 파고 나무를 걸쳐서 방을 만든 뒤 단지 밝은 빛이 통하는 구멍 하나만 남겨 놓는다. 그 안에 솜털처럼 부드러운 풀을 쌓아 두고 닭 무리를 안으로 몰아넣어 나오지 못하도록 한다. 항상 마시고 쪼아 먹는 모이 외에 먹이에 토류황(土硫黃)을 배합해 콩만 한 크기로 만든 다음 그것을 먹인다. 그렇게 하면 다음 해 봄에 살이 쪄서 배나 커지고 맛은 더욱 연하고 부드러워진다고 한다. 그 이치가 그럴 듯하다. 파와 순무 같은 채소를 분(盆) 속에 심어서 겨울에 따뜻한 방 안에 놓아둔다. 때때로 물을 주고 햇빛을 보지 못하도록 하면 그 줄기와 잎이 누르스름하게 되어 싹이 트고 길게 자라서 윤택하게 살이 찐다.

余嘗聞土坎養雞法 冬掘土深若干尺 架木爲室 只有通明一竅 積氄草於其中 駈群雞入之使不出 常料飮啄之具外 飯和土硫黃如菽大飼之 明春肥大倍勝 味尤嫩軟 此理或然也 如葱菁之屬 埋於盆中 冬置暖房 時時澆水 使不見陽氣 其莖葉黃白苗長潤肥也

— 『이목구심서 1』

일찍이 큰 수박을 만드는 방법에 대해 들었다. 구덩이를 두어 자가량 파고 나무를 종횡으로 구덩이 입구에 걸쳐 놓는다. 또한 못 쓰는 풀 자리를 펼쳐 놓고 부드럽고 비옥한 흙을 체로 잘게 가루를 내어 그 위에 한 자 정도 쌓아 둔다. 좋은 수박 종자를 심고 구덩이 옆에 작은 구멍 하나를 내고 항상 거름물을 대 준다. 열매를 맺는 데 이르러 맑은 물, 거름물, 꿀물 등을 번갈아서 대 주면 크기는 마치 통(桶) 같고 맛이 아주 달게 된다고 한다. 또한 수박을 크게 만드는 방법도 있다. 수박 종자 세 개를 한곳에 심고 그 덩굴이 조금 자라기를 기다린다. 그리고 뿌리에서 두어 치가량 되는 곳을 자르고 그 속에 수박 덩굴을 넣어서 칼로 좌우의 껍질을 벗겨 낸다. 양 옆의 수박 덩굴은 다만 안으로 향한 껍질만 벗겨 내고 세 가지의 벗겨 낸 곳을 서로 묶어서 칡으로 싸고 진흙으로 봉한다. 오랫동안 그렇게 두면 연결되어 한 줄기를 이루게 된다. 단지 가운데 덩굴만 남겨 두고 양 옆의 덩굴을 잘라 내면 세 뿌리가 하나의 덩굴이 되는데, 열매를 맺으면 가히 바다에 띄울 만하다. 붉고 하얀 두 가지 색깔의 금봉화 역시 이러한 방법을 사용하면 매양 꽃송이의 반은 붉고 반은 하얀 꽃이 피어난다.

余嘗聞大西瓜法 掘坎數尺 以木縱橫坎口 又鋪敗茵 篩細軟肥土 積其

上一尺許 種好西瓜子 坎旁通一小穴 每澆糞水 及其結寀 淸水糞水蜜

水遞灌 則大如桶味甚甘矣 又有大匏法 種三匏於一處 俟其蔓稍長 去
根數寸 居中匏蔓 刀刮左右皮子 兩旁匏蔓 只刮向內皮子 三條刮處相
合 以葛皮裹之 黃泥封之 久而聯成一膚 只留中蔓 而兩蔓割棄 則三根
共成一蔓 結寔可以浮海 赤白二色金鳳花 亦用此法 每一花半赤半白矣

—『이목구심서 1』

옛사람들은 일상생활의 하나에 불과한 음식을 주제로 한 서
책 역시 많이 남겼다. 술을 주제로 왕적(王積)과 두평(竇苹)
은 『주보(酒譜)』를, 정오(鄭遨)는 『속주보(續酒譜)』를 남겼
다. 차를 주제로 육우(陸羽)는 『다경(茶經)』을 지었고, 모문
석(毛文錫)은 『다보(茶譜)』를, 채양(蔡襄)과 정위(丁謂)는
『다록(茶錄)』를 썼다. 방 안 가득 산뜻한 냄새를 채우는 향
(香)을 주제로 범엽(范曄)은 『향서(香序)』를, 홍추(洪芻)는
『향보(香譜)』를, 섭정규(葉廷珪)는 『향록(香錄)』을 저술했
다. 꽃과 과일과 나무 중 한 가지를 소재로 선택해 심립(沈
立)은 『해당보(海棠譜)』를, 한언직(韓彥直)은 『귤록(橘綠)』
을, 범성대(範成大)는 『매국보(梅菊譜)』를, 구양수(歐陽脩)
는 『목단보(牧丹譜)』를, 유공보(劉貢父)는 『작약보(芍藥譜)』
를, 대개지(戴凱之)는 『죽보(竹譜)』를, 찬녕(贊寧)은 『순보

(筍譜)』를 지었다.

이옥은 담배를 주제로 한 자신의 책『연경(烟經)』의 서문에 이런 말을 적었다. 그는 이 같은 저서를 통해 옛사람들이 기록할 만한 이유가 한 가지라도 있다면 아무리 사소하고 하찮고 보잘것없는 물건일지라도 내버려 두지 않았다는 사실을 깨달았다. 그들이 그렇게 한 까닭은 무엇인가? 일상생활에 유용하지만 하찮고 보잘것없는 물건이라고 업신여겨진 탓에 쉽게 이곳저곳에 버려진 것들을 세상에 환하게 드러내어 현재는 물론 미래 세대들이 누구나 자유롭게 사용하도록 하기 위해서였다.

성리학적 세계관과 사유에만 갇혀 있지 않았던 18세기의 지식인들은 이렇듯 자신이 좋아하고 세상에 유용하게 쓰일 수 있다면 그 어떤 것도 다 기록으로 남겼다. 그렇게 해서 세상에 나온 책이 앵무새를 주제로 한 강산 이서구(薑山 李書九)의『녹앵무경(綠鸚鵡經)』이고, 비둘기에 대해 쓴 유득공의『발합경(鵓鴿經)』이고, 바다 생물을 소재로 삼은 정약전(丁若銓)의『자산어보(玆山魚譜)』등이다. 여기 이덕무의 양계(養鷄)와 수박에 관한 기록 역시 이와 마찬가지 이치로 읽어야 한다.

서로 닮은 사물들

말의 입술은 누에의 입술과 유사하다. 호도는 장차 부화할 벌과 나비의 애벌레와 닮았다. 쥐의 꼬리는 뱀과 유사하다. 이(虱)는 마치 비파와 같다. 서캐는 흡사 황증(黃蒸)에 걸려 누렇게 된 보리나 밀과 비슷하다. 푸른색 줄무늬의 오이 껍질은 마치 황록색 줄무늬가 있는 개구리의 등과 닮았다. 박쥐의 날개는 소의 볼과 유사하다. 노루 꼬리의 밑동은 마치 매화나무나 살구나무의 술과 같다. 귀뚜라미의 울음소리는 마치 대나무 대롱에 콩을 담아 흔드는 소리와 비슷하다. 등불은 흡사 파리의 눈과 같다. 겨울 소의 넓적다리는 소나무의 솔방울과 닮았다. 거미의 배는 사람의 엄지손가락이나 엄지발가락과 유사하다. 가죽나무 잎의 꼭지는 말의 발굽과 닮았다. 꽁보리밥은 개이파리 떼와 유사하다.

馬脣類蠶脣 胡桃仁如將化之蜂蝶子 鼠尾類蛇 虱如琵琶 蟣似麥黃 綠斑苽皮如黃綠斑蛙背 夜明翅類牛頰 獐尾根如梅杏鬚 蟋蟀聲如竹筒搖荳 燈穗如蠅眼 冬牛髀如松子稟 蛛肚類人拇 樗葉蒂類馬蹄 白麥飯類狗蠅

— 『이목구심서 2』

1770년(영조 46) 어느 봄날, 이덕무는 박지원, 유득공과 함께 며칠 동안 한양 도성 일대를 유람했다. 이때의 일은 유득공의 〈춘유성기(春遊城記)〉에 자세하게 남아 있다. 당시 유득공은 유람 도중 만난 수많은 초목의 이름에 대해 이덕무에게 물어본다. 이덕무가 대답하지 못한 것은 단 하나도 없었다. 유득공은 감탄했다. "청장관(靑莊館, 이덕무의 호)은 풀 이름을 많이 안다. 나는 여러 가지 풀을 뜯어 물어보았는데, 그가 대답하지 못하는 풀은 없었다. 거의 수십 종의 풀이름을 기록했다. 청장관은 어떻게 그토록 해박하고 고상할 수 있을까?"

그때 이덕무의 나이 서른이었다. 그런데 여기 『이목구심서』에서는 짐승과 곤충과 벌레는 물론 풀과 나무까지 두루 대조해 서로 닮은 사물을 기록하고 있지 않은가? 서적과 문헌을 통해 얻은 지식을 단지 기록해 둔 것일까? 아니면 직접 관찰하고 탐구해 얻은 새롭고 독창적인 정보일까? 이덕무의 박물학이 섭렵한 지식 정보의 영역이 어디까지 미쳤는지 추적해 볼 일이다. 만약 그렇게 할 수만 있다면, 18세기 조선은 훨씬 다채롭고 흥미로운 모습으로 다시 발견되지 않을까.

소나무에는 매미가 없다?

누가 소나무와 회나무는 굳센 기운을 지녀서 매미가 깃들지 않는다고 말했는가? 나는 일찍이 여름밤 만 그루의 소나무와 회나무가 우거진 숲속 곳곳에서 매미가 우는 모습을 본 적이 있다. 누가 호박(琥珀)에는 썩은 티끌이 붙지 않는다고 말했는가? 호박을 팔뚝 피부 위에 문질러 보라. 잠깐 동안 뜨겁게 될 것이다. 그때 호박을 티끌 위에 대 보라. 티끌이 반드시 뛰어올라 호박에 달라붙는다. 썩은 티끌로 시험해도 다르지 않다. 단지 티끌만 그런 것이 아니다. 짐승의 털과 새의 깃털, 실과 종이와 같은 가볍고 가늘고 작은 물건은 모두 달라붙는다.

執謂松檜有勁氣 不栖蟬耶 余嘗見夏月松檜萬章 處處蟬鳴 執謂琥珀不

受腐芥乎 以琥珀磨於腕肉上 乍有熱氣 垂於芥上 則芥必躍接 試以腐

芥 則不擇也 不但芥 或毛羽或絲或紙

— 『이목구심서 1』

경험과 인식의 오류란 자신이 직접 보고 듣고 아는 것만이

전부인 양 착각하는 오류다. 사람들은 "아는 만큼 보인다"는 말을 쉽게 한다. 그러나 이 말은 곧 보는 것이 아는 것에 지배당한다는 뜻이다. 사물의 실체나 진상이 아니라 자신이 아는 대로만 사물을 본다는 것이다. 이 논리에 따르면 소나무와 회나무에 매미가 깃들지 않는다고 알고 있는 사람은 소나무와 회나무 숲에서 매미를 보지 못한다. 혹 매미를 발견하더라도 특이한 경우나 이해할 수 없는 현상으로 생각할 뿐 자신이 이미 알고 있는 것에 의문을 갖지 않는다. 호박에 먼지가 붙지 않는다고 알고 있는 사람은 그냥 그렇게 생각할 뿐 어떤 시험도 하지 않는다. 아는 것이 오히려 아는 것을 방해하는 셈이다. 모든 것에 의문을 갖고 모든 것을 시험해 보라. 자명하고 확실한 것은 아무것도 없다.

불에 대한 모든 것

유지(油紙)를 뜨거운 볕에 쬐면 불이 나고, 물을 석회에 떨어뜨리면 불이 나고, 화약을 찧는 데 모래가 들어가면 불이 나고, 사람이 소주를 많이 마시면 코에서 불이 난다. 솥에 기름을 끓이면 불이 그 가운데서 나고, 밤에 바닷물을 치면 불꽃이 번쩍번쩍하고, 무덤 가운데 불은 관을 태우고, 빽빽하게 자란 소나무가 서로 마찰되면 불이 난다. 영해부(寧海府, 지금의 경상북도 영덕군 영해면)에서 지화(地火)가 타오르고, 또한 만 섬의 기름을 쌓아 놓았는데 불이 나고, 팔인(八人, 불 화火 자의 파자破字)을 꿈꾸었는데 불이 나고, 곰이 보였는데 불이 나고, 필방(畢方, 전설상의 새. 이 새가 나타나면 화재가 발생한다고 믿었다)이 오면 불이 나고, 회록(回祿, 전설상의 불의 신)이 나오면 불이 난다. 관악산에는 화봉(火峯)이 있는데 그래서 경복궁에 불이 났고, 곰이 변한 천사가 오므로 평양에 불이 났다 한다. 보석인 화제(火齊)가 불을 끄고 오목 거울인 양수(陽燧)가 불을 내는 것 등은 사람들이 늘 보는 것이다. 어떤 사람에게 새로 낳은 손자가 있었다. 정북창(鄭北窓)이 그 아이가 불의 정기인 것을 알고 급히 강에 던지게 했는데 강물이 부글부글 끓었다. 또한 이상한 일이다.

曝油紙于烈陽火生 水滴于石灰火生 搗火藥而沙入 則火生 人多飮燒酒

火生于鼻 煮膏于鼎 火生其中 夜擊海波 則火焰閃閃 墓中之火燒棺 松

樹簇立相磨戛 則火生 寧海府地火燃 亦有積油萬斛而火生 夢八人而火

熊現而火 畢方來而火 回祿出而火 冠岳有火峯 景福宮火 熊化天使來

而平壤火 若火齊引火 陽燧生火 人之恒見者耳 人有新生孫 鄭北窓 知

其爲火精 使之急投于江 江水熱沸 亦異事耳

— 『이목구심서 1』

불에 관한 모든 정보를 모아 글로 엮었다. 이덕무는 저잣거
리에서 기이한 말이나 특이한 소문을 듣기라도 하면 그 자
리에서 곧바로 기록했다고 한다. 항상 종이와 붓과 먹을 품
고 다니면서 신분고하와 남녀노소를 가리지 않고 묻고 듣고
말하며 얻은 세상의 온갖 지식 정보를 글로 옮겨 적었다. 또
한 유학과 성리학의 거대 담론에서 벗어나 사소한 일상사와
개인적 관심사를 중시한 새로운 글쓰기의 본보기로 삼았다.
박물학과 백과사전적 지식 탐구와 정보 기록은 이덕무의 문
집인 『청장관전서』에 수록된 『이목구심서』와 『앙엽기(盎葉
記)』와 『한죽당섭필(寒竹堂涉筆)』에 고스란히 남아 있다.

세상의 기이한 일들

백영숙(白永叔, 조선 후기의 무관 백동수白東脩. 영숙은 자. 이덕무의 처남으로 북학파 지식인과 깊게 교류했다. 1790년 이덕무, 박제가와 함께『무예도보통지武藝圖譜通志』를 편찬했다)이 을유년(乙酉年, 1765) 겨울 아산(牙山)에 갔다가 다음 해 봄에 논에 물을 댈 목적으로 도랑을 십 리(里) 정도 팠다. 땅을 두 장(丈)가량 파 들어가자 겨울잠을 자고 있는 두꺼비가 나타났다. 그런데 두꺼비가 들어온 구멍은 보이지 않았다. 또한 갈대 뿌리가 땅속으로 세 장이나 쭉 뻗어 있었다. 모두 기이한 일이었다. 다시 땅속 큰 바위 아래에서 구멍을 발견했다. 연속해서 긴 대나무 서너 개를 집어넣었지만, 끝내 그 구멍의 깊이가 몇 장이나 되는지 측량하지 못했다.

白永叔乙酉冬 往牙山鑿十里渠 將以明春澆田 穿二丈 則有蟄蟾 而無 所從入之穴 亦有蘆根直入地三丈 皆是異事 又地中盤大石有穴 續長竹 三四揷之 終不得量其深幾丈云

— 『이목구심서 1』

레오나르도 다빈치는 우화에서 두꺼비를 탐욕의 상징으로 묘사했다. 두꺼비는 아무리 흙을 먹어도 충분하지 않다고 생각해 항상 흙이 모자라면 어떡할까 걱정한다는 것이다. 여기서 과학적으로 그 진실 여부를 가리고 싶지는 않다. 다만 두 장(약 6미터)이나 되는 땅속 깊은 곳에서 두꺼비를 발견했다는 이덕무의 기록과 대조해 볼 때 다빈치의 말에도 특별한 근거가 있지 않았나 싶다.

그런데 두꺼비도 그렇고 땅속 깊이 뻗어 있는 갈대 뿌리와 깊이를 가늠하기 힘든 거대한 구멍에 대해 도대체 왜 글로 남겼을까? 자연과 사물의 기이한 현상이었기 때문이다. 인간은 도무지 알 수 없는 자연과 사물의 기이한 현상에 대한 호기심과 상상력을 통해 혁신을 이루고 발전해 왔다. 미지의 현상을 기록으로 남긴 까닭은, 비록 자신은 이유를 밝혀낼 수 없었지만 누군가 나타나 그 해답을 찾아 주기를 바랐기 때문이다. 그러한 까닭에 일상의 평범함을 글로 옮기는 것 못지않게 자연과 사물의 기이함을 기록하는 일 또한 귀중하게 여겨야 한다.

식물 백과사전

『군방보(群芳譜)』에는 이런 글이 있다. "송(宋)나라 사람인 홍매
(洪邁)에게는 담질이 있었다. 황제가 밤에 신하를 불러 경사(經
史)를 강론하는 일로 말미암아, 사신을 보내 '호두알과 생강을
잘 때 씹어서 먹기를 두어 차례만 하면 즉시 치유할 수 있다'고
하명했다. 명에 따라 호두알과 생강을 먹었더니 아침에 가래
기침이 멈췄다."

羣芳譜曰 宋洪邁有痰疾 因晚對 上遣使諭 令以胡桃肉生薑 臥時嚼服
數次卽愈 如旨服之 朝而痰嗽止

— 『이목구심서 5』

『군방보』는 명나라 때 왕사진(王士禛)이 편찬한 식물 백과
사전이다. 모두 30권으로 구성된 이 책에는 갖가지 곡물과
과일 및 나물, 꽃과 풀의 종류와 재배법과 효능 등이 설명되
어 있다. 이덕무가 식물 백과사전까지 탐독한 까닭은 무엇일
까? 지식 정보를 더해 세상에 대한 견문의 지평을 넓히고 생

각의 영역을 확장하기 위해서다. 그런 까닭에 학문과 지식에는 경계가 없어야 한다.

필자는 글을 쓸 때 '마이너스의 방식'을 좇아야 한다고 생각한다. 그럼 독서할 때 역시 그렇게 해야 하는가? 아니다. 오히려 정반대로 '플러스의 방식'을 좇아야 한다. 독서할 때는 많이 알면 알수록 또한 많이 생각하면 생각할수록 좋다. 만약 '플러스의 독서'와 '마이너스의 글쓰기'를 하나로 통섭할 수 있고 융합하게 된다면 마침내 지극한 경지에 이르렀다고 할 수 있다.

눈과 서리의 모양

세상 사람들은 단지 눈이 여섯 모인 줄 알고 있을 뿐 서리 역시 여섯 모라는 것은 알지 못한다. 내가 어느 청명한 아침에 자세하게 살펴보았더니 서리에 여섯 모가 난 것이 마치 거북등무늬처럼 매우 고르고 반듯했다. 다만 세밀하게 조각한 것과 같이 정교한 모양의 눈에는 미치지 못했다. 비로소 눈과 서리는 모두 수분이 차가운 기운을 만나서 응고될 때 뾰족하고 날카로운 쇠와 나무의 형상을 이루게 되었다는 사실을 알게 되었다. 중간에 있는 물에 기운이 맺혀 단단한 물질을 결성하면 위로는 모금(母金, 금생수金生水. 즉 금이 물을 낳는다는 뜻)의 날카로움을 잇고, 아래로는 자목(子木, 수생목水生木. 즉 물이 나무를 낳는다는 뜻)의 모서리를 이룬다. 구별해서 말하면 눈은 기운이 가볍고 부드러워 목(木)에 가깝고, 서리는 기운이 다소 무겁고 억세금(金)에 가깝다고 하겠다. 또한 물이 처음 얼음으로 응고될 때 꽃과 대나무의 줄기와 잎 모양을 이루며, 그 끝은 반드시 뾰족하고 날카롭다. 우박 역시 모서리가 있으니 모두 서리와 눈의 종류다. 여섯 모가 난 것은 물의 수(數)이니, 수정과 음정석(陰精石) 역시 여섯 모다.

世人但知雪之六出 而不知霜亦六出 余淸朝細看 霜有六稜如龜紋而甚
均正 但不如雪之細雕頗費天巧耳 始知雪霜皆水氣所化 遇寒而凝 必有
稜銳者 金木之象也 水居中氣結成堅質 則上承母金之銳 下傳子木之稜
分而言之 則雪受氣稍輕而軟 近木也 霜受氣稍重而勁 近金也 又水之
初凝氷 能成花竹枝葉之狀 其端必尖利 雹亦有稜 皆霜雪之類也 六出
者水數也 水精及陰精石 亦六稜也

— 『이목구심서 1』

우리 입장에서 보면 인간은 만물보다 우월하다. 그러나 자연
의 입장에서 보면 인간과 만물은 동등하다. 인성과 물성이
동등하다는 시각에서 보면 주변의 사소하고 하찮고 보잘것
없는 사물이 모두 새로운 가치와 의미를 갖는다. 눈과 서리
조차 관찰의 대상이 되고 글쓰기의 재료가 된다. 만약 사람
이 만물의 지배자이고 만물의 가치에 등급이 있다면 눈과 서
리는 최하 등급에 자리할 것이다. 너무 흔하고 쓸모없는 물
건이기 때문이다. 그러나 만약 사물이 변화하는 양상과 형태
의 이치를 눈과 서리를 통해 깨칠 수 있다면, 그 가치는 최상
등급인가 최하 등급인가? 사물의 가치에는 차이가 존재할
뿐 무엇이 최상이고 무엇이 최하인지 어느 누구도 논할 수

없다. 주변의 사소하고 하찮은 사물은 그렇게 재발견되고 재

해석된다.

자연의 이치

푸른 물감을 연뿌리 아래 묻으면 푸른 연꽃이 개화한다. 어린
소나무의 가운데 뿌리는 자르고 단지 잔뿌리만 남겨서 주먹만
한 돌을 절단한 곳에 이어 심으면 언개송(偃蓋松)이 된다. 꿀을
밥에 섞은 다음 참새 새끼에게 먹이면 흰 빛깔의 참새가 된다.
흰말의 발굽으로 가짜 무소뿔인 가서(假犀)를 만드는데, 말이
병들어 죽으면 작은 쇠망치로 그 발굽을 피가 알록달록 나도록
두들긴다. 죽은 말의 발굽을 벗겨 낸 다음 그릇을 만들면 무늬
와 결이 마치 바다거북의 등껍질인 대모(玳瑁)와 같다. 이것이
어찌 하늘의 이치에 올바른 것이라고 하겠는가!

埋青靛於蓮根下 則開青花 稚松伐斷其中根 只餘四方鬚根 拳石當其斷

處而種之 則作偃盖松 雀雛以蜜和飯飼之 成白色 以白馬蹄爲假犀者

馬病垂死 以小鐵槌扣其蹄血斑斑 死則脫其蹄爲器用 紋理如玳瑁 是豈

天理之正者耶

— 『이목구심서 1』

필자는 분재(盆栽)나 정원수(庭園樹)를 좋아하지 않는다. 자연이 만들어 놓은 그대로가 좋다. 왜 인간은 자연을 자신에게 맞춰 길들이고 자기 마음대로 뒤틀어 놓는가? 사람에 의해 변질되지 않은 타고난 그대로의 자연을 즐거워할 따름이다. 어디 자연만 그렇겠는가? 사람 역시 다르지 않다.

자연의 다양성

박쥐는 십 분의 육이 쥐다. 부엉이는 십 분의 사가 고양이다. 박쥐와 부엉이는 전음(全陰)의 기운을 받은 탓에 밤에는 보고 낮에는 잠복하며 어둡고 습한 것을 좋아한다. 풀 끝에 감이 열리고 나무 끝에 연꽃이 핀다. 이와 같은 현상은 식물의 변이체(變異體)라고 할 수 있다. 산호수는 나무인데 마치 돌과 같다. 음정석은 물인데 돌이 된 것이다. 부평초는 뿌리가 없는데 물에 살면서 잎사귀를 피운다. 토사(兔絲)는 뿌리가 없고 나무에 붙어서 덩굴을 맺는다.

蝙蝠 六分鼠也 鵂鶹 四分猫也 受全陰之氣 故夜視晝伏 好昏濕也 草頭結柿某 木末發蓮花 是植物之變體也 珊瑚樹 木而如石者也 陰精石 水而成石者也 浮萍無根 緣水而開葉 兔絲無根 依樹而結蔓

— 『이목구심서 1』

다양성은 자연의 본성이다. 이것과 저것, 정상과 비정상, 본종(本宗)과 이종(異種)을 분별하는 것은 인간 본성의 일부인

이성의 사유 방식일 뿐이다. 어떤 것이 더 만물의 이치에 가까운가? 자연의 본성이다. 인간 역시 자연의 일부에 불과하기 때문이다. 자연의 본성인 다양성의 시각에서 보면 정상과 비정상, 본종과 이종은 존재하지 않는다. 자연에는 암컷이면서 수컷인 것도 있고 수컷이면서 암컷인 것도 있다. 나무이면서 돌인 것도 있고 풀이면서 꽃인 것도 있다. 채소면서 과일인 것도 있다. 조류이면서 포유류인 것도 있다. 고체이면서 액체인 것도 있고 액체이면서 기체인 것도 있다. 인간도 마찬가지다. 남자와 여자 두 성별만 존재하지 않는다. 남자이면서 여자인 사람도 있고 여자이면서 남자인 사람도 있으며 그 어느 쪽에도 속하지 않은 사람도 있다. 인종 역시 백인, 흑인, 황인이 온전히 구별되어 존재하지 않는다. 자연과 생명과 진화의 세계는 흑백의 논리가 아닌 무지개의 논리로 보아야 한다.

평양의 싱크홀

송나라 치평(治平, 북송北宋 영종英宗의 연호) 정미년(丁未年, 1067), 장주(漳州)에서 지진이 발생해 땅이 갈라졌을 때 개가 땅속에서 뛰쳐나왔다. 그 아래를 보니 모두 나무인데 가지와 잎이 무성했다. 우리나라 평양에는 우물이 없는데, 옛적 어떤 감사(監司)가 사람을 시켜 한곳을 뚫으니 땅속에 거대한 반석(盤石)이 있었다. 몇 척을 판 다음에야 그 반석을 꿰뚫으니 그 아래에 물이 있어서 연꽃이 피고 고기가 활달하게 놀고 있었다. 이에 그대로 덮어 버리고 다시는 우물을 파지 않았다. 속담에 전하기를, 평양의 지형은 배의 형세이기 때문에 땅을 뚫거나 파는 것을 금기시한다고 했다. 그 후 임진년(壬辰年, 1592)에 난리가 발생했다. 이러한 일은 모두 규명할 수 없으므로 그냥 내버려 두는 것이 옳다.

宋治平丁未歲 漳州地震裂 有狗自中走出 視其底皆林木枝葉蔚然 我國平壤無井 古有監司某 發丁穿一處 地中有大盤陀 鑿幾尺方透 其下有水發菡苕 游魚潑剌 仍掩之不復穿井 諺傳平壤舟形 故忌穿鑿 其後仍有壬辰之難 此皆不可究詰 闕之可也

— 『이목구심서 1』

이러한 일들을 기록한 까닭 역시 앞서 말했던 자연의 기이한 현상을 기록한 이치와 같은 맥락에서 보아야 한다. 비록 지금은 규명할 수 없기 때문에 덮어 두지만, 훗날 누군가 참고해야 할 특별한 사항은 반드시 기록으로 남겨야 한다.

포식과 소식

나는 일찍이 배가 부르게 음식을 먹는 것은 사람의 정신을 혼탁하게 해 독서에 크게 이롭지 않다는 사실을 깨달았다. 한 손님이 "소년들을 많이 살펴보았는데, 밥을 많이 먹는 자는 반드시 요절했다"고 말했다. 지금 『박물지(博物志)』를 펼쳐 보았다. 그곳에는 "적게 먹으면 먹을수록 마음이 열리고 더욱 맑아진다. 많이 먹으면 먹을수록 마음이 막히고 수명은 줄어든다"고 적혀 있다. 앞서 내가 말한 것이 징험이 있음을 알 수 있다.

余嘗覺飽食令人神濁 大不利於讀書 客曰歷觀少年多喫飯 必夭折 今看
博物志 有曰所食逾少 心開逾益 所食逾多 心逾塞年逾損 焉知前言之
有驗也

— 『이목구심서 6』

포식하거나 과식하면 음식물을 소화시키느라 위장으로 혈액이 몰려서 두뇌에는 혈액이 제대로 공급되지 않는다. 이 때문에 두뇌 활동과 기능이 떨어져 졸음이 오거나 정신이 흐려

진다는 것은 현대 의학의 상식이다. 비록 의학의 도움을 빌리지 않더라도 과식하면 집중력이 흐트러져 독서가 어려워지는 것은 자연스레 깨달을 수 있다. 논리적 사유와 분석이 아닌 직관과 징험의 방법을 통해서도 세상 만물의 이치를 깨칠 수 있다. 이덕무는 동서고금의 박물학 관련 서적을 두루 섭렵해 세상의 모든 지식 정보의 기원과 역사를 고증하는 글쓰기를 즐겼다. 따라서 만약 누군가 이덕무가 평생 추구했던 학문의 길을 한마디로 표현해 보라고 한다면, 자신 있게 박물학이라고 말하겠다.

『박물지』는 중국의 위진 남북조(魏晉南北朝) 시대에 장화(張華)라는 사람이 편찬한 책이다. 세상 온갖 것들에 대한 당시 지식인의 왕성한 지식욕과 탐구욕에 대한 백과사전적 기록이다. 이덕무는 3세기 말 무렵 편찬된 고대 중국의 『박물지』에서부터 명나라 말기인 1607년 왕기(王圻)가 편찬한 최신의 백과사전인 『삼재도회(三才圖會)』에 이르기까지 중국의 박물학 서적을 폭넓게 읽었다. 또한 젊은 시절부터 조선 최초의 백과사전인 『지봉유설(芝峯類說)』과 18세기 당대 최신의 백과사전인 『성호사설(星湖僿說)』을 탐독하는 것에서 더 나아가, 일본의 데라시마 료안(寺島良安)이 1713년 편찬한 당대 일본의 최신 백과사전인 『화한삼재도회(和漢三才圖會)』까지 소장하고 열독했다. 고대에서부터 18세기 당대에 이르기까지 동아시아 삼국의 지식 정보를 한곳에 모아 간직하고 있었던 사람이 바로 이덕무였다. 그의 독서와 지적 편력이 얼마나 거대하고 방대했는지 아직도 가늠조차 하기 힘들다. 이덕무는 누구도 부정할 수 없는 조선 최고의 박물학자였다.

만물을 관찰하는 안목

만물을 세밀하게 관찰하면 부패해서 냄새 나는 것 이외는 모두
생기가 발랄하지 않은 것이 없어서 결코 억제하거나 저지할 수
가 없다. 후줄근하게 축 늘어진 것은 오래 지나지 않아 부패해
서 냄새를 풍기게 될 것이다.

細看萬物 腐臭以外 無非生氣英英 不可禁遏 而冉冉低垂者 匪久隣腐
臭者也

— 『이목구심서 2』

만물을 관찰할 때에는 제각각 안목을 갖춰야 한다. 나귀가 다
리를 건널 때에는 오직 귀 모양이 어떻게 변하는지 살펴봐야
하고, 집비둘기가 마당에서 거닐 때에는 단지 어깻죽지가 어떻
게 변하는지 살펴봐야 한다. 매미가 울 때에는 오직 가슴 모양
이 어떻게 변하는지 살펴봐야 하고, 붕어가 물을 삼킬 때에는
오직 뺨이 어떻게 변하는지 살펴봐야 한다. 이것은 모두 제각
각 그들의 마음과 정신이 밖으로 드러나는 곳으로 지극히 묘한
이치가 담겨 있다고 하겠다.

觀萬物 可別具眼孔 驢度橋 但看耳之如何 鴿步庭 但看肩之如何 蟬之鳴
也 但看脇之如何 鯽之飲也 但看腮之如何 此皆精神發露 而至妙之所
寄處也

자연의 본성은 다양성과 차이를 소중하게 여긴다. 인간 세
계와 자연 만물과 천하 우주를 관찰해 보면 유사한 것은 있
어도 똑같은 것은 단 한 가지도 찾을 수 없다. 그렇다면 모두
제 나름의 안목을 따로따로 갖춰서 관찰할 줄 알아야 한다.
예를 들어 보자. 나귀가 다리를 지나갈 때는 귀가 어떻게 변
하는지 보면 된다. 옛날 다리가 지금의 철근 콘크리트 다리
처럼 튼튼했겠는가? 나무를 얼기설기 엮어 놓은 다리는 항
상 삐꺽거린다. 만약 나귀에 사람이 타고 있거나 짐을 잔뜩
실었다면 금방이라도 무너질 듯 더욱 삐꺽거리고 흔들렸을
것이다. 이때 나귀가 어떤 상태인지는 다른 것은 볼 필요도
없이 귀만 보면 된다. 물에 빠질지 몰라 공포와 두려움에 떠
는 감정 상태를 쫑긋 세운 귀 모양의 변화로 읽을 수 있기 때
문이다. 비슷한 이치로 붕어가 물을 삼킬 때에는 그 뺨 모양
만 봐도 생기가 넘치는지 그렇지 않은지 단박에 알 수 있다.

세상은 둥글다

하늘이 낳은 만물은 그 형체가 둥근 것이 많다. 사람과 금수가
지니고 있는 구멍, 사지의 마디, 초목의 가지, 나무그루와 꽃
의 열매, 구름과 우레, 비와 이슬이 모두 그렇다. 달은 해가 둥
근 것을 표준으로 삼고, 해는 하늘이 둥근 것을 표준으로 삼으
며, 물은 달과 해와 하늘 세 가지를 표준으로 삼아 만물을 생장
시키고, 만물은 달과 해와 하늘과 물 네 가지 둥근 것으로 표준
을 삼으니, 둥근 것이 대부분이다. 물을 어찌 둥글다고 하느냐
하겠지만, 수은이나 물방울이 모두 둥글어 돌을 물에 던지면
물결이 마치 호랑이 눈동자처럼 굽이치게 된다. 사람과 금수의
눈동자도 물의 정수를 응결해 해와 달을 표준으로 삼았기 때문
에 가장 둥근 것이다.

天生之物　體圓者多　人獸之孔竅節肢　草木之枝株花果與雲雷雨露是也

月準日圓　日準天圓　水準三圓　乃生萬物　萬物準四圓　圓者居多　水何圓

水銀雨鈴皆圓　擲石於波　波洄虎眼也　人獸眼睛　凝聚水華以準日月　故

最圓

— 「이목구심서 2」

유학의 전통적인 천지관(天地觀)과 우주관(宇宙觀)은 '천원지방(天圓地方)'이다. 하늘은 둥글고 땅은 평평하고 네모지다고 생각한 것이다. 그 땅의 중심에 중국이 있으며 세계는 중화(中華)와 이적(夷狄)으로 구성되어 있다. 땅은 움직이지 않고 하늘이 움직인다는 서양의 천동설(天動說)과 유사하다. 그런데 이덕무의 절친한 사우 중 한 사람인 홍대용은 땅은 둥글고 스스로 움직인다는 지전설(地轉說)을 주장했다. 땅이 둥글기 때문에 세계의 중심은 중국이 아니다. 왜냐하면 네모진 곳에서는 중심이 존재하지만, 둥근 곳에서는 관점에 따라 어느 곳이나 중심이 될 수 있기 때문이다. 중화와 이적, 중심과 주변의 오래된 사고방식은 이제 전복되고 해체된다. "만물의 형체는 둥근 모양이 많다"는 이덕무의 말에서 자연과 우주와 세계를 새롭게 바라보기 시작한 18세기 지식인의 새로운 사고를 발견할 수 있다.

바다 물개에 대하여

올눌제(膃訥臍)는 바다 물개다. 우리나라의 동쪽 바닷가에 위치한 영해(寧海)와 평해(平海) 등지에서 볼 수 있는데 모두 수컷이다. 매년 떼를 지어 바다를 따라 남쪽 바다로 가다가 남해현(南海縣)에 이르러 암컷을 만나서 교미하고 떠난다. 암컷을 낳으면 그 지방에 머무르지만 수컷을 낳으면 동쪽 바다로 이동해 산다.

膃肭臍海狗也 我國寧海平海等處有之 而皆牡也 每年作隊 遵海而行南
至于南海縣 迎其牝孶尾而去 生牝則留其地 生牡則移居于東海

— 『이목구심서 2』

이덕무가 올눌제라고 부른 바다 물개는 정약전의 『자산어보(玆山魚譜)』 잡류(雜類) 해수(海獸) 편에는 올눌수(膃訥獸)라고 기록되어 있다. 이 책은 바다 물개의 생김새는 물론 생태와 습성에서부터 그 이름의 다양한 유래와 문헌상 기록에 이르기까지 다양한 정보를 제공하고 있다. 그런데 그 기록

과 이덕무의 기록을 대조해 읽어 보면, 여기 『이목구심서』가 『자산어보』에 없는 내용을 담고 있다는 사실을 알게 된다. 바로 바다 물개의 생태 이동 경로를 밝히고 있기 때문이다. 그러므로 앞선 두 책을 함께 읽는다면 옛적 우리 바다를 활보하고 다니던 바다 물개에 대한 정보를 정확하고 자세하게 알았다고 해도 좋을 것이다. 그런데 왜 이덕무와 정약전은 바다 물개에 대한 정보를 모으고 기록으로 남겼던 것일까? 그것은 세상 사람들이 이용후생(利用厚生)과 치병(治病)과 이치(理致)를 따질 때 참고로 삼게 하기 위해서다. 또한 세상 사람들이 미처 알지 못한 것과 아직 다다르지 못한 곳을 알려 주기 위해서다.

이러한 기록을 통해 지식인은 미처 알지 못한 것을 알게 되고 문인들은 미처 표현하지 못한 것을 표현할 수 있게 된다. 철학자 프랜시스 베이컨(Francis Bacon)의 말을 빌리면 이러한 작업은 사유의 경계를 확장하는 일이요, 지식과 문학에 새로운 가치를 선물하는 일이라고 할 만하다. 그런데 사유의 경계를 확장하거나 지식에 새로운 가치를 선물하는 일이라는 것은 그렇다 쳐도 어떻게 문학에까지 새로운 가치를 선물한다는 것인가? '모비 딕(Moby Dick)'이라 불리는 거대한 흰고래를 찾아 대서양에서 희망봉을 돌아 인도양과 태평양까지 항해하는 한 선장의 이야기를 그린 허먼 멜빌(Herman

Melville)의 소설 『모비 딕』을 읽어 보라. 그 뜻을 깨닫게 될 것이다.

오장의 형상

신장 두 개는 마주 붙어 있는 형상이다. 바깥쪽은 원형으로 구불구불하고, 안쪽은 굽어 있고 오목하다. 이러한 까닭에 양쪽 귀는 마주 붙어 있고 바퀴 구멍 형상으로 되어 있다. 폐는 아래쪽으로 늘어져 있다. 이러한 까닭에 코의 자리는 아래로 꼿꼿하게 달려 드리워져 있다. 심장의 끝부분은 약간 남쪽을 가리키고 있다. 이러한 까닭에 혀는 그 형세를 따라 세로 방향으로 누워 있고 또한 혀끝은 약간 뾰족한 형상을 하고 있다. 비장과 위장은 서로 닿아서 마찰하는 형세를 하고 있다. 비장은 가로 방향으로 위장을 감싸고 있는데 이는 입술의 형상과 비슷하다. 간에는 모서리가 있다. 이것은 눈의 형상과 닮았다.

腎兩顆對着 形外逶迤以圓內曲凹 故兩耳對着 輪竅象之 肺下垂 故鼻之地位懸垂也 心之端少指南 故舌從其勢而縱偃且稍尖也 脾胃互有磨勢 而脾橫包胃 是脣之象也 肝有稜 象眼也

— 『이목구심서 3』

오장이 위치하고 있는 순서를 말하면 비장이 중앙에 자리하고 있다. 복부의 안쪽을 말하면 신장이 중앙에 자리하고 있다. 폐골(蔽骨)인 명치(鳩尾)에서부터 모제(毛際)의 곡골(曲骨)에 이르는 곳이 모두 복부다. 배꼽은 한가운데 자리하고 있다. 배꼽의 바로 뒤쪽에 자리하고 있는 신장과 서로 바라보고 있다. 대저 사람이 처음 형상을 이룰 때 하거(河車) 곧 태반이 먼저 응결한다. 그 중앙에 한 개의 줄기가 돌출해 생성되는데, 이것이 바로 제체(臍蔕) 곧 탯줄이 된다. 탯줄 중앙에 하나의 점인 정혈(精血)이 있는데, 이것이 바로 신장이 된다. 그다음 차례로 비장이 되고 간이 된다. 이렇게 신장은 배꼽과 더불어 서로 안과 밖으로 마주하고 있다.

以五臟位次而言之 脾居中央 以腹之部內言之 腎居中央 自蔽骨鳩尾至
毛際曲骨 皆腹也 臍恰居中間 直北與腎相望 大抵人之初成形 河車先
凝 其中一莖突生 是爲臍蔕 臍蔕中有一點精血 是爲腎 次第爲脾爲肝
是腎與臍 相爲表裡對冲也

— 『이목구심서 3』

선비가 왜 의학과 인체 특히 사람의 장기(臟器)를 이토록 깊이 탐구했을까? 사람들은 대개 철학은 인간의 정신을 파악하는 학문이고, 의학은 인간의 몸을 파악하는 학문이라고 생각한다. 그러나 이 말은 반은 맞고 반은 틀렸다. 인간의 몸과 정신은 본질적으로 일체이기 때문에 인간의 본성과 습성과 행태를 알려고 한다면 철학과 의학을 모두 배우고 익히고 깨쳐야 한다. 역설적이게도 철학을 알아야 인간의 몸을 온전히 이해할 수 있고, 의학을 알아야 인간의 정신을 온전히 파악할 수 있기 때문이다.

이러한 까닭에서였을까? 18세기 일본의 철학사와 지성사를 풍미한 지식인들 가운데에는 의사 출신이 많았다. 일본 최초의 서양 번역서인 『해체신서(解體新書)』는 1773년 의사 스기타 겐파쿠(杉田玄白)의 주도로 번역되었다. 일본의 근대 지성사는 이 책의 번역으로부터 시작되었다고 해도 과언이 아니다. 이 의학 서적 한 권이 일본의 철학사에 거대한 지각 변동을 일으켰던 것이다. '탈아입구(脫亞入口)'라는 근대 일본의 철학과 일본인의 심성 구조가 바로 여기에서 비롯되었다고 해도 크게 틀리지 않는다. 더욱이 이보다 육십 년 전인 1713년에는 데라시마 료안(寺島良安)이라는 의사가 총 105권 81책에 이르는 방대한 규모의 백과사전인 『화한삼재도회』를 편찬하기도 했다.

데라시마 료안은 이 백과사전의 첫머리에 의사가 세상의 온갖 사물에 관한 지식 정보에 해박해야 하는 까닭을 이렇게 밝혔다. "'의사가 되고자 하는 사람은 위로는 천문(天文)을 알아야 하고, 아래로는 지리(地理)를 알아야 하고, 가운데로는 인사(人事)를 알아야 한다. 천문과 지리와 인사에 두루 밝은 연후에야 가히 사람의 질병에 대해 말할 수 있다. 그렇게 하지 않는다면 마치 눈을 감은 채로 밤에 나가 노는 것과 같을뿐더러 발이 없는 사람이 산에 오르고 물을 건너려고 하는 것과 같다고 하겠다.' 나는 이러한 스승의 가르침을 듣고 마음에 새겼다. 그리고 지혜롭지 못하고 민첩하지 못한 나의 어리석음을 생각하지 않고 틈나는 대로 일본과 중국의 옛 서적과 문헌을 두루 섭렵했다. 멀리 귀로 들은 것을 구하고 입으로 전해져 온 것을 배우면서 대개 삼십여 년 동안 찾아서 증거가 분명한 것은 그 요점과 본령을 빠짐없이 기록했다. 또한 형상이 있는 것은 각기 그림을 그려서 바야흐로 지금 105권의 책을 완성했다."『이목구심서』에 남아 있는 의학과 인체에 관한 이덕무의 관심과 기록 역시 마땅히 이와 같은 관점에서 읽어야 한다.

서양의 인체 해부도

옛 장도(臟圖)에는 인두(咽頭)가 후두(喉頭)의 뒤에 있다. 서양의 장도를 보면 후두가 인두의 뒤에 있다. 이것은 의심스러운 단서다. 그런데 손으로 목을 더듬어 헤아려 보면 위관(胃管)이 분명히 앞에 있다. 그렇게 본다면 서양의 장도가 맞는 것 같다.

古臟圖咽在喉之後 歐圖喉在咽之後 此疑端也 然以手摩頸而測之 則胃管分明在前 歐圖似是

— 『이목구심서 3』

지금까지 학계에서는 18세기 조선에는 아직 서양의 인체 해부도가 전해지지 않았다는 학설을 정설로 받아들이고 있다. 그러나 이 기록만 보면 당시 조선 지식인들은 분명 서양의 인체 해부도의 존재를 알고 있었다고 추론할 수 있다. 서양의 장도는 곧 인체의 내부 장기를 그린 인체도(人體圖), 즉 인체 해부도로 해석할 수 있기 때문이다. 특히 이덕무가 18세기 일본학의 대가였다는 사실을 고려하면, 반드시 서양의 인체 해부도를 봤을 것이라고 생각한다. 당시 일본에서 서양의 학문과 지식을 받아들여 수용하는 데 최선봉장의 역할을 한 이들은 다름 아닌 의사였다. 1773년, 일본의 의사인 스기타 겐파쿠는 서양 서적을 일본어로 번역한 최초의 책인 『해체신서』를 출간했다. 그것은 일본의 근대화를 이끈 '난학(蘭學, 일본 에도시대 서양, 특히 주로 네덜란드로부터 전래된 지식을 연구한 학문. 일본의 메이지 유신明治維新과 근대화의 토양이 되었다)의 출발점이었다. 이 책의 독일어 원서가 출간된 후 삼백여 년이 지나서야 비로소 동양은 서양의 인체 해부도를 본격적으로 탐독하게 되었다. 이 책의 번역본 출간은 일본이 동양의 인간관, 세계관, 우주관에서 탈피해 서양의 것으로 관점을 탈바꿈한 획기적인 사건이었다.

영국의 일본학 연구가이며 미술사학자인 타이먼 스크리치(Timon Screech) 런던대 교수는 『에도의 몸을 열다(Opening the Edo Body)』라는 책에서 다분히 상징적인 묘사로 일본에서의 『해체신서』 출간 의의를 해석했다. 그는 일본의 난학자들이 서양에 자신들의 몸과 정신을 완전히 개방했다는 것을 역사적 · 철학적으로 설명한다. 물론 『해체신서』는 일본 내에서 번역본이 출간되기 훨씬 이전부터 독일어나 네덜란드어 판이 지식인들 사이에서 유행하고 있었다. 즉 18세기 동아시아라는 시공간에서 서양의 인체 해부도를 본다는 것은 그리 어려운 일이 아니었고 더 이상 특별한 일도 아니었다. 따라서 서양의 장도는 청나라 연경(북경)을 오고 간 연행사 (燕行使)를 통해 조선에 들어왔거나 일본의 에도(도쿄)를 오고 간 조선 통신사를 통해 조선에 들어왔다고 추론해 볼 수 있다. 특히 일본의 본토까지 들어간 마지막 조선 통신사였던 계미년(癸未年, 1763) 사신 행렬에는 북학파의 일원이자 이덕무와 사돈지간인 현천 원중거(玄川 元重擧)가 참여했다. 그는 최신 일본 백과사전인 『화한삼재도회』를 가져와 이덕무에게 건넸을 뿐만 아니라, 일본에 관한 엄청난 양의 지식 정보도 제공했다.

앞서 언급했듯이 『이목구심서』는 이덕무가 스물세 살 때부터 스물여섯 살 때까지 삼 년 동안 기록한 글들을 모아 엮은 책이다. 바로 계미사행의 조선 통신사가 조선으로 돌아온 직후다. 일본에서 유행했던 서양의 장도, 즉 인체 해부도가 조선에 알려지거나 돌아다녔을 가능성을 충분히 짐작해 볼 수 있는 시기다. 여기서는 특히 수천 년 동안 어떤 사람도 전혀 의심하지 않았던 동양의 오래된 고장도(古臟圖)보다는 오히려 당시 사람들이 불신하고 거부했던 서양의 장도가 더 믿을 만하다는 이덕무의 말에 주목할 필요가 있다. 동양 의학은 장기의 '기능'에 치중했다면 서양 의학은 장기의 '구조'에 집중했다. 근본적으로 동양 의학에서는 인간의 몸을 해부한다는 사고가 설 자리가 없었고, 따라서 그 정확성에서 서양의 인체 해부도를 따라갈 수 없었다. 이덕무는 이 점을 간파했던 것이다.

관물의 철학

사람의 기운이 무소를 쓰러뜨린다. 쥐의 기운으로 코끼리를 무너뜨린다. 메추라기가 소를 보면 어지러워서 날지 못한다. 올빼미가 방앗간을 넘으면 추락한다. 쑥을 복령 버섯과 함께 빻으면 마치 솜처럼 부드럽다. 코끼리가 개 짖는 소리를 들으면 울부짖으며 더 나아가지 못한다. 뽕나무로 뱀을 불사르면 뱀의 발이 보인다. 쥐는 백반을 먹으면 죽는다. 이러한 것은 물건이 서로를 억제하는 것이다.

죽은 고양이를 이웃집의 죽소철(竹蘇鐵)로 끌어당기면 시들지만 정철(釘鐵)로 끌어당기면 살아난다. 측백나무 가지는 불에 그을린 뒤에 심는다. 박송(薄松, 소나무를 얇게 켜서 만든 널)으로 쇠뿔을 절단하면 날카롭기가 톱보다 더하다. 호박(琥珀)은 모시 실로 끊는다. 비단은 생선 물로 세탁한다. 은은 소금으로 씻으면 찬란한 광채가 난다. 두꺼비 기름은 옥을 부드럽게 한다. 버들가지는 거꾸로 꽂으면 수양버들이 된다. 닥나무는 끊어서 심어도 숲을 이룬다. 암컷 은행나무는 수컷 은행나무가 없으면 열매가 열리지 않는다. 초(醋)는 상아(象牙)를 부드럽게 한다.

人氣屑犀 鼠氣裂象 鶉見牛 則儢而不能飛 梟越春舍 則墜 艾同茯苓搗

則軟如綿 象聞犬聲 則吼叫不復去 桑柴燒蛇 則足見 鼠食礬石 則死 此
物之相制者也
死猫引隣家竹蘿鉄枯而釘鉄 則生 側栢之枝火燒而種 薄松斷牛角利於
鉅 琥珀解以苧絲 濯錦於魚腥水 洗銀以塩 則光燦然 蟾酥軟玉 楊枝倒
挿成垂楊 剡楮而種 則成林 雌銀杏無雄銀杏 則不寀 醋能使象牙軟

이덕무는 『성호사설』을 비롯해 이익이 남긴 거의 모든 글을
탐독했다. 이익의 저서 중 『관물편』이라는 제목의 책이 있
다. 여기에는 18세기 조선에 출현한 새로운 지식인의 만물을
관찰하는 철학과 글쓰기가 고스란히 담겨 있다. 주변의 지
극히 하찮고 보잘것없는 사물을 관찰하다가 문득 떠오르는
생각을 붙잡아 짧고 간결한 글로 옮기는 작업이다. 다름 아
닌 소품문이다. 이익의 『관물편』은 이덕무의 『이목구심서』와
『선귤당농소』의 사유 방법이나 글쓰기 방식과 쌍둥이처럼
닮아 있다. 역시나 『관물편』에는 여기에서 소개하고 있는 글
과 주제가 유사한 글 한 편을 찾아볼 수 있다.

쥐가 저장해 둔 곡식을 갉아 먹으며 쥐구멍 속에 산다. 밖으
로는 간혹 나오는 바람에 고양이도 쉽게 쥐를 잡거나 쫓지

못한다. 그런데 족제비가 오자 쥐가 멀리 달아나 버린다. 사람들은 쥐를 내쫓은 족제비를 이로운 동물이라고 생각한다. 그러면서도 정작 족제비가 닭장에 들어가서 닭을 잡아먹지 않을까 전전긍긍한다. 순간 성호는 문득 스쳐 지나가는 생각을 붙잡아 이렇게 말한다. "어떤 사물도 완벽한 것은 없구나." 간략한 글과 절제된 한마디의 말 속에서 무궁무진한 자연의 이치를 읽을 수 있다. '관물의 철학'이란 바로 이런 것이다.

얼굴에 은근하게 맑은 물과 먼 산의 기색을 띤 사람과는
더불어 고상하고 우아한 운치를 말할 수 있다.
그러한 사람의 가슴속에는 속물근성이 없다.

4

세상에 얽매이거나
구속당하지 않겠다

아무것도 하지 않아도 즐겁다

아무 일이 없을 때에도 지극한 즐거움이 있다. 다만 사람들이 스스로 알지 못할 뿐이다. 훗날 반드시 문득 깨치는 날이 있다면, 바로 근심하고 걱정하는 때일 것이다. 예를 들어 보자. 어느 관청의 수령이 평온하고 조용한 성품을 갖춰서 이렇다 할 일을 하지 않아 백성들에게 베푼 혜택이 별로 없었다. 그런데 그 후임으로 온 수령이 몹시 사납고 잔혹했다. 그때서야 백성들은 비로소 예전 수령을 한없이 생각하며 그리워했다.

無事時至樂存焉 但人自不知耳 後必有忽爾而覺 爲此憂患時也 如前官
恬靜 別無施惠於民 及其後官稍猛鷙民 始思前官不已也

— 『이목구심서 2』

'무위도식(無爲徒食)'과 '무위지치(無爲之治)'라는 말이 있다. 모두 무위를 말하지만, 전자는 무위야말로 세상에서 가장 나쁜 행위라고 하는 반면 후자는 무위야말로 인간이 도달해야 할 궁극의 진리라고 한다. 같은 말을 갖고 어찌 이리도 다르게 사용한단 말인가? 권력자들이 자신들의 입맛에 맞도록 말까지 제멋대로 써먹고 있기 때문이다. 천하를 다스리는 권력을 쥐고 있는 자신들의 무위는 지극히 높고 바른 것이지만, 자신들을 위해 피땀 흘려 일해야 할 자들의 무위는 결코 용납되어서는 안 될 천하의 몹쓸 짓으로 만들어 놓은 셈이다. 이러한 까닭에 무위지치는 최선의 용어가 된 반면 무위도식은 최악의 용어가 되었다.

그러나 만약 무위지치가 최선이라면 무위도식 역시 최선이며, 무위도식이 최악이라면 무위지치 역시 최악이다. 어째서 누구는 아무 일도 하지 않는 것에서 지극한 즐거움을 누리고, 누구는 피땀 흘려 일하는 것에서 지극한 즐거움을 누려야 한단 말인가? 사람은 누구나 아무 일도 하지 않는 것에서 지극한 즐거움을 누릴 권리가 있다. 아무 일도 하지 않는다는 것은 무슨 뜻인가? 그것은 이익과 명예와 권세와 출세를 위해 일하지 않는다는 것이다. 그저 자신이 좋아하는 일을 하고 싶을 때 하는 것이다. 카를 마르크스(Karl Marx)의 사위이기도 한 폴 라파르그(Paul Lafargue)의 말처럼, 인간에게는 천부적으로 '게으를 권리'가 있다. 다시 말해 자신이 하고 싶지 않은 일이나 좋아하지 않는 일을 거부할 권리가 있다. 자본가의 이익을 위해 기계처럼 일하다 폐기되는 것을 거부할 권리가 있다. 권력의 도구가 되어 뼈 빠지게 일하다가 버려지는 것을 거부할 권리가 있다.

그렇다면 거부의 전략이 무엇인가? 그게 바로 무위도식이다. 흔히 일하지 않고 놀고먹는 것을 사람들은 무위도식한다고 오해하지만 그렇지 않다. 누군가 일하지 않고도 돈을 벌어 온다면, 세상 누구도 그를 무위도식한다고 비난하지 않을 것이다. 그러나 누군가 열심히 일하는 데도 돈을 벌어 오지 못하면, 세상 사람들은 그를 무위도식한다고 손가락질하고 비난하며 조롱한다. 사실은 일을 하느냐 하지 않느냐가 아니라 돈을 벌어 오느냐 벌어 오지 않느냐에 따라 다른 평가를 내리는 것이다. 뭐 이따위 용어가 있단 말인가? 돈과 권력을 위해 일하지 말라. 그저 자신이 하고 싶고, 좋아하는 것을 위해 일하라. 아무것도 하지 않는다는 무위의 지극한 즐거움이 바로 여기에 있다. 그러므로 게으를 수 있는 권리를 향유하려면 오히려 무위도식하는 삶을 긍정하고 창조해야 한다.

세상을 거역하는 사람

동방삭은 세상을 조롱한 사람이다. 영균(靈均, 굴원의 자)은 세상
에 분개한 사람이다. 그들의 고심(苦心)은 모두 눈물겹다고 하
겠다.

方朔玩世 靈均憤世 其苦心 皆可涕

— 「선귤당농소」

세상을 조롱하거나 세상에 분개하는 데서 멈춰서는 안 된다.
만약 진정 세상을 바꾸려고 고심한다면 마땅히 세상의 반도
(叛徒)가 되어야 한다. 성리학이 지배하는 세상에서는 성리
학의 반도가 되어야 한다. 교산 허균(蛟山 許筠)이 그러했
고, 이탁오가 그러했고, 루쉰(魯迅)이 또한 그러했다. 신학
이 지배하는 세상에서는 신학의 반도가 되어야 한다. 스피노
자(Baruch de Spinoza)가 그러했고, 루소가 그러했고, 포이
에르바하(Ludwig Feuerbach)가 또한 그러했다. 자본주의가
지배하는 세상에서는 자본주의의 반도가 되어야 한다. 로자

룩셈부르크(Rosa Luxemburg)가 그러했고, 안토니오 그람시 (Antonio Gramsci)가 그러했고, 체 게바라(Che Guevara)가 또한 그러했다. 세상의 반도가 되어 다른 세상을 만나고, 다시 그 새로운 세상의 반도가 되어 또 다른 세상을 만나는 것이다. 만약 누군가 지식인에게 평생 짊어져야 할 운명이 있다고 한다면, 이것 말고 무엇이 있을까.

이기는 것을 좋아하면 천적을 만난다

편의에 안주하는 사람은 큰 고비를 만나면 어찌할 줄 모른다. 자신이 해오던 대로만 하는 사람은 큰 기회가 와도 붙들지 못한다. 임시방편으로 그때그때를 넘기는 사람은 큰 근심거리를 만나게 마련이다. 남에게 이기는 것을 좋아하는 사람은 큰 적수를 만나게 된다. 일의 형세가 그렇다.

便宜者迷大節 因循者失大業 姑息者遭大憂 好勝者値大敵 其勢然也

— 「이목구심서 2」

편한 것만 좇다 보면 안일함에 빠지기 쉽다. 과거의 방식에서 벗어나지 못하면 변화에 둔감해 큰 기회가 찾아와도 잡지 못한다. 그때그때 임시방편으로 일을 처리하다 보면 환난이 쌓이고 쌓여 끝내 큰 위기에 봉착한다. 이기려고만 하다 보면 종국에는 천적을 만나 낭패를 겪게 된다. 편안하면서도 안일하지 않고, 옛것에 머물면서도 혁신할 줄 알고, 임시방편에 능숙하면서도 일의 질서를 잃지 않고, 이기려고 하면서

도 패배를 용납할 줄 안다면 그야말로 고상한 인덕의 소유자
라 할 만하다.

웃음의 품격

웃음에도 세 가지 품격이 있다. 기뻐서 웃는 것, 감개해서 웃는 것, 고상한 뜻이 서로 맞아 웃는 것은 사람이라면 누구나 그렇게 하는 것이다. 그러나 대개 무시해서 웃거나 아첨하느라 웃는 짓은 일체 하지 않아야 한다.

笑有三品 喜而笑 慨然而笑 雅諧而笑 人皆可以有此也 夫侮而笑 媚而笑 可一筆句當

— 『이목구심서 2』

기뻐서 웃는 것, 감개해서 웃는 것, 서로 뜻이 맞아 웃는 것은 모두 자연스러운 웃음이다. 그러나 무시해서 웃는 것은 조롱과 조소고, 아첨하느라 웃는 것은 비굴한 노예근성일 뿐이다.

맑은 물과 먼 산의 기색을 띤 사람

얼굴에 은근하게 맑은 물과 먼 산의 기색을 띤 사람과는 더불어 고상하고 우아한 운치를 말할 수 있다. 그러한 사람의 가슴 속에는 재물을 탐하는 속물근성이 없다.

眉宇間 隱然帶出澹沱水平遠山氣色 方可與語雅致 而膺中無錢癖

— 「선귤당농소」

얼굴에 맑은 물과 먼 산의 기색을 띤 사람은 어떤 사람일까? 지금까지 만나고 살펴본 수없이 많은 사람들의 얼굴을 떠올려 보지만 도통 감이 오지 않는다. 재물을 탐하는 속물의 티를 벗은 사람은 어떠한가? 이삼십 대 때에는 그러한 사람을 만났던 것도 같다. 그렇지만 마흔 이후로는 그와 비슷한 사람도 만나보지 못했다. 그렇다면 사람은 나이가 들수록 속물 티를 벗기는커녕 오히려 더욱 속물에 가까워지지 않나 하는 걱정이 든다. 필자의 경우만 해도 이십 대 시절이 가장 뜻이 맑고 기상이 높았다. 삼십대 때는 이렇게 해야 하나 저렇게 해야 하나 갈팡질팡 우왕좌왕 방향을 잃고 헤매 다녔다. 마흔 이후 글을 쓰면서 다시 이십 대 시절로 돌아간 것 같은 착각에 빠지기도 했지만, 돌이켜 보면 재물과 명예를 탐하는 마음만 커져 오히려 속물에 더 가깝게 된 것은 아닌가 싶다. 그런데 곰곰이 생각해 보니, 이십 대 시절 읽었던 책 속에서 맑은 물과 먼 산의 기색을 띤 사람을 본 것도 같다. 『아무도 미워하지 않는 자의 죽음』 속의 한스 숄(Hans Scholl)과 조피 숄(Sophie Scholl), 『포이에르바하에 관한 테제』 속의 청년 카를 마르크스, 『레닌의 추억』 속의 블라디미르 레닌(Vladimir Lenin), 『옥중수고』 속의 안토니오 그람시, 『동지를 위하여』 속의 네스토 파즈(Nestor Paz), 『아리랑』 속의 김산(金山), 『누가 하늘을 보았다 하는가』 속의 신동엽(申東曄), 『시인이여 기침을 하자』 속의 김수영(金洙暎), 『어느 청년 노동자의 죽음』 속의 전태일(全泰壹), 『죽음을 넘어 시대의 어둠을 넘어』 속의 윤상원(尹祥源), 『나의 칼 나의 피』 속의 김남주(金南柱)가 바로 그들이다.

소인의 마음과 대인의 마음

간사한 소인(小人)의 흉중에는 마름쇠 한 곡(斛)이 들어 있다. 속된 사람의 흉중에는 티끌 한 곡이 들어 있다. 맑은 선비의 흉중에는 얼음 한 곡이 들어 있다. 강개한 선비의 가슴속은 온전히 가을빛 속 눈물이다. 기이한 선비의 흉중에는 심폐가 갈라지고 뒤엉켜서 모두 대나무와 돌을 이루고 있다. 대인(大人)의 가슴속은 평탄해 아무런 물건도 존재하지 않는다.

壬人胷中 有鐵蒺藜一斛 俗人胷中 有垢一斛 清士胷中 有氷一斛 慷慨士胷中 都是秋色裡淚 奇士胷中 心肺槎枒盡成竹石 大人胷中 坦然無物

— 「선귤당농소」

마음은 아무리 감추려 해도 드러나게 마련이다. 뜻은 애써 참으려고 해도 표현하게 되어 있다. 언제 어느 곳에서 어떻게는지. 마음을 도서히 감출 수 없고, 뜻을 도저히 참을 수 없을 때 나오는 말과 글이 바로 진실한 말이고 참된 글이다.

상대할 가치도 없는 사람

망령된 사람과 더불어 시비나 진위나 선악을 분별하느니 차라
리 얼음물 한 사발을 마시는 것이 낫다.

與妄人辨 不如喫冰水一碗

— 『선귤당농소』

살다 보면 뜻하지 않게 사람을 해치는 전갈과 같은 사악한
자를 만날 수 있다. 어떻게 해야 할까? 예를 들어 보자. 사막
을 건너다가 우연히 전갈을 만났다고 하자. 어떻게 해야 할
까? 내가 죽느냐 전갈이 죽느냐 생사의 결판을 내야 하는
가? 아니다. 전갈은 그냥 무시하고 갈 길을 가면 된다. 사악
한 자도 전갈과 다르지 않다.

경솔하거나 고지식한 것은 병폐다

사람의 병폐는 천박하고 경솔하지 않으면 반드시 꽉 막혀 있다
는 것이다. 두루 살펴보건대 이 두 가지를 모면한 사람이 많지
않다. 천박하고 경솔한 것은 움직임의 유폐(流弊)다. 꽉 막혀 있
는 것은 고요함의 유폐다. 스스로 수양하려고 하는 사람과 다
른 사람을 가르치고자 하는 사람이라면 이 두 가지를 반드시
짐작해야 한다.

人之病根 不浮則必滯 歷觀之免乎此二者 盖無多矣 浮者動之流弊也
滯者靜之流弊也 欲自修及敎人者 於二者必斟酌焉

— 『이목구심서 2』

학식이 천박해 쓸모가 없다는 '고루(孤陋)'와, 보고 들은 것
이 좁아 배울 것이 없다는 '과문(寡聞)', 배워도 여전히 어리
석고 어둡다는 뜻의 '우몽(愚蒙)'. 이 세 가지는 글 쓰는 사
람이 가장 경계해야 할 것들이다. 또한 세상과 주변으로부터
보고 듣고 사색하는 노력은 하지 않은 채 오직 자신이 읽은

서적과 문헌만을 맹신하고 추종하는 독학자(獨學者)야말로 고루하거나 과문하거나 우몽하다는 멸시와 조롱을 받을 만하다. 많이 듣고, 많이 보고, 많이 경험하고, 많이 생각하고, 많이 쓰는 것이 바로 『이목구심서』의 철학이다.

할 수 있는 일을 하지 않는 사람과
할 수 없는 일을 하려는 사람

만약 할 수 있는 방법이 있는데 일을 갖고 생계를 도모하지 않는 사람은 버려진 백성이다. 그러나 능력과 계획이 서로 들어맞지 않는다면, 돌이켜 생각해 보건대 어떻게 할 길이 없다. 불가능한 일을 억지로 애써 하려고 하면 범죄를 피할 수 있는 사람이 적다. 이것이 바로 공교롭게 하려다가 졸렬해지는 경우다. 하늘의 뜻에 따르고 운명을 편안히 여기는 것만 못하다.

若有可爲之路 而不資生者 棄民也 然力與謀不相入 顧無如何矣 勉强
其所不能爲 則其不犯辟者小 是欲巧而拙也 不如聽天安命而已

― 『이목구심서 3』

사람들이 하지 않는 일을 나는 능히 한다. 사람들이 능히 하는 일을 나는 하지 않는다. 이것은 지나치게 고집이 세거나 과격해서가 아니라 선(善)을 선택한 것일 따름이다. 사람들이 하지 않는 일을 나 또한 하지 않는다. 사람들이 능히 하는 일을 나 또한 능히 한다. 이것은 시비를 가리지 않고 무조건 사람들을 따르는 것이 아니라 옳은 것에 나아갈 따름이다. 이러한 까닭에 군자(君子)는 안다는 것을 귀중하게 여긴다.

人之所不爲 我則能爲之 人之所能爲 我則不爲之 非矯激也 擇善而已
人之所不爲 我亦不爲之 人之所能爲 我亦能爲之 非詭隨也 就是而已
是故君子貴識

— 『이목구심서 3』

다산 정약용(茶山 丁若鏞)은 자신의 당호(堂號)인 여유당
(與猶堂)에 붙인 기문(記文)에서 이렇게 말했다. "하고 싶지
않지만 어쩔 수 없이 해야 하는 일은 그만둘 수 없다. 하고
싶지만 다른 사람이 알까 두려워서 하지 않는 일은 그만둘
수 있다. 그만둘 수 없는 일이란 항상 그 일을 하고 있으면서
도 스스로 내켜 하지 않기 때문에 때때로 중단된다. 반면 하
고 싶은 일이란 언제든지 할 수 있지만 다른 사람이 알까 두
려워하기 때문에 또한 때때로 그만둔다. 이렇다면 참으로 세
상천지에서 자신이 할 수 있는 일이란 없을 것이다." 거리낌
도 없고 막힘도 없이 마음이 가는 대로, 생각이 움직이는 대
로 산다는 것은 이토록 어려운 일인가?

155

나쁜 소문과 좋은 소문

나쁜 소문은 몇 배가 되어 퍼져 나간다. 그러나 좋은 소문은 반으로 줄어들어 잊힌다. 이것은 양(陽)은 짝이 맞지 않는 홀수이고, 음(陰)은 짝이 맞는 짝수이기 때문이다. 군자는 반대로 힘써야 한다.

惡聞加倍 善名減半 是由陽奇而陰偶 君子勖以反

— 『이목구심서 3』

나쁜 소문은 몇 배로 부풀고 널리 퍼져 수많은 사람이 알게 된다. 반면 좋은 소문은 반으로 줄어들어 극히 적은 사람만 알다가 사라지고 만다. 이러한 까닭은 무엇인가? 다른 사람을 흉보고 욕하며 시기하고 질투하고 조롱하거나 비아냥거리는 일이 다른 사람을 인정하고 칭찬하며 추켜세우는 일보다 몇 백 배 더 재미있고 몇 천 배 더 흥미롭기 때문이다. 그러나 세상 모든 사람들이 이와 같다면 군자가 되는 일은 손바닥 뒤집듯 쉬울 것이다. 그 반대로만 하면 되기 때문이다.

그러나 그것이 과연 정말 쉬운 일이겠는가? 매일 잊지 않고

되새길 일이다.

돈을 빌릴 때와 갚을 때

다른 사람에게 돈을 빌릴 때의 마음과 돈을 갚을 때의 마음은
다르다. 그러나 인덕(仁德)이 있는 사람은 그렇지 않다.

貸人錢時心 與償人錢時心異 吉祥之人不如是

— 『이목구심서 3』

화장실 갈 때와 화장실 나올 때의 마음과 같아서야 되겠는
가? 궁색하고 가난할 때도 떳떳해야 하고 여유롭고 부유할
때도 떳떳해야 한다. 박지원이 지은 「허생전(許生傳)」의 주
인공 허생을 본보기로 삼을 만하다. 그는 처지가 궁색하고
행색이 남루할 때도 얼굴에 비굴한 빛이 없었고, 은 백만 냥
을 번 거상이자 거부가 된 다음에도 온 나라를 돌아다니며
가난하고 하소연할 곳 없는 사람들을 찾아서 도왔다. 궁색하
고 가난할 때와 여유롭고 부유할 때 모두 그 뜻이 한결같았
다고 할 만하다. 참으로 쉽지 않은 일을 쉽게 했던 인물이다.

아이에게 부끄러워할 일

어린아이가 울고 웃는 것은 타고난 천성이다. 어찌 인위적으로 한 것이겠는가! 어른들은 기쁘고 노여운 감정을 거짓으로 꾸민다. 어린아이에게 부끄러워할 일이다.

小兒啼笑 天也豈人乎哉 長者假喜怒 斯愧小兒矣

— 『이목구심서 3』

어린아이는 자기 감정을 진솔하게 드러낸다. 일부러 그렇게 하거나 누가 시켜서 하는 것이 아니다. 그저 타고난 천성에 따라 그렇게 할 뿐이다. 그런데 어른이 되면 점점 거짓으로 감정을 속이고 인위적으로 마음을 꾸미는 데 익숙해진다. 왜 그렇게 될까? 권세와 명예와 이익을 좇는 마음이 앞서면 모든 일에 이해득실을 따지게 되기 때문이다. 이해득실을 따지기 시작하면 거짓으로 감정과 마음을 꾸며서 자신과 다른 사람을 속이는 데 점점 익숙해진다. 솔직한 감정과 진실한 마음을 되찾고 싶은가? 그렇다면 어린아이를 본보기로 삼으면 될 것이다. 이러한 의미에서 어린아이는, 역설적으로 어른의 아버지라 할 수 있다.

모략과 비방

마음을 화평하고 기뻐하며 온화하고 평온하게 가져서 거역함이 없이 순리에 따르는 것이 바로 인생의 큰 복력(福力)이다. 마음을 관대하고 평안하며 고요하게 지니면 추울 때도 더울 때도 나를 침범하지 못한다. 옛사람이 불길에 뛰어들어도 타지 않고 물에 들어가도 젖지 않는다고 한 것은 바로 이러한 상태를 가리키는 말이다. 천하의 가장 상서롭지 못한 일은 아무 근거도 없이 다른 사람을 비방해 잘못을 덧씌우는 짓이다. 그러나 아무 근거도 없는 비방은 결국 곧바로 탄로 나는 법이다. 이때 비방을 듣는 사람이 만약 떠들썩하고 어지럽게 자신의 결백을 변명하기라도 하면 역시 시끄럽고 복잡하게 될 뿐이다. 비방의 경중을 가려서 더욱 신중하게 살펴야 한다.

措心和悅溫平 無拂逆其順適 是人生大福力 持心要寬平安靜 寒暑有時乎不入 古之人入火不焦 入水不濡云者 指此也 天下之最不祥 以無根之謗 橫加於人也 然其所謗 畢竟卽綻 聞謗者若紛紛辨白 亦系燥擾也 且有輕重 尤審愼

— 『이목구심서 3』

남이 모략한들 어떻고 비방한들 어떤가? 마땅히 자신이 해야 할 일을 하고 가야 할 길을 갈 뿐이다. 필자는 백호 윤휴(白湖 尹鑴)의 "천하의 진리는 한 사람이 모두 알 수 있는 것이 아니다"라는 말을 가장 좋아한다. 만약 누군가 그다음으로 좋아하는 옛사람의 말이 무엇이냐고 묻는다면 한 치의 주저함도 없이 이렇게 말할 것이다. "차라리 세상과 어울리지 못하고 홀로 쓸쓸하게 살아갈망정, 끝내 '이 세상에 나왔으니 이 세상에서 하라는 대로 하고 이 세상이 좋아하는 대로 하겠다'는 사람들에게 머리를 숙이거나 마음을 낮추려고 하지 않았다." 서계 박세당(西溪 朴世堂)이 스스로 지은 묘지명에 남긴 말이다.

편안하다는 말의 참뜻

서민들이 가난을 편안하게 여기지 않는다고 책망하는 것은 관대하지 못한 일이다. 무릇 '안(安)'의 참된 뜻은 스스로 편안하게 여기는 것이다.

責庶民以不安貧 亦不廣 夫安者自安也

— 『이목구심서 3』

———

안빈낙도(安貧樂道)란 가난을 편안하게 여기고 도리를 추구하는 삶을 즐거워한다는 뜻이다. 하지만 하루하루 먹을거리를 마련하는 것도 힘겨운 사람에게 안빈낙도하지 않는다고 책망하는 것은 어질지 못한 짓이다. 자신의 기준에 모든 사람을 끼워 맞추려고 하는 아집이자 독선에 불과하기 때문이다. 그렇다면 무엇이 필요한가? 바로 관용의 정신이다. 그것은 나와 다른 남의 사정도 존중하고 받아들이는 태도다. 진정한 '안'이란 스스로 편안하게 여기는 마음이다. 스스로 편안하지 않다면 '안'이 아니다. 어떻게 모든 사람이 그런 삶을 살 수 있겠는가? 남이 그런 삶을 살지 않는다고 비난하는 것 자체가 이미 '불안(不安)'이다. 스스로 편안하면 그뿐 남에게 강요하지 않는 것, 그것이 '안'의 참된 의미다.

망과 망상

무릇 사람이 스스로를 포기해 제 한 몸 공경하지 않는 자는 어렸을 때부터 해가 뜨면 일어나 망령된 말과 행동만 한다. 한가로이 홀로 앉아 있으면 망령된 생각이 번잡하고 어지럽게 일어난다. 잠자리에 들면 밤새도록 망령된 꿈을 꾼다. 끝내 늙어 죽을 때까지 '망(妄)'이라는 한 글자로 평생을 마치고 만다. 아아! 슬프다.

凡人之暴棄 不自敬身者 自幼時日出而起 妄言妄事 閑居而獨坐 妄思紛拏 寐則終夜妄夢 至老死不過以妄之一字 了當平生 嗚呼悲矣.

— 『이목구심서 1』

망상이 분주하게 일어날 때는 구름 한 점 없이 새파란 하늘을 쳐다보자. 온갖 잡념이 일시에 사라질 것이다. 바로 정기(正氣)가 돌기 때문이다.

妄想走作時 仰看無雲之天色 百慮一掃 以其正氣故也

— 『이목구심서 2』

사람의 삶이 '망'이라는 한 글자에서조차 벗어나지 못한단 말인가! 얽매이고 구속받는 것이 이와 같다면, 어찌 슬퍼하지 않을 수 있겠는가. 망상은 무조건 물리쳐야 할 해악인가? 그렇지 않다. 성리학적 세계관과 사유에 지배당한 조선 시대 부에게는 마음을 제멋대로 풀어놓는 상태인 '방심', '잡념', '망상', '상념'이 자신을 망치는 가장 해로운 적이었다. 그러나 성호학파의 문인 이학규(李學逵)는 오히려 망상을 통해 절망으로 가득한 삶에서 벗어날 수 있는 탈출구와 활력을 찾는다. 그는 이렇게 말한다. 망상 덕분에 유배지에 갇혀 있는 이 몸도 크게는 온 천하를 마음대로 돌아다닐 수 있고, 작게는 눈에 띄지 않는 미세한 터럭 끝까지도 헤매고 다닐 수 있다고. 망상을 하는 순간 자신의 마음은 활활 타오르는 불꽃에 비유할 만하다고. 만약 지금 마음속 한 가닥 망상을 없애려고 한다면, 그의 삶은 불씨가 죽어 버린 잿더미처럼 될 것이다. 사람의 마음이 영원히 살아 움직임을 증명할 수 있는 것은 망상에 있을 따름이다.

성리학적 세계관과 사유에 얽매이고 구속당하기를 전면적으로 거부한 이른바 '망상 예찬'이다. 망상이 있어야 사람의 정신과 마음은 비로소 사상의 한계와 세상의 경계를 넘어서 무한과 무궁의 영역으로 확장해 나갈 수 있다. 망상이 없다면 사상의 한계와 사유의 경계를 어떻게 넘어설 수 있겠는가?
그러므로 망상하고 또 망상하라. 활활 타오르는 불꽃같은 삶
이 바로 그 망상 속에 있다.

아첨하는 사람

교묘하게 속이고 아첨하고 아양 떨며 일생 동안 남을 기만하는 사람이 있다고 하자. 비록 그럴듯하게 보이도록 꾸미는 데 익숙해져 스스로 편하거나 이롭다고 생각하겠지만, 그 막고 가린 것이 아주 얇고 좁아 감추려고 할수록 더욱 드러날 뿐이다. 제아무리 애써 봤자 고생스럽기만 할 것이다.

假有巧詐諂媚 一生騙人 雖慣於粉餙 自謂便利 然其障蔽於人者 甚薄狹 隨遮隨現 極勞苦哉

— 『이목구심서 3』

─────────

교묘하게 속이고 아첨하는 짓에도 최상과 중간과 최하의 등급이 있다. 몸을 가지런히 하고, 얼굴을 다듬고, 말을 얌전하게 하고, 명예나 이익에 초연하고, 상대방과 사귀려고 하는 마음이 없는 척하는 인간 부류는 최상 등급이다. 간곡하게 바른 말로 자신의 감정을 드러내 보인 다음, 그 틈을 활용해 뜻이 통하도록 하는 인간 따위는 중간 등급이다. 발바닥

이 다 닳도록 아침저녁으로 문안 인사를 드리고, 돗자리가 다 떨어지도록 뭉개고 앉아 상대방의 입술과 안색을 살피면서 그 사람이 하는 말이면 무조건 좋다고 하고, 그 사람이 하는 일은 무조건 훌륭하다고 칭찬한다. 이런 아첨은 처음 들을 때는 기분이 좋지만, 자꾸 듣다 보면 도리어 싫증이 나는 법이다. 그러면 아첨하는 사람을 비천하고 누추하다고 여겨 끝내는 자신을 갖고 노는 게 아닌가 하고 의심을 품게 된다. 이러한 인간들은 최하 등급이다. 박지원이 스무 살 무렵 세태를 풍자해 지은 소설 「마장전(馬駔傳)」에 나오는 말이다.

몹시 서글픈 일

해진 솜의 터진 옷솔 틈에는 반드시 이(蝨)가 떼를 지어 모인다. 황폐한 담장과 오래된 부엌에는 반드시 쥐가 집을 짓는다. 여우가 요염하게 요사를 부려 사람을 홀리는 것은 반드시 깊숙한 숲의 어둡고 음산한 곳이다. 올빼미의 울음소리는 반드시 어두운 밤 으슥하고 캄캄한 곳에서 나온다. 멀리 떨어진 굴속에는 도적들이 무수하게 모여든다. 어두운 그늘이 드리운 사당은 귀신과 도깨비의 보금자리가 된다. 이러한 것들은 모두 밝은 해가 환히 비치면 그 어두움이 사라질 것이다. 그뿐만 아니라 그 자취를 몰래 숨길 수 없게 되고 조금이라도 음산하고 어두운 계교를 부릴 수 없게 된다. 무릇 소인은 눈을 휘둥그렇게 뜨고 희번덕거리면서 눈짓을 하거나 고개를 끄덕이면서 자질구레한 일을 처리할 때에도 교활함과 거짓됨이 마치 다른 사람을 해치는 것처럼 한다. 평소 말을 내뱉을 때조차 항상 그 은밀하고 컴컴한 것이 마치 수수께끼와 같다. 재산을 경영하고 자기 몸을 살찌게 하는 일과 물건을 손상하고 사람을 모함하는 말 속에 숨어 있는 그 음흉함과 교활함을 어찌 말로 다 하겠는가. 몹시 서글픈 일이다.

壞縣綻縫 虱必聚族 荒墻古竈 鼠必營宅 狐之妖媚 必於幽林之陰森也 梟之叫嘯 必於黑夜之昏暗也 窟室遼絶 盜賊之藪焉 叢祠昏黢 鬼魅之窩焉 此皆白日昭朗 無幽不燭 則不惟不掩其迹 不能少措其陰昏之計 夫小人眙肝翕張 目語額瞬 處零碎之事 其巧譎如詛 出恒平之語 其隱暗如謎 若夫營財肥己之事 戕物陷人之言 其陰狡尙何言哉 悲矣悲矣

— 『이목구심서 1』

사악함은 다른 사람이 보지 않거나 보지 못하는 곳에서 자란다. 그러므로 혼자 있을 때 어떻게 행동하는가를 봐야 비로소 그 사람의 진면목을 안다고 할 수 있다. 세상 모든 사람을 속일 수 있지만 결코 속일 수 없는 이가 한 명 있다. 조물주나 하느님, 부처님 같은 존재일까? 천만의 말씀이다. 어느 누구도 절대로 속일 수 없는 세상 단 한 사람은 바로 자기 자신이다. 현대 한국 불교 최고 선승(禪僧) 중 한 사람인 성철(性徹) 스님이 평생 좌우명으로 삼았던 말이 있다. '무자기(無自欺)', 즉 자기를 속이지 말라는 뜻이다. 『대학(大學)』에도 이와 유사한 구절이 나온다. 바로 "군자는 반드시 홀로 있을 때 삼간다(君子必愼其獨也)"는 것이다. 다른 사람이 보지 않는 어둡고 은밀한 곳에서조차 맑고 밝게 처신한다면 그 사람이야말로 자신의 뜻을 바로 세웠다고 할 만하다.

그러나 이것이 어찌 쉽겠는가? 성인(聖人)이나 현자조차도 그 어려움을 알기에 평생의 좌우명으로 삼은 것이다. 간단하게 생각해 보자. 만약 자신에게 물어 스스로 부끄럽지 않은 일은 해도 괜찮다. 그러나 부끄럽다면 해서는 안 된다. 물론 이것도 쉽게 할 수 있는 일은 아니다. 다만 그 사람의 뜻과 역량에 맡길 수밖에 없다.

농부와 상인의 집안에 태어나도

농부와 상인의 집안에서 태어나고 자라 사방을 돌아봐도 사우한 사람 없지만 묘하게 문장을 깨달아 시원스레 세속의 더러움을 벗은 이가 있다. 이러한 사람은 성불할 자질을 갖추었다고 할 만하다. 그러나 수많은 문헌과 사우에 둘러싸여 있음에도 평생토록 어리석고 거칠기만 한 사람은 장차 어찌할 것인가. 아아! 슬프다.

生長農商家 四顧無師友 能妙惡文章 快脫塵染 是成佛之資 地則文獻

多師友 又多書籍 終年鹵莽者 將若之何 嗚呼悲哉

— 『이목구심서 2』

─────────────

이덕무는 18세기 일본에 관한 당대 최신 종합 연구서라고 불러도 손색없는 책을 썼다. 바로 『청령국지(蜻蛉國志)』다. 옛날에는 일본의 지형이 마치 청령, 즉 잠자리와 닮았다고 해서 청령국이라고 불렀다. 이 책에서 가장 인상 깊은 대목은 사민(四民) 즉 사농공상(士農工商) 신분에 대한 조선과 일본의 경제적 · 사회적 · 문화적 차이를 다룬 부분이다. 이덕무는 조선과 일본의 사민은 신분 질서상 명확한 차이가 있다고 기록했다. 즉, 공인과 상인이 농민보다 더 천하게 취급되던 조선과 달리, 일본의 풍속은 "직위를 가진 자가 높고, 그다음이 상인이고, 그다음이 공장(工匠)이고, 가장 낮은 것이 농민"이라고 증언하고 있다. 조선이 농본주의(農本主義)의 나라였다면, 일본은 중상주의(重商主義)의 나라였다고 할까.

더욱이 이 책은 일본에서는 "문사라 일컫는 자는 공업이나 상업을 겸해 살아간다. 그러므로 하류에 있는 자 중에 실로 문인과 시인이 많다"고 밝히고 있다. 일본에서는 도시 상공업 계층이 곧 지식인 세력을 형성해 성장하고 있었다는 이야기다. 지식인이 공업과 상업을 겸한다는 것은 당시 조선에서는 상상조차 할 수 없었던 일이다.

일본의 경제 체제와 사회 구조는 상공인 계층이 강력한 세력으로 발전할 수 있는 유리한 조건을 갖추고 있었다. 그리고 이들 상공인 계층과 지식인들이 주도한 사회 경제적 변화와 문화 예술의 신사조는 19세기 중반 메이지 유신 즉, 일본의 근대화를 추동하는 강력한 힘이 되었다. 만약 조선의 지식인 계층인 사대부가 상인과 공장을 겸해 문화 예술 분야와 더불어 사회 경제 활동에도 힘썼다면 어땠을까? 이덕무의 사우인 박제가가 『북학의(北學議)』에서 주장한 '양반상인'과 『청령국지』의 '사민'은 흥미롭게도 글의 행간에 숨긴 의도가 매우 닮아 있다.

잘못을 뉘우친다면

겉으로만 점잖은 척 단장하고 속마음은 시기와 거짓으로 꽉 차 있는 사람은 좋아하려고 해도 한 푼의 가치가 없고 미워하려고 해도 몽둥이로 때릴 만한 가치조차 없다. 단지 그가 거짓으로 꾸미느라 수고로움을 다하는 꼴이 가련할 뿐이다. 만약 그가 잘못을 뉘우친다면 한 번쯤 가르쳐 볼 수는 있을 것이다.

外假飾而滿腔子猜詐 愛之不直一文錢 憎之亦不足費一棒打 只憐其作偽甚勞 如悔過堪一敎耳

— 「선귤당농소」

매심재(每心齋)는 정약전의 당호다. 그의 동생 정약용은 「매심재기(每心齋記)」를 지었는데, 형 정약전이 이렇게 부탁해서였다. "매심(每心)이란 '뉘우칠 회(悔)'다. 나는 뉘우침이 많은 사람이다. 항상 마음에 뉘우침을 새기고 있는 사람이기 때문에 재실의 이름을 이렇게 지었다. 네가 기를 써 달라." 정약용은 말한다. 성인과 광인(狂人)의 차이는 "뉘우침에 따

라 달라질 뿐이다"라고. 공자(孔子)의 수제자면서 젊은 나이에 요절한 안회(顏回)를 어질다고 하는 까닭은 '불이과(不貳過)'에 있다. 같은 잘못을 두 번 다시 저지르지 않았다는 뜻이다. 공자의 또 다른 제자인 자로(子路)를 두고 용맹하다고 하는 이유는 '희문과(喜聞過)'에 있다. 자신의 잘못을 남에게 듣는 일을 좋아했다는 뜻이다. 진실로 뉘우친다면 잘못은 허물이 될 수 없다. 다만 작은 잘못은 조금 뉘우치고 잊어버려도 괜찮지만, 큰 잘못은 고치더라도 매일같이 뉘우침을 잊지 말아야 한다.

고상한 사람과 속된 사람

고상한 사람이 속된 사람을 대하면 졸음이 온다. 속된 사람이
고상한 사람을 대해도 졸음이 온다. 서로 맞지 않아 융합하지
못하기 때문이다. 속된 사람은 비루해 조는 것이니 말할 필요
가 없다. 그런데 어찌 고상한 사람이 조는가? 그 마음이 좁기
때문이다. 만약 진실로 고상한 사람이 있다면 반드시 졸지 않
을 것이다. 다른 사람을 용납하기 때문이다.

高人對俗人睡 俗人對高人睡 以其不相入也 俗人睡鄙無論 高人睡何其
陋也 若有眞高人必不睡 何也能容人也

— 『이목구심서 2』

스스로 고상하다고 여기는 사람은 속된 사람을 만나면 깔보
거나 업신여긴다. 반대로 속된 사람이 고상한 사람을 만나면
지루해 하거나 따분해 한다. 둘 다 편협하기는 마찬가지다.
속된 사람마저 용납할 수 있어야 정말 고상한 사람이다. 그
렇지 않다면 기껏해야 겉으로 고상한 척하는 것에 불과하다.

세 등급의 사람

하루 종일 고요히 앉아 있다가 입을 열면 올바른 말이다. 나는 이러한 사람을 공경하고 두려워한다. 혹 고요히 앉아서 올바른 말을 하지 못하는 사람은 이미 이 등급으로 떨어진다. 또한 다른 사람을 따라서 웃음이나 흘리는 사람은 즉시 삼 등급으로 떨어진다. 일 등급의 사람이 좋은 사람이겠는가, 삼 등급의 사람이 좋은 사람이겠는가?

終日靜坐 口出正言 我所敬畏也 或有不能靜坐正言者 已是落下第二等
又從而笑之 是落下第三等 第一等者不好人乎 第三等者好人乎

— 『이목구심서 3』

자신의 뜻과 생각을 분명하게 말하는 사람이 일 등급이다. 다른 사람의 말과 글을 배우고 따라 하는 데 만족하는 사람은 이 등급이다. 삼 등급의 사람은 다른 사람의 비위나 맞추고 아첨을 떨며 권세와 부귀를 좇는 부류다. 이 등급의 사람은 상대할 수 있지만, 삼 등급의 사람은 언급할 가치도 없다.

바둑과 노름

예부터 바둑 두는 것을 좋아하는 일에 대해서는 비록 현자라고 해도 빠져들지 않거나 벗어나기가 매우 어려웠다. 오직 위소(韋昭)와 왕숙(王肅), 갈홍(葛洪)과 도간(陶侃), 안지추(顔之推)와 피일휴(皮日休)와 임포(林逋) 등 몇몇 사람만이 바둑을 힘써 배척할 뿐이었다. 나는 평생 바둑을 즐기지 않아서 전혀 두지 못할 뿐만 아니라 배우고 싶은 마음도 없다. 어떤 사람이 "다른 노름은 끊어야 한다. 그러나 바둑은 여유롭고 고상해서 할 만하다"고 말한 적 있다. 내가 웃으면서 "바둑은 범죄의 괴수다. 모든 노름이 바둑 가운데에서 흘러나온 것이 아니겠는가. 노름과 오락을 물리치고자 한다면 먼저 바둑을 시작하는 것부터 배척해야 한다. 해야 할 일과 업무는 내팽개친 채 밤과 낮을 가리지 않고 바둑판의 길을 다투느라 시끄럽게 지껄이고 떠들어 댄다. 고상한 풍치를 보기 전에 바둑의 노예가 될 뿐이다"라고 말했다.

古來好着碁奕者 雖賢人 脫然不染甚難 惟韋昭王肅葛洪陶侃顔之推皮
日休林逋數人 盖極力闢之也 余平生不樂此技 非徒不能 亦不欲爲也
人或曰 它技可絶也 碁則閑雅可爲也 余笑曰 碁爲罪魁 諸伎豈不從此

中流出耶 欲鬪技戲 先從棊始耳 廢事業 竟晝夜 爭途喧囂 不見雅致 先
爲棊奴耳

— 『이목구심서 6』

바둑과 노름이 정말 나쁘기만 해서 그렇겠는가? 지나치게
빠져 모든 일을 내팽개치고 밤낮을 가리지 않아 몸과 정신
을 망치는 행위가 나쁠 따름이다. 균형을 잃지 않는다면 바
둑인들 어떻고 노름인들 어떻겠는가? 바둑과 노름에서 잠깐
의 휴식과 재미와 여유를 누릴 수 있다면 오히려 권장할 만
하다. 취미와 취향과 기호는 모두 개인의 자유이기 때문에,
본래 어떤 것은 좋고 어떤 것은 나쁘다고 할 문제가 아니다.
오히려 좋은 것과 나쁜 것의 분별이 지나쳐서 단속과 검열이
되지 않을까 두려워해야 한다.

선비와 속물

방 안에 금박 가루로 궁실과 인물을 그려 놓은 왜연갑(倭硯匣)을 배열해 놓는다. 한석봉의 액자 체첩(體帖)을 목각해 푸른 비단으로 장정을 하고, 마디가 굵은 대나무로 필통을 만들어 회회청(回回青, 도자기를 만들 때 쓰는 코발트 성분의 푸른 물감. 회회국, 그러니까 아라비아에서 난 것으로 조선에서는 주로 중국을 통해 수입했다)으로 '수부귀(壽富貴)'의 세 글자를 적고 구워서 늘어놓는다. 화분 속에는 금봉화와 계관화(鷄冠花, 맨드라미꽃)를 잡다하게 심어 놓는다. 만약 이렇게 한다면, 나는 비록 그 사람이 고상한 선비라고 할지라도 반드시 속물이라고 말할 것이다.

室中排列泥金畫宮室人物之倭硯匣 韓石峯額體帖木刻青裝 砂筆筒作竹節狀 回回青書燔壽富貴三字 盆中雜種金鳳花鷄冠花 人雖曰雅士 吾必謂之俗輩耳

— 『이목구심서 2』

꾸미려고 할수록 더욱 추잡해지고, 더하려고 할수록 더욱 난

잡해질 뿐이다. 글도 마찬가지다. 글쓰기에는 두 가지 방식이 있다고 생각한다. 그 하나가 '플러스의 글쓰기'라면, 다른 하나는 '마이너스의 글쓰기'다. 플러스의 글쓰기는 지식에 자꾸 지식을 더하고, 감정에 자꾸 감정을 더하고, 생각에 자꾸 생각을 더해 글을 쓰는 것이다. 글을 잘 쓰려고 하다 보면 자신도 모르는 사이에 플러스의 글쓰기를 좇게 된다. 마이너스의 글쓰기는 지식에서 다시 지식을 덜어 내고, 감정에서 다시 감정을 덜어 내고, 생각에서 다시 생각을 덜어 내 글을 쓰는 것이다. 그냥 마음이 가는 대로, 감정이 일어나는 대로, 생각이 떠오르는 대로 글을 쓰다 보면 자신도 모르는 사이에 마이너스의 글쓰기를 좇게 된다.

조각가의 작업과 비교해 생각해 보자. 조각가는 한 덩어리의 돌을 깎고 또 깎아 하나의 작품을 만든다. 마이너스의 작업 방식이다. 물론 진흙을 붙이고 또 붙여 작품을 만들기도 한다. 그러나 이 경우에도 마지막에는 반드시 깎아 내는 마이너스의 작업을 해야 작품이 완성된다. 다른 예를 하나만 더 들어 보자. 도자기를 만드는 장인의 지극한 경지는 순백의 달 항아리에 있다고 한다. 왜 그런가? 사람은 누구나 자신의 재주를 다른 사람에게 드러내 보이려는 욕망을 갖고 있다. 도자기를 만드는 장인이라고 다르겠는가? 그렇기 때문에 도자기를 만들 때 남이 쉽게 할 수 없는 기술이나 자신만의 기

교를 자꾸 덧붙이는 방식으로 작업하기 마련이다. 그런데 달
항아리는 그러한 기술과 기교를 생략한 채 아무것도 장식하
지 않은 순백의 도자기다. 표현하지 않으면서 표현하는 것,
이것이야말로 마이너스의 예술 철학을 온전히 담고 있는 작
품이 아닌가? 글쓰기 역시 이러한 이치와 같다.

관상과 사주

쉽사리 관상이나 사주 같은 이야기에 현혹되어 기뻐하거나 두려워하는 사람이 있다. 환난이나 영리를 마주했을 때, 내가 올바르게 처신할 수 있을지 나 자신도 믿지 못하겠다.

易惑於風鑑星數之說 而喜懼無常者 當患難榮利而得其正 吾未知信也

— 『이목구심서 2』

박지원 또한 「호질(虎叱)」에서 무당을 무함(誣陷)이라는, 의심과 거짓으로 먹고사는 인간 군상으로 풍자했다. 호랑이의 입을 빌려 무당은 귀신을 속이고 사람을 현혹시켜 일 년에도 몇 만 명씩 예사로 사람을 죽인다며 심하게 꾸짖었다. 사기꾼의 말에 현혹되는 사람은 과욕과 탐욕 때문에 진위 여부를 판단하지 못한다. 무당의 말에 현혹되는 사람 역시 이와 다르지 않다. 이익과 권세와 명예와 출세에 대한 과욕과 탐욕 탓에 무당의 말을 추종한다. 더욱이 불행과 질병과 환란에 대한 불안과 두려움 때문에 무당의 말을 맹신한다. 하지

만 이익과 권세와 명예와 출세는 자신의 운과 능력과 행동에 따라 얻기도 하고 잃기도 하는 것이지 무당의 말 때문에 그렇게 되는 것은 아니다. 불행과 질병과 환란은 피하고 싶다고 해서 피할 수 있고, 덮고 싶다고 해서 덮어지고, 외면하고 싶다고 해서 외면할 수 있는 것이 아니다. 무당의 말 때문에 행복해지거나 불행해지는 일은 없으며, 건강하게 되거나 질병에 걸리는 것이 아니고, 환란을 당하거나 피하는 것도 아니다.

곰곰이 생각해 보라. 세상 모든 일은 그렇게 된 원인이 없는 것이 없다. 단지 우리가 깨닫지 못할 뿐이다. 인생이란 자신의 생각과 계획대로 되는 일보다 그렇지 않는 경우가 대부분이다. 인간은 필연보다 우연에 지배받는 존재다. 아무리 치밀하게 예측해 계획을 세우고 철저하게 계산해 대비한다고 해도 인간의 삶은 우연의 힘 앞에서 무력하다. 그러한 이유 때문에라도 그저 자신이 해야 할 일을 하고 가야 할 길을 갈 뿐 사주나 관상과 같은 설에 귀 기울일 필요가 없다. 피할 수 있는 일이면 어떻게 해도 피하게 되고, 피할 수 없는 일이면 어떻게 해도 피하지 못하기 때문이다. 결혼하려고 마음먹은 남녀가 사주궁합이 안 맞는다고 결혼을 포기하겠는가? 결혼할 마음이 없는 남녀가 사주궁합이 잘 맞는다고 결혼하겠는가?

작은 재주와 편협한 견해

어떤 사람이 경계하며 나에게 이렇게 말했다. "예로부터 작은 기술이라도 한 가지 재주를 지니고 있으면 눈앞에 보이는 사람이 없게 된다. 스스로 한쪽으로 치우친 견해를 믿게 되면 점점 다른 사람을 업신여기는 마음이 생겨난다. 이렇게 되면 작게는 욕과 비난이 온몸을 덮고, 크게는 재앙과 환난이 따르게 마련이다. 이제 그대가 날마다 문자(文字)에 마음을 두고 있으니, 힘써 다른 사람을 업신여기는 자료를 만들자는 것인가?" 이에 두 손을 모으고 공손하게 말했다. "감히 경계하지 않겠는가."

人有戒余曰 終古挾一小技 始眼下虛無人 自信一偏之見 漸有凌人之心

小則罵詈叢身 大則禍患隨之 今子日留心於文字之間 務爲凌人之資耶

余斂手曰 敢不戒

— 『이목구심서 4』

───────────

지식만 많은 사람보다는 지혜로운 사람이 낫다. 지혜는 지식을 통해 얻을 수도 있지만, 지식을 통하지 않고서도 얻을 수 있다. 지식의 덕목은 재능, 능력, 학식, 성공, 출세 같은 것들이다. 지혜의 덕목은 인내, 신중, 절제, 자기만족, 신의와 연대 등이다. 참된 지식은 지혜 없이 얻기 힘들지만, 참된 지혜는 지식 없이도 얻을 수 있다. 따라서 지식으로 가득 찬 삶보다 지혜로 가득 찬 삶이 더 풍요롭다고 하겠다.

장사꾼의 이익

의롭지 못한 사람은 자신의 분수를 알지 못한다. 그렇지 못한 사람 중에도 자신의 분수를 아는 사람이 있긴 하지만 자기 집 창문 아래에서 늙어 죽는 사람은 만 명에 한 명 정도가 있을 뿐이다. 장사를 업으로 하는 어떤 상인이 있었다. 그 상인은 저울대에 구멍을 뚫고 그 속에 둥근 납덩이를 넣어, 그 납덩이가 매끄럽게 구르도록 해 소리가 나지 않게 했다. 그리고 자신의 물건을 팔 때는 그 납덩이를 몰래 굴려서 저울대의 머리 쪽에 오게 하는 방법으로 무게를 속였다. 반면 자신이 다른 사람의 물건을 살 때는 그 반대로 해 싼 값에 그 물건을 차지했다. 그 상인은 늙을 때까지 이 방법으로 재산을 불렸지만 사람들이 이러한 사실을 알지 못했다. 그러다가 병이 들어 장차 죽음에 이르게 되었을 때, 상인은 자신의 아들을 불러 이렇게 경계의 말을 남겼다. "내가 재물을 모을 수 있었던 까닭은 납덩이가 든 저울대를 잘 조정했기 때문이다. 하지만 일찍이 지나치게 큰 이득을 취한 적은 없다. 적당히 알맞게 하고 그쳤으므로 부당한 이득을 취한 것이 들통나지 않았고 속임수가 발각되지 않았다. 그러므로 너는 내 방법을 이어받아 쓰되, 신중하게 해야 망하지 않을 것이다." 그러나 상인이 죽고 난 뒤 그의 아들은 다른 사람의 물건을 두 배나 속여서 취한 것이 발각이 나, 부정한 방법으로 재물을 거두었다는 죄를 받아 죽고 말았다.

不義者非知分也 雖然不義之中 有知分者 而老死牖下萬一也 有業商者
鑿秤空其中納鉛丸 可滑轉無聲 賣自己物 則暗轉丸于秤頭使之重 買人
之物 則反是焉與輕價 至老醫肉 人不知也 病將死 召其子戒曰 吾所致
貲者 丸秤而低昂之也 雖然未嘗大取 而適可以止 利無算 而術不敗也
汝其紹我 愼勿墜也 後子倍取人物 坐贓死

— 『이목구심서 3』

이로움을 추구하더라도 마땅히 의로운 이익인가 의롭지 못
한 이익인가를 살필 줄 알아야 한다. 의로움과 이로움이 충
돌할 때, 이로움보다 의로움을 앞세운다면 의로운 이익이라
고 할 수 있다. 반면 의로움과 이로움이 충돌할 때, 의로움보
다 이로움을 앞세운다면 의롭지 못한 이익이라고 할 수 있
다. 그런데 대체 의로운 이익은 무엇이고 의롭지 못한 이익
은 무엇인가? 쉽게 말해 의로운 이익이란 모든 사람이 더불
어 나누고 잘사는 방식으로 이익을 추구하는 것이다. 반면
의롭지 못한 이익은 자신의 배만 불리고 욕심만 채우는 방식

으로 이익을 추구하는 것이다. 부정한 방법으로 이익을 얻는 것은 왜 의롭지 못한가? 남을 속여 손해를 입히고, 그것을 자신의 이익으로 취하기 때문이다. 다른 사람의 피를 빨아 자신의 배를 불리고 욕심을 채우는 마치 흡혈귀 같은 자다.

바둑과 소설과 색욕과 담배

나는 태어날 때부터 뜻이 없고 스승도 없었다. 그래서 우활(迂闊)하고 고루하고 과문한 사람이다. 백 가지 가운데 단 한 가지도 능숙한 것이 없고 능숙하지 못한 것은 네 가지나 된다. 바로 바둑을 둘 줄 모르는 것, 소설을 볼 줄 모르는 것, 여색을 말할 줄 모르는 것, 담배를 피울 줄 모르는 것이다. 하지만 이 네 가지는 죽을 때까지 능숙하지 않아도 해로울 것이 없다. 만약 내가 아이들을 가르친다면 마땅히 먼저 이 네 가지에 능숙하지 못하도록 이끌겠다.

我生而無志無師 迂陋寡聞之人也 百無一能之中 有尤所不能者四焉 曰不能博奕 曰不能觀小說 曰不能談女色 曰不能吸烟 然此四者 雖終身不能 無傷也 使我教子弟 當先以此四不能 導之矣

— 「이목구심서 3」

담배 마니아였던 이옥은 담배의 경전인 『연경』을 썼다. 그리고 자신이 이러한 서책을 저술한 까닭을 이렇게 밝혔다. "나

는 담배에 심한 벽(癖)이 있는 사람이다. 담배를 사랑하고 즐기는 사람이다. 스스로 다른 사람들이 나를 비웃는 것을 두려워하지 않고 망령되게 문헌과 자료를 가려서 뽑고 순서를 매겨 저술했다. 엉성하고 그릇되고 거칠고 더러워서 숨겨진 사실을 밝히고 비밀스러운 부분을 들추어내기에는 진실로 부족하다. 하지만 내가 담배를 기록해 저술한 뜻은 옛사람이 술에 대해 기록한 『주록(酒錄)』과 꽃에 대해 저술한 『화보(花譜)』와 그 의도가 거의 비슷하다고 하겠다."

오늘날 우리는 이옥의 『연경』을 통해 담배와 관련한 조선의 거의 모든 역사와 풍속을 알 수 있다. 좋아하고 싫어하는 것의 차이와 결과가 이러하다. 불광부득(不狂不得), 미치지 않으면 얻지 못한다는 말이다. 싫어한다면 그쪽으로 아예 고개도 돌리지 말아야 하고, 좋아한다면 차라리 미치도록 좋아해야 할 것이다. 이렇게 해야 싫어하든 좋아하든 비로소 그 뜻을 이룰 수 있다.

어린아이가 거울을 보고 웃는 것은 뒤쪽까지 환히 트인 줄 알기 때문이다.

서둘러 거울 뒤쪽을 보지만 단지 까맣고 어두울 뿐이다.

그러나 어린아이는 그저 빙긋이 웃을 뿐 왜 까맣고 어두운지에 대해 더는 묻지 않는다.

5

내 마음속 어린아이가

얼어붙은 세상을 녹인다

어린아이와 거울

어린아이가 거울을 보고 웃는 것은 뒤쪽까지 환히 트인 줄 알기 때문이다. 서둘러 거울 뒤쪽을 보지만 단지 까맣고 어두울 뿐이다. 그러나 어린아이는 그저 빙긋이 웃을 뿐 왜 까맣고 어두운지에 대해서는 묻지 않는다. 기묘하다. 거리낌이 없어서 막힘도 없구나! 본보기로 삼을 만하다.

小孩兒窺鏡 啞然而笑 明知透底而然 急看鏡背 背黝矣 又啞然而笑 不問其何明何暗 妙哉無礙 堪爲師

— 『선귤당농소』

거울은 사람의 모습과 사물의 형상을 있는 그대로 비춘다. 여기에는 어떤 거짓 꾸밈도 용납되지 않는다. 슬픈 표정은 슬픔 그대로, 기쁜 표정은 기쁨 그대로 거울에 비친다. 어린아이는 그런 거울을 보면서 신기해한다. 그리고 그것이 뒤쪽까지 환히 트인 줄 알고 본다. 하지만 그곳은 거울처럼 맑지도 깨끗하지도 투명하지도 않다. 만약 세상 견문이나 지식에

물들어 이치를 따지고 해석하기에 익숙한 어른이라면 마땅히 왜 그런지 궁리할 것이다. 그렇지만 어린아이는 있는 그대로 보고 받아들일 뿐 아무것도 묻지 않는다. 거리낌도 없고 막힘도 없는 초탈의 경지다. 삶이란, 그리고 글이란 바로 그와 같아야 한다.

아이의 지혜

내 어린 아우 정대는 이제 겨우 아홉 살이다. 타고난 성품이 매우 둔하다. 정대가 어느 날 갑자기 말했다. "귓속에서 쟁쟁 우는 소리가 나요." 내가 물었다. "그 소리가 어떤 물건과 비슷하니?" 정대는 이렇게 대답했다. "그 소리가 동글동글한 별 같아요. 보일 것도 같고 주울 것도 같아요." 내가 웃으면서 말했다. "형상을 가지고 소리에 비유하는구나. 이는 어린아이가 무의식중에 표현한 천성의 지혜와 식견이다. 예전에 한 어린아이는 별을 보고 달 가루라고 말했다. 이와 같은 말은 예쁘고 참신하다. 때 묻은 세속의 기운을 훌쩍 벗어났다. 속되고 썩은 무리가 감히 할 수 있는 말이 아니다."

稚弟鼎大方九歲 性植甚鈍 忽曰耳中鳴錚錚 余問其聲似何物 曰其聲也 團然如星 若可覩而拾也 余笑曰 以形比聲 此小兒不言中根天慧識 古 有一小兒見星曰 彼月屑也 此等語妍鮮超脫塵氣 非酸腐所敢道

— 『이목구심서 1』

이덕무는 좋은 글은 동심(童心)에서 나온다고 생각했다. 동심은 거짓으로 꾸미거나 억지로 애써 다듬지 않기 때문이다. 따라서 아무리 나이 어린 동생이라고 해도 평소 그의 말과 표현 하나하나를 귀 기울여 듣고 한 치의 망설임도 없이 글로 옮겨 적어 두곤 했다. 세속에 물들고 견문과 지식에 길들여져 동심을 잃어버린 어른의 세계에서는 결코 들을 수 없는 순수한 말과 표현이기 때문이다.

어린아이의 눈동자

어린아이의 모공과 뼈마디는 모두 어른만 못하다. 그러나 유독
눈동자만은 더하거나 덜하지 않다. 어린아이의 눈동자를 보라.
바로 크게 기이한 조짐이다.

小孩兒毛孔骨節 俱减長者 獨眼睛不增不減 相小兒眼睛大 是奇朕

— 「이목구심서 2」

어린아이의 눈동자가 왜 크게 기이한 조짐인가? 호기심과
상상력으로 가득 찬 맑은 눈동자를 발견할 수 있기 때문이
다. 사람은 누구나 어렸을 때는 호기심이 넘치고 상상력이
풍부하다. 그러나 성장하면서 점차 견문과 지식을 쌓다 보면
이성적 사유와 논리적 사고에 물들게 된다. 이렇게 되면 어
떤 문제가 발생하는가? 사람들은 보통 세상사와 우주 만물
을 이성적으로 파악하고 논리적으로 분석하는 것을 어른의
성숙한 지성이라 찬사한다. 반면 어린아이처럼 호기심이 넘
치고 상상력이 풍부하기라도 하면 철이 덜 들어 좀 모자라거

나 미성숙한 사람으로 취급한다. 오히려 이러한 인식이 견문과 지식에 눈과 마음이 현혹되어, 보이지만 보지 못하는 장님 신세가 되고 만 것을 알지 못한다.

어린아이의 호기심과 상상력이 갖고 있는 힘을 알고 싶은가? 루소의 『에밀』을 읽어 보라. 그는 어린아이를 가르칠 때 가장 중요한 목표가 호기심과 상상력을 잃지 않도록 하는 것이라고 말했다. 호기심과 상상력의 힘을 긍정해야 한다. 그 능력에 따라 인간의 미덕과 악덕, 행복과 불행, 환희와 고통, 현재와 미래가 결정되기 때문이다. 더욱이 인간의 자유 의지에는 반드시 호기심과 상상력이 필요하다. 호기심과 상상력이 없다면 어떻게 새로운 세계, 자유로운 세상을 그려 볼 수 있겠는가? 새로운 발견과 발명, 그리고 창조의 진정한 에너지가 바로 어린아이의 호기심과 상상력 속에 존재한다.

그저 좋아하는 대로 맡길 뿐

유하 홍세태(柳下 洪世泰)가 일찍이 육호룡(陸虎龍)과 더불어 벗이 되었다. 홍세태는 항상 육호룡에게 "너의 이름은 부르기가 매우 불길하다. 빨리 고치도록 하라"고 말했다. 그런데 그 뒤육호룡은 마침내 죄를 입고 처형당했다. 홍세태는 나이가 들자 손수 자신의 시를 산정(刪定)하고 베개 속에 백은 칠십 냥을 넣어 두었다. 일찍이 여러 문하생에게 과시하면서 말하기를 "이 돈은 후일에 내 문집을 발간할 밑천이다. 너희들은 알고 있어라"고 했다. 아! 문인들이 명예를 좋아하는 것이 예로부터 이와 같았다. 비록 지금 사람마다 그의 시를 익숙하게 외우지만, 홍세태는 죽어 그의 귀는 이미 썩어 버렸는데 어찌 그 소리를 들을 수 있겠는가? 죽은 다음에는 비록 비단으로 장식하고 옥으로 새긴다 한들 기뻐할 수 없다. 또한 비록 불살라 버리고 물에 빠뜨린다고 한들 화를 낼 수도 없다. 아무런 기척 없이 고요하고 지각조차 없는데 어찌 그 기쁨과 노여움을 논할 수 있겠는가. 어찌하여 생전에 백은 칠십 냥으로 돼지고기와 백주를 사서 칠십 일 동안 즐기면서 일평생 굶주린 창자나 배불리 채우지 않았단 말인가. 그러나 매월당 김시습(梅月堂 金時習)은 시를 지은 다음 문득 물에 던져 버렸다. 또한 최근에 들어서는 이언진(李彦瑱)이 살아 있을 적 자신의 원고 절반을 불태워 버리고 죽은 다음에 다시 절반의 원고를 순장(殉葬)했다. 이러한 일은 홍세태와는 비록 다르지만, 형태와 자취가 사라져 없어지는 것을 두려워하지 않거나 반대로 썩어 없어지지 않기를 도모하는 것이다. 이 또한 각자가 좋아하는 대로 맡겨 둘 따름이다. 어찌 반드시 아름다운 옥이라고 찬사하고 나쁜 옥이라고 비방하겠는가.

柳下洪世泰 嘗與陸虎龍爲友 每謂虎謂曰 汝名呼之甚不吉 急改之也 虎龍後竟伏誅 柳下老來 手自刪定其詩 枕中貯白銀七十兩 嘗誇視諸門生曰 此後日刊吾集資也 汝輩識之 噫文人好名 自古而然也 今人人雖 爛誦其詩 柳下耳朵已朽 安能聽之 旣歸之後 雖繡裝玉刻 不可喜也 雖 火燔水壞 不可怒也 寂然無知 又何論其喜怒哉 何不生前把銀作七十塊 沽猪肉白酒爲七十日喜歡 緣以澆其一生枯腸也 然梅月堂作詩輒投水 近日李彦瑱 生前焚半藁 死後殉葬半藁 與此翁雖異 其不畏泯滅 與圖 不朽 亦可任他所好而已 何必譽瑜而毁玦哉

— 「이목구심서 3」

<hr />

"아침에 도를 들으면 저녁에 죽어도 좋다(朝聞道夕死可

矣)." 공자는 이렇게 말했지만, 필자는 차라리 이러한 말이
좋다. "아침 꽃을 저녁에 줍다(朝花夕拾)." 바로 루쉰이 남
긴 말이다. 공자의 말은 숨통을 조이는 것과 같이 답답하다.
한 번 왔다 가는 소풍 같은 삶, 왜 구태여 '도(道)'라는 굴레
를 뒤집어쓰고 '공명(功名)'이라는 멍에에 얽매여 산단 말인
가? 삶이 반드시 목적이 있어야 하고 의미와 가치가 있어야
하는가? 루쉰의 말은 숨통을 터준 것 같이 편안하다. 아침에
떨어진 꽃을 꼭 아침에 주워야 하는가? 그냥 두었다가 저녁
에 주워도 괜찮다. 그저 내가 좋아하는 대로 하고 싶은 대로
맡길 따름이다.

울음소리와 진정성

진정의 발로는 마치 고철(古鐵)이 활기차게 못에서 뛰어오르고, 봄철 죽순이 성내듯이 흙을 뚫고 나오는 것과 같다. 거짓으로 꾸민 감정은 마치 먹을 매끄럽고 넓은 돌에 바르고, 맑은 물에 기름이 뜨는 것과 같다. 칠정(七情) 가운데 슬픔이 가장 직접적으로 나타나 거짓으로 꾸미기 어렵다. 슬픔이 아주 지극해 통곡이 되면 그 지성스러운 마음을 은폐할 수 없다. 그러한 까닭에 진정으로 우는 울음소리는 뼛속에 사무치게 되는 반면 거짓으로 꾸며 우는 울음소리는 털 밖으로 뜨게 되는 것이다. 세상만사의 진짜와 가짜를 이로 미루어 알 수 있다.

眞情之發 如古鐵活躍池 春筍怒出土 假情之餙 如墨塗平滑石 油泛淸

徹水 七情之中 哀尤直發難欺者也 哀之甚至於哭 則其至誠不可遏 是

故眞哭骨中透 假哭毛上浮 萬事之眞假可類推也

— 『이목구심서 2』

진정의 발로, 참 좋은 말이다. 그런데 거짓으로 꾸미지 않는

울음을 세상 어디에서 찾을 수 있을까? 박지원의 청나라 여행기인 『열하일기(熱河日記)』의 「도강록(渡江錄)」 칠월 팔일(갑신일)자에 실려 있는 〈호곡장론(好哭場論)〉을 읽어 볼 만하다. 조선을 벗어나 요동벌판을 처음 본 박지원은 자신도 모르는 사이에 손을 들어 이마에 대고 이렇게 말한다. "한바탕 울 만한 곳이로구나! 가히 한바탕 울 만한 곳이야!" 그때 옆에 있던 정 진사라는 이가 박지원에게 이렇게 묻는다. "하늘과 땅 사이에 탁 트여 끝없이 펼쳐진 경계를 보고 갑자기 통곡을 생각하는 까닭이 무엇입니까?" 이에 박지원은 이렇게 답한다. "사람들은 단지 칠정 가운데 오직 슬픈 감정만이 울음을 자아내는 줄 알 뿐 사실 일곱 가지 감정 모두가 울음을 자아낸다는 것은 알지 못하네. 기쁨이 지극해도 울 수 있고, 노여움이 지극해도 울 수 있고, 즐거움이 지극해도 울 수 있고, 사랑이 지극해도 울 수 있고, 미움이 지극해도 울 수 있고, 욕망이 지극해도 울 수 있지. 답답하게 맺힌 감정을 활짝 풀어 버리는 데는 소리 질러 우는 것보다 더 좋은 치료법이 없다네." 그러자 정 진사는 재차 묻는다. "지금 울 만한 곳이 저토록 넓으니, 저도 선생과 같이 한바탕 통곡을 하겠습니다. 그런데 통곡하는 까닭을 일곱 가지 감정 가운데 무엇에서 구해야 할지 모르겠습니다. 어떤 감정을 골라잡아야 하겠습니까?" 이 질문에 박지원은 "그것은 갓난아이에게 물어보아야 할 일이네"라고 하면서, 어머니의 배 속에서 막 나와 새로운 세상을 맞은 갓난아기의 울음소리야말로 거짓 꾸밈없는 천연의 감정이자 최초의 본심이라고 말한다. "갓난아기가 처음 태어났을 때 느낀 감정이 무엇이겠는가? 갓난아기는 어머니의 배 속에 있는 동안 어둡고 막혀서 답답하게 지내다가, 어머니의 배 속을 벗어나 하루아침에 갑자기 탁 트이고 훤한 곳으로 나와 손을 펴보고 다리를 펴보게 되자 마음과 정신이 넓게 활짝 트이는 것을 느낄 것이네. 어찌 참된 소리와 감정을 다해 자신의 마음을 크게 한번 발출하고 싶지 않겠는가? 이러한 까닭에 갓난아기의 울음소리에는 거짓 꾸밈이 없다는 것을 마땅히 본받아야 할 것이네."

슬픔을 위로하는 방법

슬픔이 닥쳤을 때는 사방을 돌아봐도 막막할 뿐이다. 땅이라도 뚫고 들어가고 싶은 마음만 들어서 한 치도 살고 싶다는 생각이 나지 않는다. 다행히 나는 두 눈을 지니고 있어 조금이나마 글자를 알고 있으므로, 손에 한 권의 책을 든 채 마음을 달래고 있노라면 무너진 마음이 약간이라도 안정이 된다. 만약 나의 눈이 비록 오색을 볼 수 있다고 해도, 책을 마주하고서 마치 깜깜한 밤처럼 까막눈이었다면 장차 어떻게 마음을 다스렸을까.

哀之來也 四顧漠漠 只欲鑽地入 無一寸可活之念 幸余有雙眼孔頗識字 手一編慰心看 少焉胸中之摧陷者乍底定 若余目雖能視五色 而當書如 黑夜 將何以用心乎

— 『이목구심서 2』

슬픈 일을 당했을 때 사람들은 그것을 잊으려고만 한다. 그러나 슬픔이란 잊으려 하면 할수록 오히려 자기 내면 깊숙이 자리 잡는다는 사실을 알지 못한다. 슬픔을 위로하는 방법은

슬픔 속에서 찾아야 한다. 만약 기쁨이나 즐거움과 같은 다른 감정으로 슬픔을 극복하려고 한다면 거짓 감정으로 참된 감정을 덮어 버리는 어리석은 짓일 뿐이다. 내면 깊숙이 숨어 있던 그 슬픔은 언제 어디서든 다시 자신을 덮치게 되어 있다.

그렇다면 슬픔 속에서 슬픔을 위안할 방법을 찾으라는 말은 무슨 뜻인가? 슬픔이 닥쳤을 때 거짓 감정으로 자신을 속이지 말고 슬퍼할 수 있는 한 실컷 슬퍼하라는 말이다. 슬픔이 지극해진 후에야 비로소 슬픔을 넘어설 수 있다. 어디 슬픔만 그렇겠는가? 모든 감정이 마찬가지다. 기쁘면 실컷 기뻐하고, 즐거우면 실컷 즐거워하고, 화가 나면 실컷 화를 내고, 두려우면 실컷 두려워하고, 좋아하면 실컷 좋아하고, 미워하면 실컷 미워해야 한다. 거짓으로 자신의 감정을 속이는 것보다 차라리 어린아이처럼 진솔하게 자신의 감정을 분출하는 것이 더 낫다. 자신에게도 정직하고 다른 사람에게도 정직한 감정이란 바로 그와 같아야 한다.

번뇌와 근심을 해소하는 방법

마음이 괴롭고 혼란스러울 때 눈을 감고 앉아 있으면 눈동자 속이 여러 가지 색깔의 세계를 이룬다. 붉었다가 푸르렀다가, 검었다가 희었다가 하는 광채가 어른거려 말이나 글로 형용하기 어렵다. 그러다가 한 번 변화해 구름이 뭉게뭉게 피는 것 같다가, 또 조금 지나면 푸른 파도가 일어났다가, 다시 바뀌어 무늬를 수놓은 비단이 나타났다가, 또 조금 지나면 산산이 부서진 꽃송이처럼 보이곤 한다. 어느 때는 구슬이 번쩍이는 듯하다가, 어느 때에는 좁쌀이 흩어지는 것과 같다. 잠깐 동안에 이렇게 변화했다 또 사라졌다 하는데, 그때마다 새로운 형체가 만들어져서 마땅히 한바탕 번잡한 근심을 해소하게 된다.

煩惱時闔眼坐 睛膜之間 作一着色世界 丹綠玄素 煜燦流蕩 不可以名 一轉而爲勃勃之雲 又一轉而爲瑟瑟之波 又一轉而爲纈錦 又一轉而爲 碎花 有時而珠閃 有時而粟播 變沒須臾 局局生新 足可銷一場繁憂

— 『이목구심서 2』

번뇌와 근심을 해소하려고 사람들이 즐겨 찾는 방법 중 하나가 명상이다. 넓게 보면 참선도 명상의 한 종류라 할 수 있다. 그러나 수백 가지 명상법이 등장해 마치 세상 모든 번뇌와 근심을 말끔히 씻어 줄 것처럼 떠드는 모습은 마치 다이어트 상품처럼 명상 역시 하나의 상품이 되어 판매하고 소비되는 것처럼 보인다.

명상은 단순하게 생각하면 자신의 마음을 관찰하는 것이다. 가만히 눈을 감고 마음을 들여다보라. 그 마음이 어떻게 움직이고 변하는지 살펴보라. 그러다 보면 마음을 괴롭히는 번뇌와 근심이 대개 특별한 이유가 없는 불안과 두려움에 불과하다는 사실을 깨닫게 된다. 또한 번뇌와 근심의 원인과 그것을 해소하는 방법조차도 모두 자신의 마음속에 있음을 알게 된다. 마음을 관찰하는 지점 곧 관점의 변화와 전환에 따라 번뇌와 근심의 의미와 가치가 달라지기 때문이다.

이 점에서 불가나 도가(道家)나 유가(儒家)의 심성 수양은 차이가 없다. 자신의 방법만이 최고요, 유일한 해결책이라 주장하는 것은 상품을 팔아먹기 위한 허위 과장 광고에 불과하다. 여기 소개된 이덕무의 명상법을 참조해 보자. 굳이 많은 돈을 들여 값비싼 명상법을 산다고 마음속 번뇌와 근심이 없어지겠는가? 차라리 자신만의 방법을 찾는 것만 못하다.

미워하는 마음과 좋아하는 마음

마음을 가질 때 공평하지 않아 사랑과 증오가 한쪽으로 치우치게 되면 심하게 미혹된 사람이다. 며느리가 삼 일 동안 다섯 필을 재단했는데도, 시어머니가 고의로 지체한다고 의심한다면 증오하는 마음에 치우친 것이다. 장인의 집 지붕 위에 앉은 까마귀를 아름다운 새라고 좋아하는 것은 사랑하는 마음에 치우친 것이다. 이보다 더 심한 경우도 있다. 기이함과 사악함이 마음에 굳어져 생긴 고질병은 의원도 치료하기 어려우니 또한 슬프지 않은가! 부스럼 딱지가 코에 이르자 이를 씹어 먹으면서 마치 복어 같다고 말하고, 활줄이 지극히 곧은데도 이를 보고 마치 곱자 같다고 한탄한다. 흰 여우의 가죽을 모아서 갖옷을 만들고 해당화에 향기가 없다고 탄식한다. 증오하는 것 가운데에서도 착한 것을 취하고 사랑하는 것 가운데에서 나쁜 것이 있음을 알아야 한다. 그래야 천하의 지극히 공정한 마음을 보존할 수 있다.

持心不平 愛憎歸於一偏者惑之甚也 三日斷五匹 大人故嫌遲 憎之偏也
丈人屋上烏 人好烏亦好 愛之偏也 又有甚於此者 奇邪攻心 痼疾難醫
不亦哀乎 瘡痂至鼻 而啗而贊之曰 如鰒魚 弓弦至直 而視而恨之曰 如

曲尺 集狐白而爲裘 歎海棠之無香 憎中取善 愛中知惡 天下之至公存
焉耳

— 『이목구심서 1』

아무리 맛있고 깨끗한 음식도 사람의 입으로 들어가면 변해
똥이 된다. 똥은 더러운 물건으로 누구도 좋아하는 사람이
없다. 그런데 사람은 똥을 거름으로 만들어 밭에 뿌려 곡식
과 채소를 길러 거둔 다음 먹는다. 곡식과 채소는 깨끗한 물
건으로 누구도 싫어하는 사람이 없다. 그렇다면 똥은 더러운
물건인가 깨끗한 물건인가? 똥은 좋아하는 물건인가 싫어하
는 물건인가?

더럽고 깨끗하고 좋아하고 싫어하는 것이 이와 같이 뒤바뀐
다. 똥을 보는 사람은 그것이 맛있고 깨끗한 음식에서 나왔
다고 해서 취하지 않는다. 곡식과 채소를 먹는 사람은 그것
이 더러운 똥에서 나왔다고 해서 버리지 않는다. 더러운 가
운데 더럽지 않은 것이 있고 깨끗한 가운데 깨끗하지 않은
것이 있다. 좋아하는 가운데 싫어하는 것이 있고 싫어하는
가운데 좋아하는 것이 있다. 더러운 것과 깨끗한 것, 좋아하
는 것과 싫어하는 것을 어찌 손바닥 뒤집듯이 쉽게 분별할

수 있겠는가? 미워하는 마음과 사랑하는 마음, 착한 것과 악한 것도 마찬가지이다. 미워하는 것 가운데에서 착한 것을 찾을 줄 알고, 사랑하는 것 가운데에서 악한 것을 볼 줄 알아야 공정한 식견을 갖추었다고 할 수 있다. 이익의 『관물편』에 실려 있는 한 대목의 뜻을 빌려 생각을 펼쳐 보았다.

평생의 큰 병통

내 평생에 큰 병통의 뿌리가 있다. 나처럼 세상 물정에 어둡고 거친 자를 용납해 주는 사람과 마주하게 되면 곧 산수를 비평하고 문장을 논의하며 민요와 풍속에 이르기까지 장황하게 늘어놓고 이야기해도 싫증이 나지 않는다. 해학과 웃음을 뒤섞어가면서 대화하다가 낮이 가고 밤이 새니 사람들은 내가 말을 잘 못하는 사람이라는 것을 알지 못한다. 그러나 만약 나와 상대방이 서로 취미가 맞지 않아서 그 사람의 말을 내가 알아듣지 못하고 내 말을 그 사람이 알아듣지 못한다면 비록 억지로 웃거나 말하려고 해도 끝내 마음대로 되지 않는다. 이렇게 보면 나를 알아주는 사람에게는 마음속 말까지 할 수 있지만, 나를 알아보지 못하는 사람에게는 아무 할 말이 없다는 것이 참으로 이치에 맞는 표현이다. 매번 억지로 다른 사람들 속에 어울리며 스며들려고 애를 쓰지만 나이 서른이 가까워도 끝내 제대로 하지 못하니 한스럽고 한스러울 뿐이다.

余平生有大病根 對能容受吾迂疎底人 則評山水譚文章 以至民風謠俗
娓娓不厭 雜以諧笑 窮晝竟夜 人不知吾爲不能言人也 若吾與人趣味不
入 人言而吾不知 吾言而人不知 雖欲强爲笑語 沒沒不可爲也 於是受

無情之譏 伸於知己 屈於不知己者 寔際語也 然每欲強務淋漓爛熳意態
而年近三十 卒不能辦 可恨可恨

—『이목구심서 6』

뜻과 취향이 맞고 내가 좋아하는 것을 좋아하는 사람을 만
나면, 나는 말을 잘한다. 그러나 나와 뜻이 맞지 않고, 취향
이 다르고, 내가 좋아하지 않는 것을 좋아하는 사람을 만나
면 말을 잘 하지 않는다. 그렇다면 나는 말을 잘하는 사람인
가 아니면 말을 잘하지 못하는 사람인가? 어떤 사람은 나를
말이 많은 사람이라고 생각하지만, 어떤 사람은 나를 말이
적은 사람이라고 기억한다. 그렇다면 나는 말이 많은 사람인
가 아니면 말이 적은 사람인가? 나를 알아보는 사람을 만나
면 말을 많이 한다고 해서 무엇이 문제겠는가? 하지만 나를
알아보지 못하는 사람을 만나면 구태여 말을 많이 할 필요가
없다. 자칫 나를 알아 달라고 구걸하는 추태로 보이지 않겠
는가? 조용히 앉아 있다가 다시 만나지 않는 것만 못하다.

꿈의 원인

간밤에 수천 군사가 북을 두드리고 함성을 지르며, 또한 대포
소리 요란하고 횃불도 환히 밝혀져 사방을 둘러싸고 있었다.
홀연히 기지개를 켜고 잠에서 깨어 보니 베개 옆 등잔에 기름
이 다 말라 불꽃이 가물가물 등불이 켜졌다 다시 꺼졌다 하고
있었다. 또한 불이 터질 때처럼 폭폭 소리가 났다. 슬프다! 이
러한 작은 광경이 나의 꿈속으로 들어와 거대한 진을 펼치고
격렬하게 어우러진 싸움을 그치지 않았으니 조화의 권능이 참
으로 교묘하기 그지없다. 대개 꿈이란 생각이 원인이 되어 생
겨나지만 직접적인 원인은 아니다. 등불을 몇 걸음 떨어진 곳
에만 두었어도 이와 같은 꿈은 꾸지 않았을 것이다. 등불을 너
무 머리맡에 가까이 두었기 때문에 귀신과 더불어 노닐게 된
것이다.

余夜夢千軍鼓噪 炮聲撩亂 炬火赫赫而四匝 忽欠伸而覺 則枕邊燈膏枯

盡 火焰兀兀明且暗 又爆爆有聲 噫此一小光景 入我夢中 鋪張大陣 酣

戰不已 造化之權 極幻弄也 夫夢想也因也 此夢類因 而非正因也 然燈

或置數步地 則無此矣 以其直近頭邊 故神與遊之也

— 『이목구심서 1』

평소 생각이 꿈에 나타난다고 하지만, 사실 자신조차 그 원인과 까닭을 알 수 없는 꿈이 얼마나 많은가? 필자 역시 꿈이 많다. 낮잠만 자도 꿈을 꾼다. 생각과 마음에 뿌리를 두고 있는 꿈도 많지만 밑도 끝도 헤아릴 수 없는 아리송한 꿈도 있다. 도저히 존재하지 않는 일들이 꿈에 나타나기도 한다. 전생(前生)을 믿지 않지만 이렇게 생각도 하지 않고 현실에서 있지도 않았던 일이 꿈에 나타나면, 혹시 전생의 기억이 남아 있기 때문 아닐까 싶을 때도 가끔 있다. 하지만 꿈에만 지나치게 집착해 미혹되는 사람은 진실로 어둡고 한심하고 어리석다.

병과 마음

병자가 신음할 때에는 평생 품고 있던 모든 욕심이 전부 사라진다. 오직 회복되기만을 바라기 때문에 다른 일에 마음을 둘 겨를이 없다. 그런데 어떤 병자는 병을 앓고 치료를 받는 도중에도 돈과 쌀 등 자질구레한 일을 관장한다. 또한 영리를 도모하는 일이 자신의 오랜 병치레 때문에 기회를 잃거나 않을까 염려한 탓에 울화가 치밀어 간혹 생명을 잃는 자도 있다. 어찌 크게 불쌍한 일이 아니겠는가. 원래 병이 없거나 욕심이 없으면서 삶과 죽음을 계산하지 않은 사람은 지극히 덕이 높은 사람이라고 말할 수 있다. 내가 병이 난지 오륙일이 되었는데, 입맛이 없어 음식 맛을 모르겠고 머리가 어질어질해 하루 종일 답답하고 우울하다. 밤이면 수도 없이 몸을 이리 뒤척 저리 뒤척 하며 어쩔 줄 모른다. 이러한 까닭에 평생에 걸쳐 책을 보던 마음이 무려 반이나 줄어들었다. 그래도 그 마음을 완전히 놓을 수는 없어서 하루에 한 번은 읽고 있지만, 마치 뜬구름이 눈앞을 스쳐가는 것과 같을 따름이다. 을유년(1765) 십이월 이십사일, 부질없는 마음에 붓을 놀려 쓴다.

病者方其呻吟時 平生諸慾沙汰 只有平復之願存于中 故不暇它及耳 又

有一種病人 錢米細事 於醫藥中能管領 且榮利等事 緣渠淹病坐失期會
則虛熱上攻 或失性命者有之 豈不大哀乎 彼原不病而且無慾 不以死生
爲計者 是所謂至人也 余病已五六日 舌苦而無厚味 頭暈終日不暢暢
夜則轉身無第 如無所指向者 故余平生看書之心 已減太半矣 猶不忍也
一日一番看 然如邁雲之歷于眼也 乙酉十二月二十四日漫筆

— 『이목구심서 1』

몸이 아프면 마음이 온통 아픈 곳에 쏠려 어떤 일도 손에 잡
히지 않는다. 맛있는 음식도 좋아하던 서책도 뜬구름이 눈앞
을 스쳐 지나가듯 무심한 존재가 되고 만다. 그렇다면 몸이
병든 것인가, 정신이 병든 것인가? 몸이 병들면 십중팔구 마
음도 병든다. 마음이 병들었는데 정신인들 온전하겠는가?

섣달 그믐날 밤의 풍경

한 해 동안 있었던 일을 자세하게 헤아려 보면 큰 파초와 살찐 사슴이 여름 구름보다 기이한 변화가 심하다. 한 사람의 일만 곰곰이 기억해도 황량한 느티나무와 작은 개미가 가을 물결보다 교묘하게 못된 꾀를 부려 농락함이 심한데, 하물며 백 년의 일이 원만해 결함이 없고 만인의 일이 가지런해 한 치의 오차가 없을 수 있겠는가. 내가 갑신년(甲申年, 1764) 섣달 그믐날 밤에 이러한 시를 지었다. "세상 풍속에 따라 좋은 말 전하고 / 사람 만나면 웃는 얼굴로 축하하네. / 자식으로 바라는 것은 무엇인가 / 어머니 폐병 낫는 것이네."

폐병은 기침병이다. 지금 슬픈 생각에 잠겨 가만히 귀를 기울이면 아직도 어머니의 기침 소리가 은은하게 귀에 들려온다. 멍하니 있다가 놀라서 사방을 돌아보지만 이제는 기침하시는 어머니의 그림자조차 찾아볼 수 없다. 흐르는 눈물이 얼굴을 적신다. 등잔에게 물어보지만 말이 없으니 어찌하랴. 이에 이런 시를 지었다. "큰누이는 흰 떡을 찌고 / 작은누이는 붉은 치마를 다림질한다. / 어린 아우는 형에게 절하고 / 형은 어머니에게 절한다."

지금 큰누이는 시집을 가서 집 생각에 눈물지을 것이요, 작은

누이는 치마저고리가 눈물에 젖어 얼룩졌을 것이다. 내가 어린 아우를 데리고 사당을 찾아 두 번 절하고 울면서 소리 내어 어머니를 불러 보지만 어머니는 아무런 대답이 없다. 이러한 시를 지었다. "몸이 약한 아내는 친정 가서 / 새해에 가만히 눈물 흘리네. / 슬픈 일은 죽은 딸이 / 살아 있다면 곧 네 살이라는 것이네."

금년에는 아들 중구(重駒)가 태어났다. 아내는 아이를 안고 있어서 죽은 딸아이에 대한 생각이 조금은 덜했지만, 돌아가신 시어머니께 손자를 안겨 드리지 못한 일이 못내 한이 되어 그만 중구의 이마에 눈물을 떨구었다. 이러한 시를 지었다. "여범(汝範, 이덕무의 팔촌 동생인 이종무의 아들 이광석李光錫의 자)은 부인을 장사 지내고 / 섣달 그믐날 밤에 졸곡제(卒哭祭, 장례를 치르고 석 달 이후 곡을 끝내는 의미로 지내는 제사)를 지냈네. / 옛사람 생각에 견딜 수 없는데 / 경황없이 새해를 만났네."

지금 여범은 이미 아내의 상복을 벗고 임씨에게 새 장가를 들었다. 이러한 시를 지었다. "명오(明五, 이규승李奎昇의 자)가 시로 책력(冊曆)을 만드니 / 모두 삼백육십 편이네. / 애달프다! 너의 읊조림 너무 괴로워 / 양 눈썹 일 년 내내 찡그렸네."

또한 금년에는 명오의 시가 한 해의 일수를 채우지 못하니 겨울에 내 손을 잡고 두어 줄기 눈물을 흘리면서 금수(錦水)를 향해 훌쩍 떠나 버렸다. 이러한 시를 지었다. "사람이 나이 오십이 되면 / 말마다 반백의 나이 탄식하네. / 내 나이 이십오 세가 되었으니 / 나이 오십의 절반이로구나."

지금은 어느새 슬그머니 나이 육십의 절반을 걷고 있다. 또한 이러한 시를 지었다. "일생에 마음이 엉성하고 게을러서 / 매번 섣달 그믐날 밤이 오면 슬퍼하네. / 섣달 그믐날 밤의 이 마음 오래도록 품고 있으면 / 새해에는 좋은 사람이 될 것이네." 하지만 여전히 낡은 자취를 벗어나지 못하고 있으니 새해에도 과연 좋은 사람이 될 수 있을지. 비록 항심(恒心)은 없다고 해도 좋은 방향으로 변화하면 될 것이다. 조물주는 어찌 유독 내게만 이러한 면을 주셨는가. 을유년(1765)은 윤달이 있어 한 해의 일수가 모두 삼백팔십 일이기 때문에 삼백팔십 일 동안의 일이 있을 것이다. 이것은 다만 내가 지은 시 속의 말이고 그 나머지 인정과 세태의 크고 작은 사변이나 삶과 죽음, 만남과 헤어짐은 이루 다 말할 수 없다. 사람이 비록 지혜로움은 장량(張良)과 진평(陳平) 같고 부유함은 진(晉)나라, 초나라와 같아서 늙지 않고 죽지 않으려고 해도 결코 그렇게 되지 않는다. 을유년 섣달 그믐날 밤에 쓰다.

一年之事細筭 則大蕉肥鹿 劇奇變於夏雲 一人之事暗記 則荒槐纖螗 太幻弄於秋濤 而況百年之事圓而無缺 萬人之事齊而無差 其可得乎 余 甲申除日 有詩曰吉語任俗爲 笑顏逢人祝 小子何所願 慈母肺病釋 肺

病者咳喘也 于今悲思而靜聽 則吾母之咳喘 隱隱尙在于耳也 怳惚而四

瞻 則咳喘之吾母影 亦不可覿矣 於是淚湧而面可浴也 問諸燈 奈燈不

語何 又曰大妹炊白餠 小妹熨茜裳 稚弟拜阿兄 阿兄拜阿孃 今也大妹

歸于夫家 正應思家而彈淚暗啼矣 小妹衣裙淚漬而斑斑 余携稚弟 再拜

哭于祠 雖欲疾聲而喚阿孃 阿孃其漠然而無應矣 又曰弱妻親庭去 逢年

暗垂淚 所嗟地中女 生存卽四歲 今年子重駒生 爲駒也母者以抱駒也

故於地中女思少減焉 只齎恨于不使阿姑抱男孫也 故淚墜于駒也額髮

也 又曰汝範孺人瘞 除夕卒哭祭 叵耐憶舊人 無聊値新歲 今汝範已除

婦服 又醮於任氏矣 又曰明五詩作曆 三百六十篇 憐汝吟太苦 雙眉皺

一年 明五今年詩亦不圓一箅數 而多執余手零數行淚 飄然向錦水去耳

又曰人或滿五十 言言半百歎 儂當二十五 恰是五十半 今居然之間 又

得半六十之蹉逗也 又曰一生心踈懶 每於除夕悲 長懷除夕心 新年好人

爲 只獨依舊磨驢跡 新年果爲好人耶 此則雖無恒 而善變焉可也 彼造

物小兒 何獨以此享我耶 夫乙酉有閏 凡三百八十餘日事也 此只余詩中

語 其餘人情世態 大小事變 存沒離合 不可勝言矣 人雖智如良平 富如

晉楚 縱欲不老且死 不可得也 乙酉除夜書

— 『이목구심서 1』

당시 사람들 중에는 이덕무의 시문이 중국의 시문을 본받지

않았다고 비난하는 이들도 있었다. 박지원은 그들을 이렇게 꾸짖었다. "이덕무는 중국 사람이 아니라 조선 사람이다. 조선은 그 산천과 풍속과 기후와 언어가 중국과 같지 않다. (중략) 그대 사대부들이 숭상하는 『시경(詩經)』에 실린 삼백 편의 시에는 새와 짐승과 풀과 나무의 이름을 표현하지 않는 것이 없고, 민간의 남녀노소가 나눈 말들을 시로 옮긴 것에 불과하다. 나라와 나라는 물론 시골과 시골 사이에도 제각각 풍속이 다르다. 그래서 『시경』을 편찬한 이는 여러 나라의 시를 채록해 국풍(國風)을 만들었다. 제각각 다른 나라와 백성들의 성정을 고찰하고 그 민요와 풍속을 징험했다. 만약 다시 중국에 성인이 나와 여러 나라의 풍속을 알고자 한다면, 반드시 조선에서는 이덕무의 시문을 깊이 헤아려 살펴볼 것이다. 왜냐하면 이덕무의 시문은 우리 조선의 새와 짐승과 풀과 나무의 이름을 많이 표현했고 조선 사람의 성정을 글로 옮겼기 때문이다. 그러므로 이덕무의 시문은 마땅히 '조선의 국풍'이라고 해야 한다."

중국 시문을 모방하거나 답습하지 않고 조선의 산천과 풍속은 물론 조선 사람의 정서와 취향을 진실하게 드러낸 이덕무의 글이야말로 참된 '조선의 시문'이라고 불러야 한다는 이야기다. 제야(除夜)의 풍경을 묘사한 이 시문에서 우리는 이백오십여 년 전 한 해가 저물고 새로운 해를 맞이하는 조선

백성의 삶의 모습과 정서를 엿볼 수 있다. 글이란 마땅히 그 시대의 모습을 담아야 한다.

원망과 비방

원망과 비방하는 마음이 점점 자라나는 까닭은 나를 알아주는 사람을 만나지 못했기 때문이다. 남이 나를 알아주면 진실로 즐겁다. 그러나 남이 나를 알아주지 않는다고 하자. 그렇다고 해도 무엇이 해롭겠는가?

怨誹之漸 現於不遇知我 然知我固樂矣 不知我亦何害

— 『이목구심서 3』

강자에게는 강하게, 약자에게는 약하게 살기 위해서는 두 가지 구걸하는 마음을 버려야 한다. 하나는 돈과 권력을 구걸하는 마음이고, 다른 하나는 나를 알아 달라고 구걸하는 마음이다. 돈과 권력을 구걸하면 권세와 이익을 건네주는 자에게 잘 보이려고 하기 때문에 비굴해진다. 나를 알아 달라고 구걸하면 명예와 출세를 건네주는 자에게 인정받으려는 마음이 마치 독버섯처럼 자라난다. 누군가 나를 알아주기를 바라는 마음은 과시욕이다. 과시욕은 약자에게 강자로 군림하려는 것 이상도 이하도 아니다. 남이 나를 알아주기를 바라거나 즐기지 말라. 그저 스스로 하고 싶고 좋아하는 것을 하면 그뿐 아니겠는가. 그러면 원망하고 비방하는 마음은 애쓰지 않더라도 저절로 사라진다.

그리운 어린 시절

예닐곱에서 아홉 살 정도까지의 어릴 때에는 한 해의 마지막 날인 섣달 그믐밤과 한 해의 첫날인 정월 초하루가 왜 그렇게 좋았는지! 머리에 긴 두건을 두르고 상투를 튼 채 초록색 소포자(小袍子)를 입고 적색 비단 띠에 홍색 가죽신을 신었다. 밤에는 윷놀이를 하고 낮에는 종이 연을 날리며 놀았다. 어른들에게 세배하면 머리를 어루만지면서 좋아하고 예뻐해 주었다. 이때는 우쭐한 기분에 마치 폭풍이 휘몰아치듯 마음껏 내달리느라 머리카락이 모두 바짝 설 지경이었다. 이 시절보다 더 좋은 날은 없었다. 지금 아이들이 이리 뛰고 저리 뛰노는 모습을 보고 있으면 나의 마음과 기운이 다시 움직이기 시작한다. 그러나 돌아보니 몸은 칠 척에 높은 관(冠)은 키만 하고 수염도 기다랗게 드리워져 있다. 오히려 어린아이의 모습을 시기해 '너희들도 오래지 않아 턱에 검은 수염이 날 것이다. 그때가 되면 너희들의 곱고 예쁜 옷이 무슨 소용이 있겠느냐!'라고 중얼거린다. 하지만 어린아이들은 반드시 내 말을 믿지 않을 것이다.

六七八九歲時 除夕元日何其好也 戴雲長巾 頭結唐髻 衣草綠小袍子 帶則赤錦 鞋則紅皮 夜排柶子 晝瞻紙鳶 歲拜長老 則撫頂嬌愛 是時也

俊氣橫生 行如飇風 毛髮皆躍 天下之好時節 無過於此日也 今見此輩

踊躍 則意思層動 而顧身七尺 而高冠若箕 鬚髯鬃鬃矣 反猜之曰 爾輩

亦不久頤生玄髯 安用爾妍嬋之衣哉 兒必不信

— 『이목구심서 1』

자연 만물의 질서 속에서 인간은 자신의 자리를 갖고 있다. 마찬가지로 인간의 질서 속에는 어린아이의 자리도 존재한다. 어른과 마찬가지로 아이 역시 자기 나름의 방식으로 세계와 자연 만물을 보고 생각하고 느낀다. 그것을 어른의 방식으로 억지로 바꾸려고 하는 것은 아이를 혼란에 빠뜨릴 뿐이다. 어린 시절을 혼란스럽게 보내는 것은 이후의 삶 전체에 큰 영향을 미친다.

루소가 『에밀』에서 한 말을 인용해 보았다. 어린아이를 바라볼 때, 그 뜨거운 피와 팔딱거리는 활력이 당신을 다시 젊게 만드는가? 그러면 당신의 심장과 정신은 아직 살아 있는 것이다. 그런 의미에서 어린아이는 재생(再生)의 동력이다. 정월 초하루를 전후해 즐겁게 뛰노는 어린아이들을 바라보던 이덕무 역시 문득 다시 약동하는 자신의 마음을 발견한다. 그러므로 우리는 모두 어린아이를 존중해야 한다. 아이

의 어린 시절은 물론 어른의 어린 시절 또한 소중하게 다루
어야 한다. 사람은 평생 어린 시절로부터 삶의 활력과 재생
의 에너지를 얻기 때문이다.

내 동생 정대

형이 동생을 안고 업고 있는 모습을 가만히 보고 있자면 문득 속마음이 화평해져 웃음을 머금게 된다. 정대의 글 읽는 소리를 한 식경이 지나도록 듣고 있었다.

靜觀兄抱負其弟者 中心忽藹然帶笑 聽鼎大讀書聲移時

— 『이목구심서 2』

자신을 사랑해야 비로소 남을 사랑할 수 있다. 가까운 사람을 사랑해야 비로소 먼 사람을 사랑할 수 있다. 친한 사람을 사랑해야 비로소 소원한 사람을 사랑할 수 있다. 자신과 가장 가까운 이들을 사랑하지 않는 사람이 어떻게 다른 사람을 사랑할 수 있겠는가? 참으로 자신을 사랑하고 자신과 가까운 이들을 사랑하고 다른 사람을 사랑하는 사람은 세상을 사랑하고 만물을 사랑할 수 있다.

틈과 불화

천만 가지 틈과 불화가 침범해 일어나고 솟구치는 것은 단지 내가 천만 사람과 더불어 뜻을 맞춰 서로 같이하려고 하지만 잘되지 않고, 저 천만 사람 또한 나를 거들떠보지 않거나 더불 어 같이하려고 하지 않기 때문이다. 대개 한 사람이 하는 일에 도 뜻이 같은 것이 있고 같지 않은 것이 있다. 나와 같지 않은 자 가운데에서도 그 같은 것을 취할 뿐이라면 함정은 설치하지 않아도 되고 칼날을 녹이고 화살을 거두어도 된다.

千釁萬釁之迭發而迸出者 只緣吾與千萬人 其志洽欲相同而不得焉 彼

千萬人 又邁邁不欲與吾一人洽相同焉 夫一人之爲也 有同者有不同者

可於不同者中 取其同焉者而已 則機穽不可設也 鋒鏑可銷而戢也

— 『이목구심서 3』

세상과 뜻이 맞지 않아 숨어 사는 사람에도 세 부류의 등급 이 있다. 시은(時隱)과 신은(身隱)과 대은(大隱)이 바로 그 것이다. 시은은 무도한 시대를 만나 자신의 도를 세울 수 없

을 때 은거하는 사람이다. 신은은 애초 세상사에 뜻이 없어
서 어떤 시대를 만났다 하더라도 은거했을 사람이다. 대은은
산림에 몸을 두지 않고 권세와 부귀의 한가운데에 처해 있으
면서도 오히려 권세와 부귀에 초탈한 사람이다. 시은과 신은
이 깨끗한 곳에서 깨끗함을 추구하는 사람이라면, 대은은 더
러운 곳에서 깨끗함을 추구하는 사람이다. 이 세 부류의 은
자 중 상중하가 누구인가에 대해서는 각자가 판단할 일이다.
이탁오의 『속분서(續焚書)』에 실린 〈은자설(隱者說)〉에서
취한 이야기다.

추위와 더위

혹독한 추위와 무더운 더위를 만나도 종일토록 어깨를 꼿꼿이
세우고 똑바로 앉아 있는 사람의 모습을 보면, 가령 그의 학식
이 우주를 포괄하는 넓고 깊은 경지에 이르지 못했다고 해도
해이하고 나태하고 조급하고 시끄러운 사람보다 백배는 낫다
고 생각한다. 이러한 까닭에 나는 일찍부터 기쁜 마음으로 배
우려고 하지 않은 적이 없었다.

我見祈寒盛暑 終日危坐 肩輩竦直者 假使其學不至包括宇宙 已百倍於
頹墮躁擾者 故未嘗不欣然欲學之矣

— 『이목구심서 3』

혹독한 추위와 무더운 더위에도 하루 종일 정좌하고 있는 모
습은 인위다. 추우면 춥다고 피한(避寒)하고 더우면 덥다고
피서(避暑)하는 것이 오히려 자연스러운 모습이다. 참아야
할 때는 참고, 참지 않아야 할 때는 참지 않아야 한다. 참아
야 할 고통이라면 참고, 참지 않아야 할 고통이라면 참지 않

아야 한다. 다만 문제는 참아야 할 때와 참지 않아야 할 때, 참아야 할 고통과 참지 않아야 할 고통을 구분하지 못하는 것이다.

처신과 처심

나의 몸은 지극히 작다. 숨을 쉬거나 멈추고, 몸을 굽히거나 펴
고, 움직이거나 가만히 있는 것을 내 뜻대로 하는 일은 아주 쉽
다. 그러나 내 몸 밖 세상 모든 사물은 제각각이어서 그 많음과
적음, 강함과 약함이 같지 않다. 비록 온 힘을 쏟아 내 명을 따
르게 하려고 해도 잘되지 않는다. 그러므로 내 몸부터 처치하
고 안배하는 데 힘을 다해 각각 알맞게 하여 훗날 해로움이 없
게 하는 것만 못하다.

吾身至小也 呼吸瞬息 屈伸動靜 吾隨其所向 甚易與耳 吾四體以外職

職萬物 有多寡強弱之不敵 雖欲其盡聽吾命 不可得也 不如反求吾身

處置安排 各極其宜而無後害也

— 『이목구심서 3』

풍석 서유구(楓石 徐有榘)는 나이 일흔아홉 때인 1842년에
쓴 자찬묘표(自撰墓表)에서 자신의 평생은 다섯 가지를 낭
비한 삶이었다고 적었다. 그러면서 스스로 '오비거사(五費

居士)'라고 불렀다. 출세에 마음을 빼앗겨 세운 뜻을 잃어버렸던 것이나, 이리 살피고 저리 살피느라 주저하고 머뭇거려 앞으로 나아가지 못했던 것이 모두 낭비였다는 이야기다. 그렇다면 뜻을 이루는 것이 참된 삶인가, 아니면 뜻을 낭비하지 않은 것이 참된 삶인가? 자신의 뜻을 이루기란 어렵지만, 뜻을 낭비하지 않기는 쉽지 않을까? 자기 힘만으로는 뜻을 이룰 수 없다. 그러나 그 뜻을 낭비하지 않을 수는 있다. 처신(處身)과 처심(處心)의 본보기로 삼을 만하다.

최상의 즐거움

마음에 맞는 시절에 마음에 맞는 친구를 만나고 마음에 맞는 말을 나누고 마음에 맞는 시와 글을 읽는다. 이것은 최상의 즐거움이지만 지극히 드문 일이다. 이런 기회는 일생 동안 다 합해도 몇 번에 불과하다.

値會心時節 逢會心友生 作會心言語 讀會心詩文 此至樂而何其至稀也
一生凡幾許番

— 『선굴당농소』

최상의 즐거움은 지극히 드물다. 그렇다면 그것만을 좇지 말라. 즐거움이 지나치면 반드시 근심이 찾아온다. 지나침은 차라리 모자람만 못하다. 최상의 즐거움은 평범한 일상 속 소소한 즐거움만 못하다.

혼자 노는 즐거움

눈 오는 새벽이나 비 오는 밤에 좋은 벗이 오지 않는다. 누구와
더불어 이야기할까? 시험 삼아 내 입으로 글을 읽으니 듣는 이
나의 귀뿐이다. 내 팔로 글씨를 쓰니 구경하는 이 나의 눈뿐이
다. 내가 나를 벗으로 삼았구나. 다시 무슨 원망이 있겠는가?

> 雪之晨雨之夕 佳朋不來 誰與晤言 試以我口讀之 而聽之者我耳也 我
>
> 腕書之 而玩之者我眼也 以吾友我 復何怨乎
>
> ―『선귤당농소』

모름지기 벗이 없다고 한탄하지 말고 책과 더불어 어울리면 된
다. 책이 없을 경우에는 구름과 안개가 나의 벗이 되고, 구름과
안개조차 없다면 바깥으로 나가 하늘을 나는 비둘기에게 마음
을 의탁한다. 하늘을 나는 비둘기가 없으면 남쪽 동네의 회화
나무와 벗 삼고 원추리 잎사귀 사이의 귀뚜라미를 감상하며 즐
긴다. 대개 내가 사랑해도 시기하거나 의심하지 않는다면 모두
좋은 벗이 될 수 있다.

不須歎無友 書帙堪與遊 無書帙 雲霞吾友也 無雲霞 空外飛鷗 可托吾

心 無飛鷗 南里槐樹 可望而親也 萱葉間促織 可玩而悅也 凡吾所愛之

而渠不猜疑者 皆吾佳朋也

— 『선귤당농소』

허균은 자신의 집을 '사우재(四友齋)'라고 이름 지었다. 도연명(陶淵明)과 이태백(李太白)과 소동파(蘇東坡)에다가 자신까지 더해 모두 네 사람을 벗 삼아 산다는 뜻이다. 당시 이른바 사대부와 유생이라는 작자들은 모두 허균을 가리켜 '하늘이 보낸 괴물'이라 비방하고, '더럽다'고 조롱하며 교제와 왕래를 모조리 끊어 버렸다. 허균은 이에 굴복하지 않는다. 오히려 권세와 명리에 뜻을 두지 않았던 옛사람 셋과 스스로를 벗 삼아 살 뿐이라면서 보란 듯이 집에다가 '사우재'라고 써서 붙인 것이다.

또한 윤휴는 대나무와 국화와 진송(秦松)과 노송(魯松)과 동백과 창송(蒼松)을 가리켜 '육우(六友)'라고 했고, 권근은 삽과 칼과 낫을 벗 삼아 사는 사람의 이야기를 「삼우설(三友說)」에 담았으며, 이색은 눈과 달과 바람과 꽃과 강과 산을 육우라고 불렀다. 더욱이 유방선(柳方善)은 돋보기와 뿔잔과 쇠칼을 벗 삼아 살며 서파삼우(西坡三友)라고 자호한 이의 삶을 글로 옮겨 적기도 했다. 사람과 어울려 지내는 것을 지나치게 좋아하면 자칫 뜻을 잃기 쉽다. 세상의 찬사와 비난에 지나치게 귀를 기울이면 마음만 혼란해진다. 오히려 서책 속 옛사람과 자연 만물을 벗 삼아 고요하게 사는 것이 삶을 더 깊고 풍요롭게 한다. 혼자 지내는 시간을 늘려 보라. 내 안에 있는 좋은 벗, 곧 또 다른 내가 보일 것이다. 혼자 노는 즐거움이 바로 그곳에 있다.

가난의 품격

최상의 사람은 가난을 편안하게 여긴다. 그다음 사람은 가난을 잊어버린다. 최하등의 사람은 가난을 부끄럽게 생각해 감추거나 숨기고, 다른 사람들에게 가난을 호소하다가 가난에 짓눌려 끝내 가난의 노예가 되고 만다. 또한 최하등보다 못난 사람은 가난을 원수처럼 여기다가 그 가난 속에서 죽어 간다.

太上安貧 其次忘貧 最下諱貧訴貧 壓於貧僕役於貧 又最下仇讐於貧
仍死於貧

— 『이목구심서 2』

가난한 사람에게도 품격과 품위가 있다. 가난을 편안하게 여기고 가난을 잊어버리는 사람이 바로 그렇다. 가난하지만 부귀와 권세와 이익 앞에 비굴하지 않는 사람이 바로 그렇다. 부귀와 권세와 이익 앞에 당당했던 이덕무의 삶과 철학은 자호에 잘 나타나 있다. 그 하나가 '선귤당'이라면, 다른 하나가 '청장관'이다. 선귤당은 '매미〔蟬〕'과 '귤(橘)'을 취해 지은 자호다. 이덕무는 말한다. "내가 예전 남산 부근에 살고 있을 때 집의 이름을 선귤이라고 했다. 집이 작아서 매미의 허물이나 귤의 껍질과 같다는 뜻에서였다." 작고 초라한 집에 살면서도 부끄러워하지 않고 당당했던 이덕무의 기백이 잘 드러나 있다.

청장관은 이덕무가 죽음을 맞은 곳이다. 생전 그의 글과 기록을 모두 모아 엮은 책의 제목 또한 다름 아닌 『청장관전서』다. 이덕무를 대표하는 자호이자 당호(堂號)라고 해도 과언이 아니다. 그가 청장관을 호로 삼은 까닭은 무엇일까? 박지원은 이렇게 증언한다. "청장은 해오라기의 별명이다. 이 새는 강이나 호수에 사는데, 먹이를 뒤쫓지 않고 제 앞을 지나가는 물고기만 쪼아 먹는다. 그래서 신천옹(信天翁)이라고도 한다. 이덕무가 청장을 자신의 호로 삼은 것은 이 때문이다." 욕심 없고 순박했던 이덕무의 삶을 읽을 수 있다.

매서운 추위 속 겨울 초가집

을유년(1765) 십일월에 형재(炯齋, 이덕무의 서재)가 추워서 뜰 아래 작은 초가집으로 거처를 옮겼다. 그 집은 매우 누추해 벽에 얼어붙은 얼음이 뺨을 비추고 구들의 그을음 때문에 눈이 시큰거릴 지경이었다. 아랫목이 울퉁불퉁해 그릇을 놓으면 물이 반드시 엎질러지고, 햇살이 비치면 쌓인 눈이 녹아 흘러 썩은 띠 풀에서 누런 물이 뚝뚝 떨어졌다. 한 방울 물일망정 손님의 도포에 떨어지기라도 하면 깜짝 놀라 벌떡 일어나곤 했다. 나는 미안한 마음에 거듭 사과했지만 나태한 성품 탓에 집을 수리하지 못했다. 어린 아우와 함께 서로 그대로 지낸 지 무릇 석 달이나 되었지만 오히려 글 읽는 소리만은 그칠 줄 몰랐다. 세 차례나 큰 눈을 겪었는데 매번 한 차례 눈이 올 때마다 이웃에 사는 작달막한 노인이 반드시 새벽에 빗자루를 들고 와서 문을 두드리며 중얼중얼 혼잣말로 '가련하구나! 연약한 수재(秀才)가 얼어 죽지나 않았는지'라고 했다. 그리고 눈을 쓸어 먼저 길을 낸 다음 문밖에 있는 눈 덮인 신발을 찾아내 눈을 탈탈 털어 내고 말끔하게 청소했다. 쌓인 눈은 둥근 모양으로 세 덩어리를 만들어 놓았다. 나는 이미 이불 속에서 고서를 벌써 서너 편이나 외웠다. 지금 날씨가 자못 풀렸으므로 마침내 서책을 챙겨서 서쪽의 형재로 옮겼다. 그러나 그립고 안타까운 마음에 쉽게 떠나지 못했다. 몸을 일으켜 서너 차례 주변을 돌다가 곧바로 형재로 나가 쌓인 먼지를 청소하고 붓과 벼루를 정돈하고 도서를 검열했다. 그런 다음 시험 삼아 앉아 보았더니 또한 오랜 시간 객지에 있다가 집으로 돌아온 것 같은 생각이 들었다. 또한 붓과 벼루와 도서들이 마치 자식과 조카들이 나와서 인사하는 것만 같았다. 비록 면목(面目)이 다소 생소하다고 해도 애틋하고 사랑스러워 어루만지고 안아 주고 싶은 마음을 저절로 억제할 수 없었다. 아아! 이것이 인정인가. 병술년(丙戌年, 1766) 음력 정월 보름에 쓰다.

乙酉冬十一月 以炯齋寒 移居于庭下小茅屋 屋甚陋 壁氷照頰 坑煤酸眸 下嵃岶 奠器則水必覆 日射而上 漏老雪沁 敗茅墮漿垂垂 一滴客袍 客大駭起 余謝懶不能修屋 與穉弟相守凡三月 猶不輟咿唔聲 歷三大雪 每一雪 鄰有短叟必荷箒 晨叩門咄咄自語 可憐弱秀才能不凍 先開逕 次尋戶外履埋者打拂之 快掃除 團作三堆而去 余已被中 誦古書已三四篇矣 今天氣頗釋 遂抱書帙 西移于炯齋 有戀戀不忍離意 起身三周旋 迺出掃炯齋積埃 整頓筆硯 檢閱圖書 試安坐 又有久客還家之意 其筆硯圖書 如子姪之出拜 面目雖稍生 而憐愛撫抱 自不能禁也 吁其人情乎 丙戌上元書

— 『이목구심서 2』

신변잡기나 일상생활 속 잡감은 항상 글의 좋은 소재가 된다. 추운 겨울날 조그마한 초가집에서 어린 아우와 꼼짝하지 않고 글을 읽은 일은 다른 사람에게는 하나도 특별하지 않은 것이지만 당사자들에게는 평생 잊지 못할 추억일 것이다. 그러나 아무리 아름다운 추억이라고 해도 오랜 세월이 지나면 기억이 희미해지기 마련이다. 앨범 속 사진 한 장과 같이 훗날 옛 기록 한 편을 찾아 읽으며 젊은 시절의 기억을 되짚어 보는 것도 삶의 지극한 즐거움 중 하나가 아닐까?

높은 절개와 넓은 도량

높은 절개는 서리처럼 늠름하다.
넓은 도량은 봄처럼 온화하다.

峻節霜凜 雅度春溫

— 『이목구심서 2』

가을 서리 같은 엄정함만으로는 안 된다. 봄날 햇볕 같은 따
뜻함만으로도 안 된다. 두 가지를 함께 지니고 있어야 한다.

시기와 질투

무릇 다른 사람의 재주와 학식을 듣게 될 때, 가령 잠깐 사이라도 마음속으로 시기하고 의심하는 마음이 일어나 겉으로 조롱하고 꾸짖는다고 하자. 이것이 어찌 대수롭지 않을 일이라고 생각하겠는가? 크게 보면 살기(殺氣)의 기미가 보이는 것이다. 그 마음속을 궁구해 보면 이미 회자수(劊子手, 조선 시대 군영의 사형 집행인)의 마음이 싹튼 것이나 다름없다. 스스로 경계하고 또 경계할 일이다.

凡聞人之才學 假使忽漫之間 內生猜疑 外發嘲誚 此豈尋常事也 大是
殺機 究其心頭 已萌劊子手段 自警自警

— 『이목구심서 3』

박지원이 제자 박제가의 『북학의』에 써준 말을 참고로 삼을 만하다. "학문의 길에는 다른 방법이 없다. 모르는 것이 있으면 길을 가는 사람을 붙잡고 물어보는 것이 올바른 방법이다. 어린 종복이라도 나보다 한 글자라도 더 알고 있으면 먼저 그에게 배우는 것이 옳다. 자신이 다른 사람보다 못하다는 것을 부끄러워하기만 할 뿐 자기보다 나은 사람에게 물어보지 않는다면 죽을 때까지 볼품없고 협소하며 아무런 기술도 갖추지 못하는 지경에 자신을 가두는 신세가 되고 만다."

나보다 못한 사람이라도 내가 모르는 것을 알고 있다면 물어보고 배우는 것을 부끄러워하지 않는데, 어떻게 나보다 나은 사람의 재주와 학식을 시기하고 질투하겠는가? 만약 진실로 다른 사람에게 물어보고 배우는 것을 좋아하는 사람이라면 오히려 자신보다 재주와 학식이 높은 사람을 만나는 것을 간절히 소망한다. 이러한 사람에게는 자신이 알지 못하는 것을 물어보고 배울 수 있는 사람을 만나는 것보다 더 흥미롭고 즐거운 일은 없기 때문이다.

참된 벗을 얻을 수 있다면

만약 한 사람의 지기(知己)를 얻는다면 나는 마땅히 십 년 동안 뽕나무를 심을 것이고, 일 년 동안 누에를 길러 손수 다섯 가지 색의 실을 염색할 것이다. 열흘에 한 가지 색의 실을 염색한다면 오십 일 만에 다섯 가지 색의 실을 염색할 수 있을 것이다. 이 오색의 실을 따뜻한 봄날 햇볕에 쬐어 말리고, 아내에게 부탁해 수없이 단련한 금침으로 내 지기의 얼굴을 수놓게 해 기이한 비단으로 장식하고 고옥(古玉)으로 축을 만들 것이다. 그것을 높게 치솟은 산과 한없이 흐르는 물 사이에 걸어 놓고 서로 말없이 마주하다가 해질녘에 가슴에 품고 돌아올 것이다.

若得一知己 我當十年種桑 一年飼蠶 手染五絲 十日成一色 五十日成
五色 曬之以陽春之煦 使弱妻 持百鍊金針 繡我知己面 裝以異錦 軸以
古玉 高山峨峨 流水洋洋 張于其間 相對無言 薄暮懷而歸也

— 「선귤당농소」

세상에서 단 한 사람이라도 나를 제대로 알아주는 이가 있

다면 후회 없는 삶을 살았다고 할 수 있다. 사람과 사람 사이만 그렇겠는가? 사람과 자연 사이 역시 그렇다. 매월당 김시습(梅月堂 金時習)은 매화와 달을 자신을 알아준 벗으로 삼았다. 청송당 성수침(聽松堂 成守琛)은 소나무를 자신을 알아준 벗으로 삼았다. 허난설헌(許蘭雪軒)은 난초와 눈을 자신을 알아준 벗으로 삼았다. 호생관 최북(毫生館 崔北)은 붓을 자신을 알아준 벗으로 삼았다. 다산 정약용은 차(茶)를 자신을 알아준 벗으로 삼았다. 석치(石痴) 정철조는 돌을 자신을 알아준 벗으로 삼았다. 연려실 이긍익(燃藜室 李肯翊)은 명아주 지팡이를 자신을 알아준 벗으로 삼았다. 기하 유금은 기하학을 자신을 알아준 벗으로 삼았다. 풍석 서유구는 단풍나무를 자신을 알아준 벗으로 삼았다. 고산자 김정희(古山子 金正喜)는 산을 자신을 알아준 벗으로 삼았다. 삼혹호 이규보(三酷好 李奎報)는 거문고와 시와 술을 자신을 알아준 벗으로 삼았다. 교산 허균은 이무기를 자신을 알아준 벗으로 삼았다. 초정 박제가는 굴원의 초사(楚辭)를 자신을 알아준 벗으로 삼았다. 그러면 이덕무는 무엇을 자신을 알아준 벗으로 삼았는가? 그는 매미와 귤과 해오라기와 매화를 자신을 알아준 벗으로 삼았다. 이들의 만남과 맺어짐은 살아서는 몇 십 년에 불과했을 따름이나 죽어서는 천년이 지나도 변하지 않는 만남과 맺어짐이 되었다. 청나라의 소품작가 장조

(張潮)가 지은 수필집 『유몽영(幽夢影)』속 한 구절의 사유 방식과 묘사 기법을 취해 글로 옮겨 보았다.

호미질과 붓질

아침에 일어나 오이밭을 호미질하다가 마루에 올라가 붓을 잡으면 팔이 몹시 떨려 마치 바람 속에 배가 요동치듯 한다. 어떤 사람이 기이한 것을 좋아해 짐짓 전필(顫筆, 힘을 가해 마치 손을 떠는 것처럼 쓰는 서체)을 쓰는 것이라고 의심했지만, 병을 짐짓 생기게 할 수 있는 것인가. 병이 아니기 때문에 떨리는 정신을 반드시 꾸짖어 버리는 것이다. 유월 아침에 형암은 원각탑(圓覺塔) 동쪽에서 쓴다.

朝起鋤苽畦 上堂把筆 腕大戰如風中舟鹹 或疑好奇 故作顫筆 病固可以故作乎 匪病故顫 神必呵之 六月朝 炯菴書于圓覺塔東

— 『이목구심서 2』

원각탑은 종로 탑골공원 안에 있는 원각사지 십층석탑(圓覺寺址十層石塔)이다. 이덕무와 그의 사우들은 대부분 백탑(白塔)이라고 불렸던 이 원각탑을 중심으로 모여 살았다.

"한양을 빙 두른 성곽의 중앙에 탑이 있다. 멀리서 바라보면 마치 눈 속에서 죽순이 삐죽 나온 듯한데, 그곳이 바로 원각사의 옛터다. 내가 열아홉, 스무 살 때쯤 박지원 선생이 문장에 조예가 깊어 당대에 이름이 높다는 소문을 듣고 탑 북쪽으로 선생을 찾아뵈러 갔다. (중략) 당시 형암 이덕무의 사립문이 그 북쪽에 마주 대하고 있었고, 낙서(洛瑞) 이서구의 사랑이 그 서쪽에 우뚝 솟아 있었다. 또한 수십 걸음 가다 보면 관재 서상수(觀齋 徐常修)의 서재가 있고, 북동쪽으로 꺾어져서는 유금과 유득공이 살고 있었다. 그래서 한번 그곳을 찾아가면 집에 돌아가는 것을 까마득히 잊고 열흘이고 한 달이고 머물러 지냈다. 곧잘 서로 지어 읽은 글들이 한 질의 책을 만들 정도가 되었고, 술과 음식을 구하며 꼬박 밤을 새우곤 했다."

이덕무와 가장 절친했던 박제가가 남긴 증언이다. 필자 역시 지금 삶의 일부와 같은 집필실 겸 연구실이 탑골공원 북서쪽에 자리하고 있다. 간혹 그곳에서 글을 쓰거나 강의를 하거나 친한 벗들과 어울려 지낼 때면, 마치 이덕무와 그의 사우들이 살았던 시공간 속에 함께 있는 것 같아 묘한 기분이 들곤 한다. 어쨌든 붓을 잡는 손으로 호미를 잡는 일이 쉽겠는가? 글을 쓰는 일 이외에는 아무런 재주도 능력도 없는 나 자신을 생각하며 이덕무의 자책 속에 담긴 뜻을 수백 수천 번 되새김질해 본다.

본분을 지키고 형편대로 살다

본분을 지키니 편안하다. 형편이 닿는 대로 사니 즐겁다. 모욕
을 참으니 관대하다. 이것을 가리켜 대완(大完)이라 한다.

守分而安 遇境而歡 耐辱而寬 是謂大完

— 『선귤당농소』

자기 본분을 지켜 편안하고, 높든 낮든 귀하든 천하든 부자
든 가난하든 개의치 않고, 자신이 처한 상황과 형편이 닿는
대로 즐겁게 살고, 남이 나를 알아주지 않아도 화내지 않고,
나를 좋아하는 사람도 나를 싫어하는 사람도 모두 용납할 수
있다면 완전한 인격을 갖췄다고 말할 수 있을까? 진실로 어
려운 일이다. 이 가운데 한 가지만이라도 가졌다면 완전한
인격은 아니더라도 참된 인격을 갖췄다고 말할 수 있다. 그
러나 이 모든 것들에 얽매일 필요 없이 마음 가는 대로 뜻이
움직이는 대로 자유롭게 사는 사람의 삶이 차라리 낫다.

한서 이불과 논어 병풍

몇 해 전 경진년(庚辰年, 1760)과 신사년(辛巳年, 1761) 겨울, 내 조그마한 초가집이 너무나 추워서 입김이 서려 성에가 되고 이 불깃에서는 와삭와삭 소리가 날 지경이었다. 나는 비록 성품이 게으르지만 밤중에 일어나 황급히 『한서(漢書)』 한 질을 이불 위에 죽 덮어 조금이나마 추위를 막아 보았다. 만약 그렇게 하 지 않았다면 얼어 죽어 후산(后山)의 귀신이 되었을 것이다. 그 런데 어젯밤에도 집 서북쪽 모퉁이에서 매서운 바람이 불어와 등불이 심하게 흔들렸다. 추위에 떨며 한참을 생각하다가 마침 내 『노론(魯論)』(논어論語. 한나라 때 전해 온 논어는 본래 노魯나라에 전해진 노론魯論, 제齊나라에 전해진 제론齊論, 공자의 옛 집에서 나온 고론古論 세 종류다. 후에 노론만 남아 현재의 논어가 되었다) 한 권을 뽑아 바람막이로 삼았다. 스스로 임시변통하는 수단이 있다고 으쓱댔다. 옛사람이 갈대꽃으로 이불을 만들었다고 하는데, 이 는 특별한 경우에 불과하다. 금과 은으로 상서로운 짐승을 조 각해 병풍을 만든 사람도 있지만, 이는 너무 호사스러워 본받 을 것이 못 된다. 어찌 내가 천하에 귀한 경사(經史)인 『한서』로 이불을 삼고 『논어』로 병풍을 만든 것만 하겠는가! 왕장(王章) 이 소가죽을 덮고 두보(杜甫)가 말안장으로 추위를 막은 일보

다 낫지 않은가! 을유년(1765) 겨울 십일월 이십팔 일에 기록하
다.

往在庚辰辛巳冬 余小茅茨太冷 噓氣蟠成氷花 衾領簌簌有聲 以余懶性
夜半起 倉卒以漢書一帙 鱗次加於衾上 少抵寒威 非此幾爲后山之鬼
昨夜屋西北隅 毒風射入 掀燈甚急 思移時 抽魯論一卷立障之 自詑其
經濟手段 古人以蘆花爲衾是好奇 又有以金銀鏤禽獸瑞應爲屛者 太侈
不足慕也 何如我漢書衾魯論屛 造次必於經史者乎 亦勝於王章之臥牛
衣 杜甫之設馬韉也 乙酉冬十一月二十有八日記

— 『이목구심서 1』

이덕무의 삶에는 가난이 숙명처럼 따라다녔다. 해가 저물도
록 온종일 먹을거리를 마련하지 못한 일이 잦았고, 추운 겨
울인데도 방구들을 덥힐 불을 때지 못했다. 가난의 고통 중
가장 심한 고통은 추위와 굶주림이다. 그러나 이덕무는 젊은
시절부터 가난을 편안히 여겼다. 박지원은 그가 "평생 주변
사람들에게 '굶주림〔飢〕'과 '추위〔寒〕' 두 글자를 결코 입 밖
에 낸 적이 없었다"고 말했다. 오히려 이덕무는 고난 속에서
도 『한서』로 이불을 만들고 『논어』로 병풍을 삼은 자신의 변

통을 자랑한다. 해학과 기지 넘치는 묘사 속에 가난에 초탈했던 그의 내면세계가 고스란히 담겨 있다.

고금과 삼 일

고금(古今) 역시 크게 눈을 깜빡이거나 크게 숨을 내쉴 정도로
짧은 순간이다. 또한 눈 한 번 깜짝하거나 숨 한 번 쉴 만큼 짧
은 순간도 조그만 고금이다. 눈을 깜빡이고 숨을 내쉬는 짧은
순간이 쌓이면 고금이 되는 것이다. 어제와 오늘과 내일이 수
레바퀴처럼 끝없이 번갈아 돌아가지만 늘 새롭고 다시 새로울
뿐이다. 이 가운데서 태어나고 이 가운데서 늙어 간다. 그러므
로 군자는 이 '삼 일(三日)', 즉 어제와 오늘과 내일에 유념한다.

一古一今 大瞬大息 一瞬一息 小古小今 瞬息之積 居然爲古今 又昨日
今日明日 輪遞萬億 新新不已 生於此中 老於此中 故君子着念此三日

— 「선귤당농소」

고(古)와 금(今), 고(古)와 신(新)의 관계는 이덕무와 박지원
이 평생 고뇌한 문학적 주제이자 철학적 문제다. 이덕무는
'작고양금(酌古量今)', 박지원은 '법고창신(法古創新)'을 주
장했다. 이덕무는 말한다. 세속에 초탈한 선비는 하는 일마

다 '고'만을 따른다. 세속에 물든 선비는 하는 일마다 '금'만을 따른다. 서로 배격하고 비난하는데 중도에 들어맞지 않는다. 스스로 '옛것'을 참작하고 '지금의 것'을 헤아린다. 이것이 바로 작고양금의 철학이다. 또한 박지원은 말한다. "어떻게 문장을 지어야 하는가? 이 문제를 논하는 사람들은 반드시 옛것을 본받아야 한다고 말한다. 이 때문에 세상에는 옛것을 흉내 내거나 모방하면서도 부끄럽게 여기지 않는 사람들이 생겨나게 되었다. 그렇다면 새롭게 창조하는 것이 옳다고 할 수 있지 않은가? 이 때문에 세상에는 괴상한 헛소리를 지껄이며 도리에 어긋나고 편벽되게 문장을 지어 놓고도 두려워할 줄 모르는 사람들이 생겨나게 되었다."

박지원이 제자 박제가의 시집 『초정집(楚亭集)』에 써준 서문에 나오는 말이다. 그렇다면 어떻게 하라는 말인가? "옛것을 본받으면서도 변화에 통달할 수 있고, 또한 새롭게 창조하면서도 내용과 형식에 잘 맞춰 글을 지을 수만 있다면, 그러한 글이야말로 바로 지금의 글이자 옛글이기도 하다." 옛것을 바탕으로 삼되 새롭게 창조하라는 이야기다. 이것이 바로 법고창신의 문학이다. 옛것을 배우고 익히되 항상 지금의 것과 새로운 것을 발견하고 창조한다. 그리고 사실 지금의 것과 새로운 것의 발견과 창조에는 이미 옛것의 뜻과 가치가 포함되어 있다. 이렇게 한다면 옛것과 지금의 것과 새로운 것은 하나의 수레바퀴처럼 서로 맞물려 쉼 없이 돌아간다. 어제와 오늘과 내일 역시 수없이 교대하며 굴러가지만 항상 새롭다. 결코 같지 않기 때문이다.

어제를 고찰함으로써 오늘을 통찰하고 내일을 예측한다. 오늘을 통찰함으로써 어제를 고찰하고 내일을 예측한다. 내일을 예측함으로써 어제를 고찰하고 오늘을 통찰한다. 어제와 오늘과 내일을 역사의 수레바퀴에 넣으면 바로 과거와 현재와 미래가 된다.

안다는 것과 모른다는 것

노자(老子)가 말하기를 "알면서도 알지 못한다고 하는 것은 상(上)이고, 알지 못하면서도 안다고 하는 것은 병(病)이다"라고 했다. 알지 못하면서도 안다고 말하는 것이 병이라고 한다면, 알면서도 알지 못한다고 말하는 것 또한 바로 잘못이 아니겠는가. 공자가 말하기를 "아는 것을 안다고 하고, 알지 못하는 것을 알지 못한다고 하는 것, 그것이 바로 아는 것이다"라고 했다. 이와 같은 말들은 공평하고 명백해 후대에도 폐단이 없다. 가히 만세(萬歲)의 법으로 삼을 만하다.

老子曰 知不知上 不知知病 不知而曰知 儺是病也 知而曰不知 無乃曲乎 孔子曰 知之爲知之 不知爲不知 是知也 平白無後弊 可爲萬世之法也

— 『이목구심서 6』

사람의 삶은 아무리 발버둥쳐봤자 '지(知)'와 '무지(無知)' 사이를 오고 가는 운명에서 벗어날 수 없다. 안다고 해서 다

아는 것이 아니고, 알지 못한다고 해서 모두 알지 못하는 것이 아니다. 아는 것도 다시 생각해 보면 알지 못하는 것이고, 알지 못하는 것도 다시 생각해 보면 아는 것이다. 아는 것 가운데 모르는 것이 있고, 모르는 것 가운데 아는 것이 있다. 아는 것과 모르는 것은 끝없이 돌고 도는 수레바퀴와 같기 때문이다. 그러므로 일찌감치 '지'에 도달할 수 없고 '무지'에서 벗어날 수 없는 것이 우리의 운명임을 깨닫고 받아들여야 한다.

편안한 삶

우산이 떨어져 우뢰를 맞으며 깁고, 섬돌을 붙들어 낡은 약절
구를 안정시키고, 새들을 문하생으로 삼고, 구름을 벗 삼아 산
다. 세상 사람들은 이와 같은 형암의 생활을 두고 '편안한 삶'
이라고 한다. 우습고 또 우습구나!

敗雨傘 承雷而補 古藥臼 逮堵而安 以鳥雀爲門生 以雲烟爲舊契 炯菴
一生 占便宜人 呵呵呵

— 『선귤당농소』

이덕무는 자의식이 충만한 지식인이었다. 탁월한 문장과 뛰
어난 학식, 드높은 기상과 비분강개한 뜻을 갖추고 있었지
만 서얼 출신이라는 신분적 한계와 차별 탓에 자신의 재주와
역량을 마음껏 펼쳐 보지 못했다. 그래서일까? 벌레와 기와
와 자신을 동일시한 이덕무의 시 〈벌레가 나인가, 기와가 나
인가(蟲也瓦也吾)〉를 읽을 때마다, 피를 토하는 듯 울부짖는
그의 절규가 들려 가슴이 아리다.

"벌레가 나인가 기와가 나인가. / 아무 재주도 없고 기술도 없구나. / 뱃속에는 불기운 활활 타올라 / 세상 사람과 크게 다르구나. / 사람들이 백이(伯夷, 중국 고대의 성인)가 탐욕스러웠다고 말하면 / 내 분노해 빠득빠득 이를 가네. / 사람들이 영균이 간사했다고 말하면 / 내 화가 나 눈초리가 찢어지네. / 가령 내게 입이 백 개가 있다고 해도 / 어찌 내 말에 귀 기울이는 사람 단 한 명도 없는가? / 하늘을 우러러 말을 하니 하늘이 흘겨보고 / 몸을 구부려 땅을 바라보니 땅도 눈곱 꼈네. / 산에 오르려고 하자 산도 어리석고 / 물에 다가가려하자 물도 어리석네. / 어이! 아아! 아아! / 허허 허허 한탄하며 / 광대뼈와 뺨과 이마는 주름지고 눈썹은 찌푸리고 / 간과 폐와 지라는 애태우고 졸여졌네. / 백이가 탐욕스러웠다 하든 영균이 간사했다고 하든 / 그대에게 무슨 상관인가! / 술이나 마시고 취하면 그뿐이고 / 책이나 보며 잠을 이룰 뿐이네. / 한탄하누나! 잠들면 차라리 깨지 않고 / 저 벌레와 기와로 돌아가려네."

누가 이덕무를 두고 청량한 선비라고 했는가? 차라리 비분강개한 선비라고 해야 하지 않겠는가? 시대를 제대로 만나지 못한 선비의 삶이란 이렇게 처절한 것인가?

이렇게 생각하고 산다면

행실은 언제나 상층을 밟을 것을 생각해야 된다. 거주와 생활은 언제나 하층에 처할 것을 생각해야 한다. 만약 이미 평범한 사람이라면 힘껏 나아가 선한 사람이 될 것을 생각해야 하고, 이미 선한 사람이라면 역시 힘껏 나아가 군자나 대현(大賢)이 되어 성인에 도달할 것을 생각해야 된다. 이러한 일은 끊임없이 굳세게 나아가는 데 달려 있다. 만약 크고 넓은 집에 살고 쌀밥과 고기반찬을 먹고 지낸다면 "초가집에 살면서 나물밥을 먹는다 해도 원망하는 마음을 갖지 않겠다"고 생각해야 한다. 또한 초가집에 살고 나물밥을 먹고 지낸다면 "흙집에서 살면서 굶주린다 해도 원망하는 마음을 갖지 않겠다"고 생각해야 된다. 이러한 일은 끊임없이 겸허하게 행하는 데 달려 있다. 대체로 이와 같다면 어디에 간들 편안하고 태평하지 않겠는가.

行實思連連躡上層 居養思連連處下層 如旣爲平人 則思突過爲善人 自善人思突過爲君子大賢以至于聖人 此係健也 如處廣廈而喫粱肉 當思日使吾處草屋而啜菜飯 其不怨矣 處草屋而啜菜飯 當使吾處土室而飢餓 其不怨矣 此係謙也 夫如是 安往而不安泰哉

— 『이목구심서 3』

말의 능력은 빨리 달리는 것이다. 만약 말에게 불행이 있다면 빨리 달리는 능력을 잃어버리는 것이다. 닭처럼 울지 못하는 것은 말에게 불행이 아니다. 개의 생명력은 탁월한 후각에 있다. 만약 개에게 불행이 있다면 냄새 맡는 능력을 잃어버리는 것이다. 새처럼 날지 못하는 것은 개에게 불행이 아니다. 인간의 불행도 이와 비슷하게 설명할 수 있다. 사람은 권세와 부귀와 명예와 이익을 얻지 못해 불행한 것이 아니다. 오히려 그것을 얻으려다가 인격과 존엄과 자유를 잃어버리게 될 때 불행하게 되는 것이다. 레프 톨스토이(Lev Nikolaevich Tolstoy)의 『인생일기』에 나오는 에픽테토스(Epictetus)의 말을 차용해 표현해 보았다. 에픽테토스는 서기 1~2세기 무렵 스토아학파를 대표하는 철학자로 『명상록』의 저자인 로마 황제 마르쿠스 아우렐리우스(Marcus Aurelius Antoninus)의 정신적 스승이었다.

천하에 복 있는 사람

손님이 말하기를 "배 속이 꽉 차 있으면 독서에 이롭지 않다. 단지 누워서 잠잘 생각만 한다. 배 속이 약간 굶주려 있어야 독서할 때 문득 깨치는 묘미가 있어서 글 읽는 소리가 홀연히 공중으로 퍼져 나가니 부귀도 좋은 일이고 독서도 역시 좋은 일"이라고 했다. 이때에 이르러서야 비로소 두 가지 좋은 일을 겸해 누리는 사람은 천하에 복 있는 사람임을 알게 되었다.

客曰肚裡飽 不利讀書 只思臥睡 肚裡畧畧有飢氣 讀書頓覺有味 咿唔之聲 忽泛空中 富貴好事也 讀書亦好事也 始知兩好事兼享者 天下有福人

— 『이목구심서 2』

진정한 즐거움은 음식의 맛과 같다. 자신이 좋아하는 음식을 먹을 때는 행복감을 느낀다. 그러나 남이 좋아하는 음식을 먹을 때는 비록 불행하지는 않더라도 행복하지도 않다. 삶과 글도 마찬가지다. 자신이 좋아하는 것을 하는 사람은 행복하

다. 남이 좋아하는 것을 하는 사람은 행복하지 않다. 여기서 이득을 보았는지 손해를 보았는지 일이 성공했는지 실패했는지 여부는 아무래도 상관없다. 이로움과 성공 때문에 남이 좋아하는 것을 한다면 날마다 맛도 없는 음식을 남의 눈치를 보느라 맛있게 먹는 척하는 것과 무엇이 다르겠는가? 나는 그 이로움과 성공이 아무리 크다고 해도 맛도 없는 음식을 매일 같이 먹고 싶지는 않다. 다만 내가 좋아하는 것을 할지 또는 남이 좋아하는 것을 할지는 온전히 각자의 판단과 선택에 맡길 문제다.

천리마와 북두성

나는 천리마를 타본 적이 없다. 그러나 가만히 상상해 본다. 만약 밤에 천리마를 타고 내달리며 북두성을 바라본다면 마치 말쑥한 띠처럼 기다랗게 보일 것이다.

我非乘千里馬者 然靜想夜乘千里馬者 仰看星斗 應如練帶長

— 『이목구심서 2』

천리마를 탈 처지가 못 된다고 하더라도 천리마를 타 본 것과 같은 기상과 기백을 지녀야 한다. 끝끝내 천리마를 차지하겠다고 하는 것은 과욕이자 탐욕이다. 하지만 천리마를 타고 북두성을 바라보며 천하를 누비는 웅혼한 기운과 세상을 뒤흔들 웅장한 기백을 상상하는 것이야 뭐가 문제겠는가? 오히려 그러한 정신을 가져야 참된 사람이라고 할 것이다.

불평과 화평 사이에서

바야흐로 이경(二更, 밤 9시~11시)이나 삼경(三更, 밤 11시~새벽 1시) 무렵, 문을 마주하고 있는 이웃집에서 떠들고 웃는 소리가 아득하게 들려왔다. 그런데 갑자기 세찬 바람이 일어 눈송이가 창틈으로 몰아닥쳐서 곧바로 등잔불의 그림자를 덮치고 벼루에도 펄럭펄럭 날아와 떨어졌다. 이때 나는 옛날 생각에 감정이 움직여 참으로 비통하고 애절해져, 다만 손가락 끝으로 마음이 가는 대로 화로의 재를 뒤적였다. 그 모양이 모나고 바른 것은 전자(篆字)나 주문(籒文)과 닮았고, 그 모양이 얽히고 맺힌 것은 행서(行書)나 초서(草書)에 가까웠다. 내가 연달아 들여다보았지만 끝내 그것이 무슨 글자인지 알 수 없었다. 갑자기 눈썹 근처가 마치 돌처럼 무겁게 느껴져 스스로 얼굴 뺨의 그림자를 돌아보다가 무너지듯 누워 버렸다. 그리곤 이내 다시 엄숙히 옷깃을 여며 가지런히 하고 자세를 똑바로 하고 조용하게 앉아 있었다. 잠시 후 정신을 집중해 집의 대들보를 올려다보니 고인(古人)의 아름다운 행실과 고상한 절개가 역력하게 머릿속에 떠올랐다. 이에 분개한 마음에 "명예와 절개를 세울 수 있다면 비록 바람과 서리가 휘몰아치고 파도를 넘나들며 십중팔구 죽음에 이른다고 할지라도 결코 후회하지 않겠다"고 말했다. 더욱이 인간을 얽어매는 쌀과 소금 부스러기나 삶을 옭아 매는 온갖 물건 역시 거의 다 말끔하게 벗어 내던져 버렸다. 어린 아우는 아무것도 모른 채 이불에 누워 코를 골며 깊은 잠에 빠져 있었다. 스스로 깨달은 것이 있으니 상쾌하구나! 내가 이에 불현듯 화평(和平)과 불평(不平) 중 어떤 것이 나은지 깨달았다. 비로소 고개를 숙이고 두 손을 마주잡고 『논어』 서너 장을 읽어 내려갔다. 그 소리가 처음에는 목에 막혀서 더듬다가 마침내 화평해졌다. 가슴속에 맹렬히 타올랐던 기운은 거듭 탄식하다가 점차 미약해졌다. 답답했던 기운이 비로소 가라앉고 정신은 맑아지고 생각이 밝아져 씻은 듯 시원했다. 중니(仲尼, 공자의 자)는 도대체 어떤 사람이기에 그 온화하고 기쁜 말과 글의 기운이 나로 하여금 거칠고 추한 마음을 사라지게 만들고 이내 화평에 다다르게 하는가. 부자(夫子, 공자를 가리키는 존칭)가 아니었다면 내가 거의 발광해 달아나 버렸을 것이다. 전에 한 일을 생각해 보니 아득하기가 마치 꿈과 같다. 을유년(1765) 십이월 초칠일에 쓰다.

方二更三更 對門隣舍 喧笑之聲 遠遠時聞 而急風吹雪片 從窓隙直赴 燈影 翻翻然墜于硯也 余時感舊之心正悲切 只將指尖隨意而畫爐灰 方 正者或肖于篆籒 繆結者或近于行草 余脉脉終不知其爲何字也 忽眉稜 如石 自顧頹影 頹然委頓 時復肅然整襟危坐而致敬 少焉凝然仰視屋樑

於是古人之瓖行危節 歷歷從思想來 慨然曰 名節可立 雖振撼風霜閱歷

濤波 九千死而罔悔也 且人間米塩零碎諸掛胃之物 庶超脫而淨盡 稚弟

也 則無知而偃于衾 睡聲伿儚甚自得也 快哉 余迺幡然而惡平與不平孰

愈 始低眉拱手 讀論語三四章 其聲也初咽澁而終和平 胸中澎湃有塢塢

漸微 齰嵂之氣始按下 神思淸明洒落 仲尼何人也 雍穆和悅之詞氣 使

余麤心剝落銷磨 廼抵于平 非夫子 我幾發狂走 思前之爲 則遙如夢也

乙酉十二月初七日書

— 『이목구심서 1』

별반 특별할 것 없는 일상생활 속 잡감을 거리낌 없이 글로
표현하는 것이 바로 일상의 미학이다. 일상은 그냥 두면 지
나가 버리는 순간에 불과하지만, 글로 옮겨 담으면 색다른
의미와 가치로 영원히 남게 된다. 이덕무는 추운 겨울 날, 늦
은 밤에서 이른 새벽까지 불평과 화평 사이를 오간 잡감의
조각들을 이 글에 묘사했다. 이러한 잡감이 하루 이틀의 일
이겠는가? 아마도 헤아릴 수 없을 만큼 수많은 밤 동안 자신
의 머릿속과 마음속을 오고 갔으리라. 어디 이덕무만 그러했
겠는가? 아마도 수백 수천만의 사람들이 비슷한 심정과 감
정의 기복을 겪었으리라. 그렇다면 이덕무와 그들의 차이는

단지 자신의 잡감을 글로 옮겨 묘사한 사람과 그것을 시간의
흐름에 그냥 보내 버린 사람의 차이일 뿐이다.

그런데 이덕무의 일상 속 잡감은 이백오십여 년이 지난 지금
이 순간까지 큰 울림을 남기지만, 시간의 흐름에 보내 버린
수많은 사람들의 잡감은 무엇인지 알 길이 없다. 일상에 숨
결을 불어넣고 생명을 부여하고 싶은가? 그렇다면 망설이지
말고 무엇이든 글로 옮겨라. 당신의 일상은 새삼 재발견되고
재창조될 것이다.

얽매임과 자유로움

사람이 한 번 세상이라는 구렁텅이에 떨어지게 되면 부귀와 빈천은 물론이고 뜻대로 되지 않는 일이 십중팔구다. 한 번 움직이고 한 번 그치는 데에도 제지당하는 일들이 고슴도치의 가시처럼 일어난다. 조그마한 육신을 전후좌우로 움직이는 데에도 걸리고 얽히지 않은 것이 없다. 걸리고 얽힌 것을 잘 운용하는 사람은 비록 천 번 제지당하거나 만 번 억압당해도 그 걸리고 얽힌 것을 마음에 두지 않는다. 또한 그 걸리고 얽힌 것에 노예가 되어 부림을 당하지도 않는다. 때에 따라 굽히기도 하고 펴기도 하면서 제각각 그 마땅함을 극진히 하면 걸리고 얽힌 것이 나를 해치지 않을 것이다. 더욱이 나의 온화한 기운 역시 손상되지 않아 자연스럽고 순조로운 경계 속에서 움직일 수 있다. 저 머리를 깎고 산에 들어가는 사람들 중에는 자신을 얽어매는 것을 견디지 못해 고통받는 사람이 많다. 그런데 정작 자신의 몸을 찔러 피를 뽑아 경문(經文)을 베끼고 이곳저곳 떠돌아다니면서 쌀을 동냥하게 되면, 오히려 그 일을 온몸을 얽어매거나 더럽히는 것보다 더 고통스럽게 여기니, 결국 모든 것에 제지당한다. 이것은 조급하거나 흐려져서 인내하지 못하기 때문에 생기는 재앙이다. 마치 원숭이가 전갈 떼의 독에 쏘이

게 되면 피하거나 제거해 처치하는 방법은 모른 채 단지 걱정
하고 괴로워하며 떠들썩하고 수고롭게 왼쪽을 긁고 오른쪽을
씹다가, 얼마 지나지 않아 전갈이 더욱 쏘아대면 잠깐도 견뎌
내지 못하고 자빠져 죽은 다음에야 멈추는 일과 같다.

人既一墮于地 無論富貴貧賤 不如意事十常八九 一動一止 掣者蝟興
眇然之身 前後左右 無非肘也 善運肘者 雖千掣萬掣 不置肘於心 亦不
爲肘所僕役 時屈時申 各極其宜 則不惟不傷肘 亦不損吾和氣 可自然
遊順境中耳 彼祝髮入山者 苦不耐其掣之多也 然刺血鈔經 行脚乞米
反苦不勝渾身之肘觸處皆掣也 是躁擾爲祟耳 如胡孫爲群蝎所螫 不知
或避或除 善計處蝎之方 只煩惱騷屑 左爬右嚼 不少須臾耐了 蝎螫愈
肆 斃而後已

— 「이목구심서 1」

글을 쓸 때 경계해야 할 해로운 적은 얽매임과 구속이다. 만
약 누군가 그 얽매임과 구속 가운데 가장 큰 해악이 무엇이
냐고 묻는다면, 바로 자기 검열이라고 말하겠다. 스스로를
얽어매고 구속하는 것보다 더 심한 해악이 무엇이란 말인
가? 이러한 까닭에 글을 쓰는 사람은 마땅히 1960년 시월,

반공(反共)과 반북(反北)을 국시(國是)로 삼았던 대한민국의 수도 서울 한복판에서 〈김일성 만세〉라는 제목의 시를 썼던 김수영의 문학 정신을 배워야 한다. '김일성 만세'를 인정하는 것이야말로 언론과 정치와 사상과 문학의 자유를 말할 수 있는 출발점이라는 그의 선언은 오늘날까지 되새기고 또 되새겨야 할 참된 가치이자 미학이다. 하고 싶은 말을 하고 쓰고 싶은 글을 쓰면 될 뿐 왜 스스로를 검열하고 세상의 시선을 살피고 권력의 눈치를 본단 말인가?

그렇다면 글을 쓸 때 가장 이로운 벗이 무엇인지는 두말할 필요도 없다. 그것은 바로 자유와 자연스러움이다. 이때도 참고할 만한 문학 정신이 있다. 작가 린위탕은 『생활의 발견』에서 이렇게 말한다. "소품문은 원래 일정한 범위가 없다. 자기 의견을 펼쳐도 좋고, 감정을 풀어도 좋고, 인정을 묘사해도 좋고, 세태를 표현해도 좋다. 사소하고 잡다한 것은 물론이고 하늘로부터 땅끝까지 무엇이든 글로 옮겨 적을 수 있다." 자연스럽게 자신만의 감성과 생각을 글로 쓰는 것, 이 정신만 잃지 않으면 된다.

세상 모든 일이 놀이 같다면

눈 속 고각(高閣)은 단청이 더욱 밝다. 강 가운데 가냘픈 피리 소리의 곡조가 갑자기 높아진다. 마땅히 밝은 색깔과 높은 소리에 구애받지 말고 먼저 흰 눈과 맑은 강에 마음을 두어야 한다. 몸소 풀무질하던 혜강(嵇康)과 나막신을 좋아했던 완부(阮孚, 혜강과 더불어 위진 남북조 때 죽림칠현竹林七賢의 한 사람)에게 한 번 눈길을 돌려서 이들 호걸이 마음 붙였던 것을 기롱하거나 책망한다면, 그 사람은 조금도 세상사에 밝지 못한 자다. 이러한 사람의 가슴속에 과연 혜강의 풀무질과 완부의 나막신에 담긴 뜻이 있겠는가? 내가 평생 동안의 일을 돌이켜 보니, 다른 사람의 뜻을 얻은 문장을 읽게 되면 미친 듯 절규하고 크게 손뼉을 치며 마음이 가는 대로 붓을 움직여 품평했다. 이 역시 우주 간의 한 가지 유희라고 하겠다.

雪裡古閣 丹靑倍明 江中纖笛 腔調頓高 不當泥於色何明聲何高 當先

於雪之白也 江之空也 一轉眼嵇鍛阮屐 豪傑之寓心 譏之責之則不曉半

箇事人 伊人胷中 果有鍛與屐乎哉 照吾平生之服 讀人得意之文 狂叫

大拍 評筆掀翻 亦宇宙間一遊戲

—「선귤당농소」

만약 세상 모든 일을 놀이처럼 하는 사람이 있다면 그야말로 지극한 경지에 올랐다고 할 수 있다. 놀이를 억지로 애써 하는 사람은 없다. 놀이를 마지못해 하는 사람도 없다. 놀이란 누가 하라고 해서 하는 것이 아니라 자신이 하고 싶고 재미있고 즐겁기 때문에 하는 것이다. 이덕무는 서이수(徐理修)에게 보내는 편지에서 "우리들이 하는 짓은 어린아이의 소꿉놀이와 너무도 흡사합니다. 그러나 여기에는 지극한 즐거움이 있습니다"라고 말했다. 이덕무의 말에서 우리는 해야만 하는 것이 아닌 하고 싶은 것을 추구했던 18세기 지식인의 새로운 철학을 발견할 수 있다. 만약 여기에 이름을 붙인다면 그것은 유희의 철학이자 놀이의 철학이 될 것이다. 이덕무에게 학문과 지식, 독서와 글쓰기는 단지 유희이자 놀이였을 따름이다.

이때 해야만 하는 것이 도학(성리학)과 과거 시험용 학문과 지식이라면, 하고 싶은 것은 그러한 학문과 지식 밖의 것 즉 박물학이다. 그래서였을까? 조선 최초의 백과사전인 이수광의 『지봉유설』에 대해 남창 김현성(南窓 金玄成)은 "공(公)의 뜻은 처음부터 저술에 있지 않고 유희 삼아 적어둔 것을 책으로 엮었다"고 했다. 또 다른 백과사전인 『성호사설』을 지은 이익은 스스로 "이 저서는 성호옹의 희필(戲筆)이다"

라고 밝혔다. 억지로 힘쓰고 애써 꾸며 저술하지 않고 평생토록 놀이 삼아 써놓은 글들을 모아 엮은 책이 『지봉유설』과 『성호사설』이라는 이야기다. 특별한 목적이나 아무런 뜻 없이 글을 썼기 때문에, 역설적이게도 이 두 저서는 오늘날까지 전해 오는 어떤 서적보다 특별한 문헌이자 희귀한 기록이 되었다. 해야만 하는 일을 억지로 하는 사람과 하고 싶은 일을 하는 사람 중 누가 더 현명하고 깨달은 사람인가? 깊게 생각해 볼 일이다.

마음의 꽃과 입속 향기

내가 열여덟 또는 열아홉 살 무렵에 이렇게 말한 적이 있다.
"마음에 망령된 생각이 없어야 한다. 그렇게 오래하면 마음에
꽃이 핀다. 입으로 망령된 말을 하지 않아야 한다. 그렇게 오래
하면 입에서 향기가 난다." 이때 백동수가 붓을 흔들고 무겁게
탄식하면서 "부처로다! 부처로다!"라고 말했다. 오랫동안 내
마음이 아팠다.

余十八九歲時有語曰 心無妄意想 可久而花發 口無妄言語 可久而香生
白良叔搖筆沉吟曰 佛佛 余恨久之

—「이목구심서 2」

오랜 시간 망령된 생각과 뜻을 갖지 않아야 마음속에 꽃이
핀다. 오랜 세월 망령된 말을 담지 않아야 입에서 향기가 난
다. 누가 보더라도 부처나 할 수 있는 말이다. 어떻게 사람이
망령된 생각과 말에서 완전히 벗어날 수 있겠는가? '지과필
개(知過必改)'라는 말이 있다. 잘못을 알면 반드시 고친다는

뜻이다. 사람은 사람이기 때문에 누구나 잘못을 저지른다. 잘못을 저지르는 것 자체는 잘못이 아니다. 잘못을 알고 난 다음에도 고치지 않는 것과 잘못인 줄 알면서도 잘못을 저지르는 것, 그것만이 진짜 잘못이다.

아아, 이덕무야! 이덕무야!

가난으로 반 꾸러미의 엽전도 모으지 못하는 처지에 굶주림에 시달리는 세상 사람들을 구하려 하고, 어리석고 둔해 단 한 권의 책도 다 통해 깨닫지 못하는 주제에 세상 모든 서책을 다 보려고 한다. 진실로 탁 트인 사람이거나 아니면 아주 어리석은 자라고 하겠다. 아아, 이덕무야! 이덕무야! 네가 바로 그렇지 않느냐.

貧不貯半緡錢 欲施天下窮寒疾厄 鹵不透一部書 欲覽萬古經史叢稗 匪迂卽痴 嗟李生 嗟李生

— 「선귤당농소」

진실로 사람다운 삶은 더러운 곳에서 피어나는 연꽃의 아름다움과 아무 곳에서나 자라는 잡초의 생명력을 닮은 삶이다. 천해야 세상을 볼 수 있고 귀해야 세상을 바꿀 수 있다는 말이 있다. 천하게 살아야 비로소 세상의 밝은 구석과 어두운 구석을 두루 알 수 있다. 사람을 귀하게 여길 줄 알아야 비로

284

소 세상을 바꿀 수 있다. 천한 눈으로 세상을 보지 못하는 사람은 세상 구석구석에 존재하는 사람들의 고통과 아픔을 알지 못한다. 귀한 마음이 없으면 일신의 부귀와 권세와 명예와 이익을 누리려고 할 뿐 세상 사람들을 구하려고 하지 않는다.

가는 모시실로 호박을 끊을 수 있다

가는 모시실로 호박(琥珀)을 끊을 수 있다.
얇은 판자 조각으로 쇠뿔을 자를 수 있다.
군자는 재앙을 방비할 때 소홀히 여기는 것을 두려워한다.

細苧絲 虎魄截 薄板片 牛角割 君子防患 愼所忽

— 「선귤당농소」

가늘고 얇은 모시실과 판자 조각도 강하고 단단한 호박을 끊고 쇠뿔을 자른다. 전혀 쓸모가 없을 것 같지만 참으로 쓸모가 있다. 세상 어떤 것도 소홀히 여기지 않아야 할 까닭이 여기에 있다. 소홀히 다루지 않는데 재앙이 두렵겠는가?

정월 초하루의 깨달음

정월 초하루에는 겨울의 큰 추위가 여전히 위세를 부려 사람이
제대로 기운을 펼 수가 없다. 매년 이것이 한스럽다. 사람이 반
드시 매년 나이를 한 살씩 더하고 점점 늙어 주름살이 늘어 가
니 또한 슬프다. 서로 만나 좋은 말을 나누지만 속된 기운만 가
득해 맑은 사람은 들으려고 하지 않는다. 쌀을 동냥하는 화상
(和尙)은 그 목소리가 사나워 가증스럽기만 하다. 어른들은 더
러 새 옷으로 단장하고 자못 자랑스럽게 여겨서 먼지 하나라도
옷에 묻으면 입으로 불고 손으로 털며 호들갑을 떤다. 이러한
무리는 케케묵은 사람일 뿐이어서 눈여겨볼 필요도 없다. 집
집마다 양쪽 사립문에 재앙을 막는 부적으로 울지(尉遲)를 그
려 붙였지만 조금도 귀신의 풍채를 갖추지 못했으니 한탄스럽
다. 사대부가에서는 소를 잡아서 사람마다 붉은 소고기를 지니
고 왔다 갔다 하는 모습이 마치 군대의 깃발과 같다. 이때 굶주
린 솔개가 아래로 내려와서 고기를 가로채 간다. 이것이 가장
좋지 않은 일이다. 무릇 정월 초하루는 외면에 국한시켜 본다
면 비록 해가 새롭고 달이 새롭고 날이 새롭지만 풍습은 조금
도 새로울 것이 없다. 단지 부모님이 건강하고 편안하며 형제
가 화평하고 기뻐하면서 색동옷을 입고 서로 어울려 춤추며 밝

은 등잔과 따뜻한 술잔을 나누는 연회 앞에서 오래 건강하기를 바라는 것만은 천하의 지극한 즐거움이라고 할 만하다. 이런 사람들은 정월 초하루가 유독 즐겁겠지만 타향에서 오랫동안 나그네처럼 지내는 사람과 새로운 것을 느끼고 옛것을 슬퍼하는 사람에게는 정월 초하루보다 더 슬픈 날은 없다. 나와 같은 사람은 슬픈 감정에 잠겨 쉽게 빠져 나오지 못한다. 영해(嶺海)에서 부모 형제를 생각하자니 우울하고 슬프기만 하다. 곤륜산을 동남쪽으로 옮겨 놓겠다던 어린 시절의 즐거움은 어느 때에나 다시 돌아오겠는가.

元日 大多寒威尙在 人氣不能舒 每年可恨也 必加人一齡 漸老皺皮可悲也 相逢吉談 多帶腐氣 淸者不欲聽也 齋米和尙聲頑 而太可憎矣 丈夫或餙以新衣 試影頗矜持 一塵粘着 口呵之手彈之 惋惜不已 此輩陳人耳 若不盈眄也 家家雙扉畫尉遲 沒無瞱然神彩可歎也 士大夫家屠牛 人人持紅肉 往來如織 飢鳶跕跕下攫 此最不雅也 夫元日在局外縱觀之 雖曰年新月新日新 風習苦無新趣味耳 但父母康寧 兄弟和悅 斑衣雙舞 明燈暖杯 獻壽筵前 此天下之至喜也 此輩人可獨當元日爲樂耳 至如殊鄕久旅之客 感新悲昔之人 悲莫悲於元日 且如余者哀情回薄難釋 而思親嶺海 只牢騷忉怛 崑崙山可移措於東南 兒時之樂 何時而返耶

— 『이목구심서 1』

세상의 즐거움을 자기 혼자 누리는 것을 독락(獨樂)이라고
한다. 세상의 즐거움을 사람들과 함께 누리는 것을 중락(衆
樂)이라고 한다. 명절 특히 새로운 해의 시작을 기리는 설날
은 일 년 중 가장 즐거운 때다. 그러나 사람들과 함께할 수
없다면 오히려 명절은 일 년 중 가장 외로운 때가 되고 만다.
여기에서 홀로 누리는 즐거움보다 사람들과 어울려 누리는
즐거움이 참다운 즐거움이라는 사실을 깨친다. 비록 자신이
좋아하는 것과 하고 싶은 일을 하더라도 중락의 뜻만은 잃지
않아야 한다.

뜻대로 되는 일과 되지 않는 일

일이 내 뜻대로 되어도 단지 그렇게 보낼 뿐이다.

일이 내 뜻대로 되지 않아도 역시 그렇게 보낼 뿐이다.

그러나 언짢게 보내는 일과 기분 좋게 보내는 일이 있다.

事到如意 只一遣字 事到不如意 亦一遣字 然有逆遣順遣

— 「선굴당농소」

사람은 일생 동안 수많은 일을 계획한다. 그러나 자신의 뜻
과 의지대로 되는 일이 얼마나 되는지 생각해 보라. 아마도
별로 없을 것이다. 일의 성공과 실패에는 계획과 뜻보다는
오히려 운이 훨씬 더 크게 작용하기 때문이다. 여기에서 운
이란 운명과 기회 또는 행운과 불운이 아니라 우연으로 해석
되어야 마땅하다. 사람의 진정한 능력은 이 운(또는 우연)을
어떻게 다루느냐에 있다. 비슷한 계획과 뜻을 세웠다고 해
도 '운/우연'을 어떻게 다루느냐에 따라 사람의 삶은 크게 차
이가 난다. 다만 '운/우연'은 다양한 모습으로 자신을 가장

하거나 위장한 채 언제 어느 곳에서 나타날 지 알 수 없기 때문에 항상 주도면밀하게 살펴야 비로소 깨달을 수 있을 것이다. 이러한 까닭에서일까? 철학자 알튀세르(Louis Pierre Althusser)는 마키아벨리(Niccolò Machiavelli)의 『군주론』을 운의 정치학이자 우연의 철학으로 새롭게 독해했다. 심지어 그는 변증법적 유물론을 비판하고 우연성의 유물론을 주장하기까지 했다. 참으로 기이한 철학자다.

화가와 백정

화가가 옷을 벗고 걸터앉는 모습은 시조리(始條理)다.
백정이 칼날을 잘 다듬어 보관하는 것은 종조리(終條理)다.

畫史之解衣盤礴 始條理也 庖丁之善刀以藏 終條理也

— 「선귤당농소」

시조리는 '조리 있게 시작하는 것'을, 종조리는 '조리 있게
끝맺는 것'을 말한다. 『맹자(孟子)』 「만장 하(萬章下)」편에
나오는 말이다. 옷을 벗고 걸터앉는 것은 그림을 그릴 때 화
가가 취하는 첫 번째 덕목이다. 칼날을 잘 다듬어 보관하는
것은 짐승을 도살할 때 백정이 취하는 마지막 덕목이다. 글
을 쓸 때를 가만히 생각해 보라. 첫 문장을 어떻게 쓰고 또
어떻게 글을 마무리해야 할지가 가장 힘들다는 사실을 떠올
릴 수 있을 것이다. 그렇다면 글을 쓰는 사람의 자세와 마음
가짐이 화가나 백정의 그것과 무엇이 다르겠는가? 모든 일
과 행동 역시 마찬가지다. 그 시작을 화가의 마음과 같이 하

고 끝맺음을 백정의 마음과 같이 한다면 크게 잘못되는 일이
없을 것이다.

———

머리로만 글을 쓰는 사람은 애써 꾸미거나 자꾸 다듬으려고 한다.
그러나 온몸으로 글을 쓰는 사람은 자신의 몸 구석구석 가득 쌓여 있는 말과 글을
도저히 참거나 막을 수 없을 때 그 말과 글을 그냥 토하고 뱉어 낸다.

6

온몸으로
글을 쓴다는 것

세상은 온통 달콤한 말과 글로
가득할 뿐

나의 시문은 마치 십 분의 이는 달고 팔은 신맛이 나는 산과일과 같다. 그 사람됨은 마치 십 분의 삼은 성숙하고 칠은 서툰 야생마와 같다. 절반은 서툴고 절반은 능숙하다. 절반은 달고 절반은 시다. 시절은 오히려 아득한데 어찌해야 단사(丹砂)의 뺨처럼 농익은 과일이나 벽옥처럼 다듬은 말발굽과 같이 될 것인가. 안목을 갖춰 평론을 잘하는 사람이 시문을 읽을 때는 명작과 대작은 물론이고 비록 결점 있는 구절이나 잘못된 작품이라고 할지라도 갑자기 값어치가 높아지게 되니, 암암리에 주인의 미간을 살펴보면 펄떡펄떡 기뻐하는 기색이 솟구쳐 넘쳐난다. 안목이 없어서 평론을 잘하지 못하는 사람이 시문을 읽을 때는 결점 있는 구절이나 잘못된 작품은 물론이고 비록 명작과 대작이라고 할지라도 형편없이 값어치가 추락하니 암암리에 주인의 미간을 살펴보면 괴로워하며 근심하는 기색이 감돈다. 값어치가 증가해도 기뻐하는 기색이 없고 값어치가 추락해도 근심하는 기색이 없다면 바로 기예나 명성에 얽매이는 노예가 아닌 사람이다. 그러나 식견이 넓고 이치에 밝은 사람과 더불어 논한다면 내가 또한 안석(案席, 벽에 세워 놓고 몸을 기대어 앉는 방석)에 기대어 한바탕 웃을 것이다.

僕詩文 如二分甘八分酸山果 其爲人也 如三分熟七分生野馬 半生半熟
半甘半酸 時節尙遠 何以 則果濃丹砂頰 馬調碧玉蹄乎 有眼目善評論
者之讀詩與文也 鴻章鉅篇無論 雖瑕句纇什 頓增聲價 暗察主人之眉翻
翻焉湧溢喜氣 無眼目短評論者之讀詩與文也 瑕句纇什無論 雖鴻章鉅
篇 越落聲價 暗察主人之眉蹙蹙然隱約愁色 聲價增 而無喜氣 聲價落
而無愁色 是不奴僕於技與名者 然得與知者論 吾亦隱几而笑也

— 『이목구심서 2』

달콤하기만 한 말과 글보다는 차라리 맵고 신 말과 글이 낫
다. 세상은 온통 달콤한 말과 글로 가득할 뿐 참으로 맵고 신
말과 글은 찾아보기 어렵기 때문이다. 평범한 것보다 기이한
게 낫지 않은가? 잘 길들여진 삶보다는 차라리 야생마 같은
삶이 낫다. 박제된 동물이 아무리 정교하고 아름답다고 해도
생기 없는 사물(死物)일 뿐이다. 잘 길들여지기만 한 삶이
박제된 동물과 무엇이 다르겠는가? 야생마는 아무리 거칠고
위험하다고 해도 생기 넘치는 생물(生物)이다. 당연히 생기
없는 삶보다 생기 넘치는 삶이 낫지 않은가? 야생마와 같은

삶은 어떤 삶인가? 나를 길들여 지배하려고 하는 세상 모든 것에 저항하는 삶이다. 그것이 체제나 권력이나 재물이든, 명예나 이익이나 출세든, 학문이나 사상이나 지식이든, 관습이나 윤리나 도덕이든 상관없이 나의 몸과 마음을 구속해 얽어매려고 하는 일체의 것에 맞서 투쟁하는 삶이다.

온몸으로 쓰는 글

여러 사람의 입술과 혀에서 나와 서로 부딪치고 찔러서 소리가
나는 것은 형태가 없는 글이다. 여러 종이와 먹으로 드러내 바
르고 가지런하거나 들쭉날쭉하기도 한 것은 형태가 있는 말이
다. 수염과 눈썹과 치아와 두 뺨이 기쁘고 즐겁게 접촉할 수 있
어서 간과 허파가 서로 통해 막힘이 없는 것은 글이 말만 못하
다. 그러나 정신과 뜻과 생각을 남모르게 구할 수 있어서 기맥
(氣脈)이 아주 뚜렷하게 통하는 것은 말이 글만 못하다. 그런데
말은 문채가 없어서 한 번 입에서 내뱉게 되면 이미 흔적이 없
어져 버린다. 이러한 까닭에 글이 귀중하다는 것이다.

出諸脣舌而琅琅刺刺者 無形之文也 發諸紙墨而整整差差者 有形之言
也 鬚眉牙頰欣然可接 肝肺通暢 文不如言 精神意想隱然可求 氣脉委
宛 言不如文 言而無文 一出口已無痕 故貴有文

— 『이목구심서 2』

시인 김수영은 죽음을 맞기 불과 두 달 전인 1968년 사월 어

느 날, 글을 쓴다는 것은 어떤 것인가에 대해 이렇게 말했다. "시작(詩作)은 '머리'로 하는 것이 아니고 '심장'으로 하는 것도 아니고 '몸'으로 하는 것이다. '온몸'으로 밀고 나가는 것이다. 정확하게 말하자면, 온몸으로 동시에 밀고 나가는 것이다."(김수영, 『詩人이여 기침을 하자』, 열음사, 1984, 134~135쪽)

온몸으로 밀고 나가 글을 쓴다는 것은 무슨 뜻일까? 그것은 '나 자신'을 쓴다는 것이고, '나의 삶'을 쓴다는 것이다. '나'의 온몸 구석구석에 꿈틀대고 있거나 가득 고여 있어서 내뱉거나 토하지 않고서는 도저히 견딜 수 없는 말과 글을 쓴다는 것이다. "문장이란 골수에 스며들어야 좋다"는 이덕무의 말 또한 여기서 벗어나지 않는다. 그런 의미에서 1960년대에 "시여 침을 뱉어라!"고 하거나 "시인이여 기침을 하자 / 눈을 바라보며 / 밤새도록 고인 가래라도 / 마음껏 뱉자!"(김수영, 위의 책, 11쪽)고 한 김수영의 외침은, 이보다 삼백칠십여 년 전 "세상에서 진정 좋은 글을 쓴 사람들은 애초 글을 쓴다고 생각한 것이 아니라 자기 속에 오래도록 쌓여 있는 것을 도저히 막을 수 없어서 그 목에서 토하고 싶은 것을 토하고 그 입에서 말하고 싶은 것을 내뱉었을 뿐이다"라고 한 이탁오의 말과 마치 한 뿌리에서 나온 다른 가지처럼 연결되어 있다.

머리로만 글을 쓰는 사람은 애써 꾸미거나 자꾸 다듬으려고 할 것이다. 심장으로만 글을 쓰는 사람은 자신의 뜻과 기운을 어떻게든 새기려고 힘쓸 것이다. 이것은 모두 가식이고 인위다. 그러나 온몸으로 글을 쓰는 사람은 자신의 몸 구석구석 가득 쌓여 있는 말과 글을 도저히 참거나 막을 수 없을 때 그 말과 글을 그냥 토하고 뱉어 낸다. 이것은 모두 자연이고 천연이다. 만약 그 토하고 싶고 내뱉고 싶은 말과 글을 쓰지 못한다면 가슴이 멍들고 정신이 병드는 데 그치지 않고 온몸이 무기력해지고 병들게 된다. 이치가 이러한데 어떻게 글을 머리와 가슴으로만 쓴다고 할 수 있겠는가? 글이란 마땅히 온몸으로 쓰는 것이다.

참된 문장이 사라진 까닭

고문(古文)의 명목(名目)이 성행한 시기는 수(隋)나라와 당(唐)
나라 이후부터일 것이다. 대개 세상에 이름을 떨친 준걸은 각
자의 뜻과 기운과 정신 그리고 언어와 재능과 공력이 붓끝에서
드러나 수작하고 호응해 끊이지 않아 문장 아닌 것이 없다. 비
록 잘하고 못하고 하는 분별은 있다고 하더라도 어찌 고금의
구분이 있겠는가. 과거(科擧)의 학문이 나온 후부터 오로지 허
황되고 공허한 문장만을 숭상하고 과거 시험을 위한 공령문(功
令文)에 구속받아 벼슬아치의 눈에 들지 못할까 두려워하니,
그것을 비로소 시문(時文)이라고 부르게 됐다. 또한 기타 서
(序)와 기(記)와 논(論)과 설(說) 등의 문자에 약간의 전범과 법
칙을 더한 것을 고문이라고 부르고 지극히 어려운 문장으로 생
각했다. 이로써 두 가지 길로 갈라지게 되어 참된 문장이 대부
분 사라져 버렸다.

古文之名目盛行 其隋唐以來乎 夫名世雋傑 各有志氣精神 言語事功
發露筆端 酬應不已者 無非文也 雖有工拙之辨 安有古今之分 科擧之
學旣出後 專尙浮虛 拘於功令 以不入主司之眼爲可懼 而始號爲時文
其它序記論說等文字稍加典則者 號爲古文 視之爲至難底物 於是分爲

二道 文章之眞十亡八九矣

— 『이목구심서 1』

문장의 전범이라는 고문에만 가까운 글이 좋은가? 책의 전
범이라는 고전에만 가까운 책이 훌륭한가? 그것은 죽은 글
이자 거짓 책일 뿐이다. 그 문장이 아무리 아름답다고 해도
모방하거나 본뜬 것은 가짜 글에 불과하다. 그 언사가 아무
리 뛰어나다고 해도 다른 사람의 말을 앵무새처럼 되풀이한
것은 죽은 글에 불과하다. 옛사람의 글을 진부하게 답습하지
않아야 살아 있는 글이다. 오직 글 쓰는 사람의 참신하고 창
의적인 정신이 담겨 있어야 참된 글이라 할 수 있다. 글이란
자구 하나하나마다 작자의 지기(志氣)와 정신이 살아 꿈틀
거려야 한다. 이른바 고문과 고전 가운데 작자의 지기와 정
신이 살아 있지 않은 글이 있는가? 만약 그 뜻과 기운과 정
신이 살아 있다면 그 글이 고문인지 금문인지는 따질 필요조
차 없다. 고문보다 훌륭한 금문과 고전보다 탁월한 금서(今
書)가 어떻게 없을 수 있겠는가? 고문도 쓰일 당시에는 금문
이었고 금문 또한 시간이 지나면 고문이 된다. 오직 자신의
지기와 정신이 살아 있는 글을 쓰는 데 힘을 쏟을 따름이다.

그저 독서할 뿐

사군자(士君子)가 한가롭게 거처하며 일도 하지 않고 독서조차
하지 않는다면 다시 무엇을 하겠는가? 독서하지 않으면 작게
는 정신이 혼미해져 잠이나 자고 노름이나 하게 된다. 더욱이
크게는 다른 사람을 비방하거나 재물과 색욕에 빠지게 된다.
오호라! 나는 무엇을 할 것인가? 독서할 따름이다.

士君子閑居無事 不讀書復何爲 不然小則昏睡博奕 大則詆謗人物 經營
財色 嗚呼吾何爲哉 讀書而已

— 「이목구심서 3」

이덕무는 1741년생이다. 박지원은 그보다 네 살 많은 1737
년생이다. 이덕무는 1793년에 세상을 떠났고, 박지원은 이
보다 십이 년 후인 1805년에 죽음을 맞았다. 이러한 까닭에
박지원은 이덕무의 삶과 행적에 관한 수많은 기록과 증언을
남겼다. 이덕무는 지독한 독서광이었다. 박지원은 그가 평생
토록 읽은 책이 거의 이만 권이 넘는다고 했다. 얼마나 엄청

난 양인지 잘 와닿지 않는다면 이렇게 생각해 보자. 만약 우리가 하루도 빠뜨리지 않고 날마다 책을 한 권씩 읽으면 일년에 삼백육십오 권을 읽을 수 있다. 십 년을 그렇게 하면 삼천육백오십 권이다. 이십 년을 그렇게 하면 칠천삼백 권이다. 그렇게 오십 년을 해도 일만 팔천이백오십 권으로 아직도 이만 권이 넘지 않았다. 그런데 이덕무는 불과 쉰셋의 나이로 사망했다. 참으로 지독한 간서치(看書痴), 곧 '책만 보는 바보'였다.

호색과 호서

호색(好色)하는 사람은 골수가 마르고 살이 빠지다가 죽음에
이르게 되는 날 밤 정욕이 크게 일어난다. 그런데도 끝내 뉘우
치는 마음은 없고 호색 속에서 굶주려 죽는 귀신 신세를 모면
하지 못한다. 내가 일찍이 호색하는 사람을 비웃고 불쌍히 여
기고 두려워하며 경계한다고 하면서도 불행하게도 내 자신이
가까이하는 것은 생각하지 않았다. 내가 호서(好書)하는 것이
호색하는 것과 매우 비슷하기 때문이다. 요즈음 유행하는 풍열
(風熱) 탓에 오른쪽 눈이 가렵고 아팠는데, 사람들은 책 때문에
얻은 재앙이라고 놀려 댔다. 내가 생각하기에도 약간 그렇기는
하다. 그러나 책만은 차마 하루도 떠나 지낼 수 없다. 매번 한
오라기가량이라도 눈을 뜨고 볼 수 있으면 모여 있는 글자와
먹 사이의 정수에 집중해 식선자법(食饍字法)처럼 바라보게 되
니, 저 호색에 빠진 자들이 응당 나를 조롱하고 야유할 것이다.
구월 그믐날, 오우아거사(吾友我居士)가 장난삼아 쓰다.

好色者 髓枯膚削 至于死之夕 而慾火上升 終無悔心 成就只一色中餓

鬼 余嘗笑之憐之 懼之戒之 勿顧自家有不幸而近之者 余之好書 太類

好色 近以天行風熱 右眼亦癢 人頗恐動以書祟 余稍然之 然書不忍一

日離 每開眼一線許 湊集字墨間精華 用脉望食僞字法 彼殉於色者 應揶揄我 九月晦 吾友我居士戱寫

색욕에 지나치게 탐닉하면 육신은 물론 정신도 병든다는 사실은 새삼 거론할 것도 없다. 그러나 한번 미혹되면 멈추려고 해도 멈출 수가 없어 살이 빠져 삐쩍 마르고 골수가 말라 죽음에 이르러서도 끝내 끊지 못한다. 풍열로 인해 눈을 제대로 뜨지 못하면서도 차마 책 읽는 것을 그만두지 못한다면, 그것은 마치 멈추려고 해도 멈출 수가 없는 색욕과 무엇이 다르겠는가? 호색이 색욕에서 기인한다면 호서는 서욕에서 기인하는 것인가? 그러나 세상 사람들이 호서와 서욕을 호색과 색욕에 빗대어 조롱하고 야유하더라도 책을 향한 이덕무의 일편단심을 끊을 수 있겠는가? 오히려 오우아거사, 곧 '나는 나를 벗하며 사는 사람이다'라는 자호의 뜻에서 알 수 있듯이 세상 사람들이 모두 나를 버린다 하더라도 오로지 책을 좋아하는 자신을 친구 삼아 묵묵히 살아갈 따름이다.

시정과 화의

황금으로 왕마힐(王摩詰, 당나라의 시인이자 화가 왕유王維)을 주조
하고 온갖 채색실로 미원장(米元章, 송나라의 문인이자 서화가 미불
米芾)을 수놓아 늘어놓고 좋은 날 아름다운 경치 때 맑고 밝은
명사들을 맞이해 시축(詩軸)과 화첩(畵帖)을 벌려 놓는다. 반드
시 먼저 향기로운 꽃을 주워 맑은 샘물에 띄우고 제사 지내 축
원한다면, 이날은 시정(詩情)과 화의(畵意)를 북돋아 도울 것이
다. 이 순간 손님들을 문 앞에 오지 못하게 해 감흥을 깨는 것
을 엄금한다.

黃金鑄王摩詰 彩絲繡米元章 良辰美景 招佳明名流 排鋪詩軸畵帖 必
先掇芳花泛潔泉 酹之祝 是日助詩情畵意. 呵禁敗興客 不使來到門

— 『이목구심서 2』

시를 짓고 싶어 하는 마음이 바로 시정이고, 그림을 그리고
싶어 하는 마음이 바로 화의다. 억지로 애써 하지 않고 단지
그렇게 하고 싶어서 하는 것을 가리켜 지극한 경지라고 한

다. 시정이 일어날 때 쓴 시보다 더 좋은 시가 있겠는가? 또한 화의가 일어날 때 그린 그림보다 더 좋은 그림이 있겠는가? 좋은 시와 좋은 그림을 판별하는 기준은 오로지 이 둘에 있을 따름이다. 시정과 화의가 살아 있다면 구태여 훌륭한 시인가 훌륭한 그림인가는 따져 볼 필요조차 없다.

마음과 표현

형상 밖의 아득하고 어렴풋한 것과 가슴속에 쌓인 기운을 마음
으로는 분명하게 알 수 있다. 그러나 말과 글로 표현하기는 어
렵다.

然象外縹緲意中繼組 心了了而口不能言也

누구나 감정과 생각과 뜻을 자기 마음속으로는 분명하게 갖
고 있다. 그런데 말로 표현하거나 글로 묘사하려고 하면 마
음먹은 대로 되지 않는다. 어떻게 해야 할까? 그 해법의 실
마리가 될 만한 글이 하나 있다. 바로 박제가가 자신과 절친
했던 이덕무의 시집에 써 준 〈형암선생시집 서문(炯菴先生
詩集序)〉이 그것이다.

자연 만물에 대해 읊은 그의 시를 읽고 어떤 손님이 의아해
하며 물었다. "도대체 그의 시는 어떤 것을 취했는가?" 그러
자 박제가는 "끝을 알 수 없이 아득한 산천, 맑음을 머금은

잔잔한 물, 깨끗하게 떠 있는 외로운 구름, 남녘으로 날아가는 기러기, 끊어질 듯 말 듯 쓸쓸하게 울어 대는 매미의 울음소리"가 모두 이덕무의 시라고 대답한다. 손님은 더욱 이해할 수 없다는 표정을 지으면서 반문한다. "그러한 자연 현상은 가을이 올 조짐인데, 이덕무의 시가 그 참된 모습과 이치를 제대로 포착하고 터득해 시에 담았다고 할 수 있는가?" 이에 박제가는 이렇게 답한다. "단지 사이와 경계를 논할 수 있을 따름이다."

박제가의 말은 무슨 뜻인가? 본래 시와 글의 대상이 되는 자연 현상과 그것을 시나 글로 옮기는 작가의 사이는 서로 나누어져 있다. 그런데 동시에 시적 대상과 작가의 기운, 즉 감정과 생각이 어느 지점에서 일체가 되는 순간이 찾아온다. 시적 대상과 작가가 나누어지는 분기점과 일체가 되는 통합점이 마주치는 어느 지점이 다름 아닌 '사이와 경계'다. 시적 대상과 작자가 일체가 되는 그 순간, 느낀 감정과 떠오르는 생각을 그대로 표현하거나 묘사하면 바로 좋은 시가 되고 훌륭한 글이 된다. 이때의 감정과 생각은 거짓으로 꾸미거나 인위적으로 다듬지 않은 자연 그대로의 것이어서 어떻게 써도 천연의 순수한 표현과 진솔한 묘사가 되기 때문이다. 가식과 인위를 배격한 자연의 순수한 표현과 천연의 진솔한 묘사. 이덕무가 얻고자 하는 말과 글이 바로 그것이다.

흥이 나는 대로

시인과 문사는 좋은 날 아름다운 경치를 만나면 시흥(詩興)으로 어깨가 산처럼 솟아오르고, 눈동자에는 물결이 일렁거리며, 두 뺨에는 향기가 풍기고, 입에는 꽃이 활짝 피어난다. 이때 조금이라도 은밀하게 노리는 짓을 한다면, 그것이야말로 큰 결점이 되고 말 것이다.

騷人韻士 佳辰媚景 詩肩聳山 吟眸漾波 牙頰生香 口吻開花 少有隱機 大是缺典

— 『이목구심서 2』

만약 흥이 일어나는 순간 글을 쓰고 시를 짓는다면 이미 천연의 정취를 얻은 것이다. 청나라의 문인 주석수(朱錫綬) 역시 자신의 소품 산문집인 『유몽속영(幽夢續影)』에서 이와 같은 상황을 가리켜 천취(天趣)를 얻었다고 말한 적이 있다. "비 내리는 창가에 앉아 그림을 그리면 손에 쥔 붓끝은 문득 안개와 구름으로 물든다. 눈 내리는 밤에 시를 읊조리면 종

이 위에 이미 싸락눈을 흩뿌려 놓은 것만 같다. 이것이야말
로 천취를 잘 얻었다고 할 만하다." 시와 글과 그림의 대상
과 작자가 나누어지는 분기점이자 동시에 일체가 되는 통합
점이 마주치는 어느 지점, 즉 '사이와 경계의 미학'이 여기에
있다.

시문과 서화

시문을 볼 때는 먼저 작자의 정경(情境)을 찾아야 한다. 서화(書畵)를 평할 때는 도리어 자신의 신우(神宇)를 돌아보아야 한다.

看詩文 先尋作者之情境 評書畫 反歸自家之神宇

— 「선귤당농소」

글을 볼 때는 무엇보다 먼저 글쓴이의 처지와 상황을 알아야 한다. 글의 맥락과 의도를 파악하고 작자의 생각을 읽을 수 있기 때문이다. 글씨와 그림을 비평할 때는 무엇보다 먼저 자신의 기운과 그릇을 돌아볼 줄 알아야 한다. 제멋대로 재단하거나 함부로 비방하지 않기 위해서다.

글 읽는 선비와 저잣거리의 장사치

비록 글 읽는 선비라고 하더라도 한 꾸러미의 엽전을 아끼려고 하면 숨구멍이 꽉 막히게 되고, 비록 저잣거리의 장사치라도 가슴속에 수천 자의 글을 지니려고 하면 눈동자가 빛을 발하게 마련이다.

士惜一文錢 毛孔盡窒 市井腹中 略有數千字 眸子朗然有光

— 『선귤당농소』

세속에서 벗어난 선비도 금전에 눈이 멀면 한순간에 천박한 장사치로 변한다. 저잣거리의 장사치라도 서책에 마음을 두면 한순간에 고상한 선비의 아취를 풍긴다. 사람의 참된 가치는 신분이나 지위, 재물이나 부귀에 있지 않다. 무엇을 생각하고 어떻게 처신하느냐에 달려 있을 뿐이다.

책 욕심

헌걸찬 장부(丈夫)가 내 귀에 대고 "당신은 탐하는 마음을 버려
야 하오"라고 말했다. 이에 "감히 말씀하신 대로 따르지 않겠
습니까"라고 답했다. "원망하는 태도를 버려야 하오"라고 하기
에 "감히 말씀하신 대로 따르지 않겠습니까"라고 답했다. "시
기하는 버릇을 버려야 하오"라고 하기에 "감히 말씀하신 대로
따르지 않겠습니까"라고 답했다. "자만심을 버려야 하오"라고
하기에 "감히 말씀하신 대로 따르지 않겠습니까"라고 답했다.
"조급한 성격을 버려야 하오"라고 하기에 "감히 말씀하신 대로
따르지 않겠습니까"라고 답했다. "게으름을 버려야 하오"라고
하기에 "감히 말씀하신 대로 따르지 않겠습니까"라고 답했다.
"명예를 얻으려는 마음을 버려야 하오"라고 하기에 "감히 말
씀하신 대로 따르지 않겠습니까"라고 답했다. 그 장부가 다시
"서책에 대한 기호(嗜好)를 버려야 하오"라고 하기에 마음속으
로 황당해 눈을 휘둥그렇게 뜨고 뚫어지게 바라보다가 "서책을
좋아하지 않는다면 무엇을 하라는 말입니까? 나를 귀머거리나
장님으로 만들 작정이십니까?"라고 답했다. 그러자 그 장부는
웃으면서 등을 어루만지다가 "당신을 시험해 본 것일 뿐이오"
라고 말했다.

316

有頎然丈夫提余耳詔之曰 棄汝饕 曰敢不從命 棄汝嗔 曰敢不從命 棄

汝猜 曰敢不從命 棄汝矜 曰敢不從命 棄汝躁 曰敢不從命 棄汝懶 曰敢

不從命 棄汝名心 曰敢不從命 棄汝嗜書心 瞠然熟視曰 書不嗜當奚爲

欲聾瞽我耶 丈夫笑撫背曰 聊試汝耳

— 『이목구심서 2』

모든 욕심을 버리고 성품을 다 바꾼다고 해도 차마 버릴 수
없는 것은 서책에 대한 욕심과 독서의 즐거움이다. 독서는
인생 곳곳에 스며들어 그 사람을 만든다. 예컨대 역사서는
사람을 현명하게 만든다. 인간사와 세상사의 흥망성쇠를 알
게 해 주기 때문이다. 문학은 사람에게 상상력을 갖게 한다.
논픽션(실화)과 픽션(허구)을 가리지 않고 사람이 상상하는
모든 것이 소재가 되고 내용이 되기 때문이다.

"수학은 미세하게, 자연과학은 깊게, 인문학은 묵직하게,
논리학과 수사학은 토론을 할 수 있도록 인간을 만들어 준
다."(프랜시스 베이컨, 이종구 옮김, 『학문의 진보 / 베이컨 에
세이』, 동서문화사, 2008, 426쪽 참조)라고 프랜시스 베이컨은
말했다. 독서가 한 사람의 인생과 성격을 만든다면, 어떻게
그에 대한 욕심을 버릴 수 있겠는가?

종기나 부스럼

옛사람을 그대로 답습한 글을 인면창(人面瘡), 즉 사람의 몸에
나는 종기나 부스럼이라고 한다. 무슨 물건을 치료약 대신 사
용해 재빨리 그 사람의 입을 막아 버려야 할지 모르겠다.

蹈襲古人文字 曰人面瘡 不知以何物代貝母用 急抹其口

— 『이목구심서 2』

글이란 시대와 사람에 따라 달라진다. 다른 사람의 글을 답
습하거나 모방하기만 한 글은 군더더기일 뿐이다. 아무리 잘
그린 그림도 다른 사람의 것을 베끼거나 흉내 내면 모작(模
作)이나 위작(僞作)에 불과하다. 그런 그림은 큰 가치가 없
다. 화가의 기운과 정신이 살아 있지 않기 때문이다. 글도 마
찬가지다. 잘 쓴 글인가 그렇지 않는 글인가는 사실 크게 중
요하지 않다. 고칠 수 있기 때문이다. 그러나 모방하거나 답
습하기만 한 글은 논할 가치가 없다. 오직 글쓴이의 진솔한
감정과 뜻과 마음과 정신이 담겨 있는지 여부가 중요하다.

모방한 문장과 가장한 도학

모방한 문장은 오히려 말할 수 있다. 그러나 가장한 도학(道學)은 말할 수 없다.

贋文章猶可說也 假道學不可說也

— 『이목구심서 2』

모방한 문장은 쉽게 알 수 있지만, 가식과 위선으로 꾸민 도학은 쉽게 드러나지 않는다. 가장한 도학이란 무엇인가? 입 밖으로는 도학을 외치지만 마음속으로는 권세와 부귀를 노리는 자들이다. 옷차림은 엄숙하지만 그 행실은 개나 돼지와 같은 자들이다. 모방한 문장이 무엇인지 알려면 이탁오의 『분서』에 실려 있는 〈동심설(童心說)〉을 읽어 보고, 가장한 도학이 무엇인가를 알려면 『속분서』의 〈성교소인(聖教小引)〉과 〈삼교귀유설(三教歸儒說)〉을 읽어 볼 것을 추천한다.

독서의 등급

책을 읽는 사람은 정신을 즐겁게 하는 것이 최상이다. 그다음
은 습득해 활용하는 것이다. 그다음은 넓고 깊게 아는 것이다.

讀書者 怡神爲上 其次受用 其次淹博

— 『이목구심서 3』

비록 가장 천한 곳에 몸을 두고 있는 사람도 늘 책을 가까이
한다면, 니체가 말했던 세상 가장 높고 귀한 곳에 있는 '정신
의 귀족'이 될 수 있다. 가장 짧은 시간과 적은 비용으로 인
류가 도달하고 성취한 가장 높은 단계의 정신과 만날 수 있
는 방법이 독서이기 때문이다.

독서에는 여러 목적이 있지만 그중 최상은 정신의 귀족이 되
는 것이다. 책의 내용과 뜻을 습득해 생활에 활용하는 것과
지식을 얻기 위해 독서하는 것은 사실 해도 좋고 하지 않아
도 상관없다. 독서를 통해 자신만의 기운과 기백을 기르면,
그 마음에 얽매이는 것이 없어져 성공과 실패에 초연해진다.

마음 밭

기예(技藝)를 닦고 하늘의 뜻에 맡긴다. 과거 시험에만 열중하지 않는다. 이와 같이 한다면 이미 십 분의 구 정도는 마음 밭을 갖추었다고 할 것이다.

修藝任命 科不熱中 已具九分田地

— 『이목구심서 3』

심전경작(心田耕作)이라는 말이 있다. 맑고 깨끗한 마음을 가지고 밭을 일구고 농사를 지어야 좋은 결실을 맺을 수 있다는 뜻이다. 이익을 좇고 욕심이 앞서 자연의 순리를 거스르면 오히려 해만 입을 뿐이다. 어찌 농사만 그렇겠는가? 문장이란 하나의 기예다. 하지만 마음 밭을 잘 가꾸어야 비로소 좋은 글을 얻을 수 있다. 글쓰기의 기술과 방법을 익히는 데 힘을 쏟는 것이 아니라 글쓰기의 철학을 다져야 한다.

일과 독서

일을 처리할 때는 통용(通用)을 귀중하게 여긴다. 독서할 때는
활용(活用)을 귀중하게 여긴다.

處事貴通 讀書貴活

— 『이목구심서 3』

농사짓고 나무하고 고기 잡고 가축을 기르는 일은 사람이 평
생토록 마땅히 해야 할 본분이다. 목수, 미장이, 대장장이,
옹기장이가 하는 일부터 새끼 꼬는 일, 짚신 삼는 일, 그물
뜨는 일, 발 엮는 일, 먹과 붓 만드는 일, 옷감 재단하는 일,
책 매는 일, 술 빚는 일, 밥 짓는 일 그리고 그 밖의 일상생활
에 필요한 일들은 각자 재주와 능력에 따라 독서하고 수행하
는 한가한 틈을 이용해 배우고 익혀야 한다. 사소하고 보잘
것없는 재주나 기술에 불과하다고 가볍게 여기거나 업신여
기면 안 된다. 다만 그와 같은 일에만 정신을 빼앗겨 헤어나
지 못한다면 그 또한 크나큰 잘못이다. 비록 독서가 좋다고

하지만 거기에만 탐닉해 세상살이의 이치에 깜깜한 자는 어리석은 사람이다. 고봉 기대승(高峯 奇大升)이 독서에만 정신을 쏟다가 보리 멍석을 비에 쓸려 떠내려가게 한 일은 결코 훌륭하다고 말할 수 없다. 사람이 독서하는 틈틈이 울타리를 두르고 담을 쌓거나, 마당을 쓸고 변소를 치우거나, 말을 먹이고 물꼬를 보며 방아 찧는 일을 한다면 몸과 체력이 단단해지고 뜻과 생각이 평안해져 안정을 찾을 수 있다. 이덕무의 『사소절(士小節)』에 실려 있는 말이다.

책을 빌렸다면

운장(雲章, 조선 후기의 문신 홍상한洪象漢의 자)은 이렇게 말했다.
"무릇 서적이 있다면 비록 좋아하고 아낀다고 해도 다른 사람
에게 빌려주는 것을 주저해서는 안 된다." 옛적에 동춘(同春, 조
선 후기의 문신 송준길宋浚吉의 호) 선생은 다른 사람에게 서적을
빌려주고 돌려받을 때 책 종이에 보푸라기가 일지 않으면 반드
시 읽지 않았다고 여겨 크게 꾸짖었다. 이름을 알 수 없는 어떤
사람이 동춘 선생에게 책을 빌렸다가 미처 읽지 못했다. 꾸지
람을 들을까 두려웠던 그는 책 위에 올라서 발로 밟고 몸을 눕
혀 책을 헐고 더럽게 한 다음에 돌려주었다. 이러한 사람은 윗
사람의 후의(厚誼)를 알지 못하는 무도한 자다.

雲章曰 凡有書籍 雖愛惜者 不可不借人 昔同春先生借人書籍 人或還

之 而紙不生毛 則必責其不讀 更與之 有某人者借書不讀 憚其呵責 踏

臥卷上 使之壞汚 迺還之 此又不知長者厚誼也

— 『이목구심서 4』

이덕무는 서얼 출신의 가난한 선비였다. 평생 굶주림과 추위에 허덕이던 그가 어떻게 이만 권이 넘는 책을 읽을 수 있었을까? 요즘처럼 공공 도서관도 없었을 때 말이다. 의심이 들어 박지원이 남긴 기록과 증언을 찾아보았다. 이덕무는 온갖 서적을 가리지 않고 다른 사람에게 빌려서라도 읽었다. 비록 몰래 책을 감추고 남에게 빌려주기를 싫어하는 사람도 이덕무에게 만큼은 "진실로 책을 좋아하는 사람이다"라고 감탄하면서 빌려주기를 꺼리지 않았다고 한다. 심지어 그가 책을 빌려 달라고 부탁하기도 전에 "이덕무의 눈을 거치지 않는 책이 있다면 그 책을 무엇에 쓸 것인가?"라고 하면서 먼저 나서서 빌려주기까지 했다.

이덕무가 살던 18세기 조선에는 중국 연경의 유리창(琉璃廠, 중국 북경에서 서적, 문구, 골동품 등을 팔았던 거리. 명칭은 예전 그 일대에 유리 기와와 벽돌을 만드는 공장이 많았던 데 기인한다. 18세기 당시 가장 번화했던 문화와 상업의 중심지였다)을 통해 들어온 서양과 중국 서적이 넘쳐 났다. 또한 당시에는 지식인들 사이에 서적 수집과 독서 열기 역시 대단했다. 현재 문헌상으로 확인 가능한 것만 해도 한양 안팎으로 많게는 사만 권에서 적게는 수천 권의 서책을 소장한 장서가(藏書家)가 수십 명이나 있었고, 여러 정황까지 고려하면 수천에서 수만 권에 이르는 서책을 소장한 장서가가 많게는 수백 명에 이르렀던 것 같다. 이덕무의 사우 중 한 사람인 이서구 역시 만 권의 서책을 소장한 장서가였다. 이덕무가 이만 권이 넘는 서책을 읽고, 세상의 온갖 서적을 두루 탐독할 수 있었던 것은 사회 문화적 기반이 탄탄하게 구축되어 있었기 때문이다.

사람은 각자 재능에
마음을 쏟는다

사람은 각자 재능이 있는 곳에 온 마음을 쏟는다. 『사기』 한 부를 두고 말하더라도 똑같이 한 번 읽었는데 경륜(經綸)에만 힘써 논하는 사람은 성패와 치란(治亂)의 족적만 살피느라 그 밖의 것은 알지 못한다. 문장에만 힘쓰는 사람은 편장(篇章)과 자구(字句)의 법식만 살피느라 그 밖의 것은 알지 못한다. 과거 공부에만 힘쓰는 사람은 기우(奇遇)만 골라서 찾고 기교를 섭렵하는 데 마음을 쓰느라 또한 그 밖의 것은 알지 못한다. 이러한 사람이야말로 하층 중의 하층인 사람이다. 일체의 자집(子集)과 패가(稗家) 역시 모두 이와 같다고 할 수 있다. 비록 한 가지에 통달해 조예가 있다고 해도 대방가(大方家)는 아니다. 뛰어난 학문과 탁월한 식견을 갖춘 선비는 안목이 매우 원대하다. 더불어 일을 행할 때 가지런히 나아가기 때문에 무엇인가에 얽매여서 이러지도 저러지도 못하는 경우를 조금도 찾아볼 수 없다. 그 마음이 매우 너그럽고 시원하며 작은 일에 얽매이지 않아서 마치 대나무를 쪼개는 것처럼 막힘이 없고 병을 세우는 것처럼 올바를 따름이다.

人各於才之局處焉專心 若以一部史記言之 同一讀也 務經論者 所見無
非成敗治亂之跡 其它不知也 力文章者 所見無非篇章字句之法 其它不
知也 業科擧者 所見無非尋摘奇偶 涉獵奇巧 尤不知其它也 是下之下
也 一切子集稗家 亦皆如此 雖有一條之通 而非大方也 鴻儒 則眼目甚
長 幷行齊進 不少窘束 磊磊落落 如破竹建瓴耳

— 『이목구심서 1』

학문을 잘하는 사람은 문장에 약하고, 문장을 잘하는 사람은
학문에 약하다고 한다. 반은 맞고 반은 틀린 말이다. 학문과
문장 중 학문에 더 능한 사람도 있고, 문장에 더 능한 사람도
있다. 그러나 참으로 학문을 잘하는 사람은 문장에도 능숙하
고, 문장에 능숙한 사람은 학문 역시 잘한다. 오늘날 우리가
고전이라 일컫는 저서의 작가들은 모두 탁월한 학자이자 뛰
어난 문장가였다.

허균, 이익, 박지원, 이덕무, 박제가, 정약용, 사마천, 이탁오,
루쉰, 원굉도(袁宏道), 니콜로 마키아벨리, 장 자크 루소, 볼
테르(Voltaire), 카를 마르크스, 프리드리히 니체, 요한 볼프
강 괴테(Johann Wolfgang von Goethe), 레프 톨스토이는
학자인가 문장가인가? 그들은 모두 한 시대에 막대한 영향

을 미친, 인류의 역사에 거대한 족적을 남긴 철학자이자 사상가이자 문장가였다. 대방가란 문장과 학술 모두에 뛰어난 사람을 말한다. 문장이 지극한 경지에 이르면 어떻게 써도 학문 아닌 것이 없고, 학문이 지극한 경지에 이르면 무엇을 써도 문장 아닌 것이 없다. 따라서 뜻이 크고 높은 사람이란 마땅히 대방가를 꿈꾸는 사람이다.

문장과 천구

문장이란 다른 사람이 도달하기 어려운 경지에서 터득해야 한다. 내 마음은 그렇게 터득한 문장을 마치 천구(天球)처럼 좋아한다. 나의 조카 심계(心溪, 이덕무의 조카 이광석李光錫의 호)가 표현하기를 "깊은 동굴에 검은 거미가 한가로이 휘감네"라고 했다. 또한 나의 벗 기평자(騎萍子)가 묘사하기를 "황소가 뿔을 쫑긋 세워 빗소리 듣네"라고 했다. 거미가 휘감을 때를 상상해 보라. 그 검은 다리가 한가로이 놀고 있는 모습을 추측해 볼 수 있다. 소가 빗소리를 들을 때를 상상해 보라. 그 뿔을 쫑긋 세운 모습을 알 수 있다. 동굴과 비의 표현과 묘사에 그림자와 실체의 차이가 담겨 있다.

文章 到人所難言處而會 余心愛之如天球 吾姪心溪子曰 邃洞幽蛛虛自
裊 吾友騎萍子曰 黃牛聽雨角崢嶸 蛛裊時 想其脚幽虛可推也 牛聽時
想其角崢嶸可知也 洞與雨 影子骨子之間也

— 『이목구심서 2』

사소하고 하찮고 보잘것없는 것들 속에서 아름다움을 찾더라도 다른 사람이 범접하기 어려운 특별한 경지를 귀중하게 여겨야 한다. 평범함이 사람과 자연의 일부라면 특별함 역시 그렇기 때문이다. 평범하기만 하다면 혁신이 없다. 누군가는 평범함을 넘어 특별한 경지에 이르러야 비로소 새로운 세계와 만날 수 있다. 문장 역시 마찬가지다. 일찍이 보지 못한 기이한 표현과 기발한 묘사가 나타나면 문장에도 대혁신이 일어난다. 20세기 초 김택영(金澤榮)은 자하 신위(紫霞 申緯)의 시집을 편찬하면서 그 서문에다가 이렇게 적었다. "우리나라의 시는 고려의 익재 이제현(益齋 李齊賢)을 종주(宗主)로 삼는다. 조선에 들어와서는 선조(宣祖)와 인조(仁祖) 연간에 시인들이 이를 계승해 최고 전성기를 구가했다. 옥봉 백광훈(玉峯 白光勳), 오산 차천로(五山 車天輅), 허난설헌, 석주 권필(石洲 權韠), 청음 김상헌(淸陰 金尙憲), 동명 정두경(東溟 鄭斗卿) 등 여러 시인들은 모두 풍웅고화(豊雄高華)의 취향을 띠었다. 영조 이래로 시풍이 크게 변모해 혜환 이용휴(惠寰 李用休)와 금대 이가환(錦帶 李家煥) 부자, 그리고 형암 이덕무, 영재 유득공, 초정 박제가, 강산 이서구 등의 시인들은 혹은 기궤(奇詭)를 주된 것으로 하고 혹은 첨신(尖新)을 주된 것으로 삼았다." 여기서 기궤는 기이하고 괴상한 것, 첨신은 날카롭고 새로운 것을 말한다. 만약 기궤와 첨신을 추구하지 않았다면 어떻게 18세기 조선에 새로운 문예 사조가 출현할 수 있었겠는가? 평범함과 함께 특별함을 함께 갖춰야 진정한 문장가라고 할 수 있다.

원굉도의 독서법

원석공(袁石公)은 정말로 기이한 사람이다. 그가 지은 시 가운데 이런 시가 있다. "서늘한데 좋은 꿈이었고 / 물가에 와 한가로이 시름 잊네." 마음이 없어도 꿈을 꾸게 되고, 마음이 있어도 잊게 되는가. 마음이 있었는지 없었는지는 논할 것도 없다. 단지 자연스럽게 이루었을 따름이다. 그가 지은 〈독서〉라는 시는 다음과 같다. "책 위에 쌓인 먼지 털어 내고 / 의관을 바로하고 옛사람과 마주하네. / 책으로 전해 온 것 모두 마음과 기운이고 / 이치를 깨쳐 정신을 더욱 기르네. / 도끼를 잡고 주옥(珠玉)을 캐고 / 그물을 넓게 펼쳐 봉황과 기린을 잡네. / 장차 반 척의 빗자루를 들고 / 온 땅의 가시덤불을 쓸어버리리라." 이것이야말로 독서법의 참된 이치를 얻었다고 할 만하다.

袁石公豈非異人乎 其詩曰 好夢因涼得 閑愁到水忘 無心而得耶 有心
而忘耶 無論其有無 只自然耳 讀書詩曰 拭却韋編塵 衣冠對古人 著來
皆肺腑 道破益精神 把斧樵珠玉 恢綱網鳳獜 擬將半尺帚 匝地掃荊榛
眞道得讀書法

— 『이목구심서 2』

원굉도는 이탁오의 철학에 영향을 받아 명나라 말기의 문장 혁신을 주도한 삼원(三袁) 중 한 명이자 공안파(公安派)의 리더였다. 삼원은 원굉도와 그의 형인 원종도(袁宗道), 동생인 원중도를 함께 일컫는 말이고, 공안파는 이들의 고향이 형주부(荊州府) 공안이었기 때문에 생겨난 말이다. 비록 원씨 삼형제를 통칭해 공안파라고 했지만, 사실 공안파는 곧 원굉도 한 사람을 지칭한다고 해도 과언이 아니다. 그의 사상적·문학적 영향력이 절대적이었기 때문이다. 원굉도는 원석공 또는 원중랑(袁中郞)이라고도 불렸는데, 석공은 호이고 중랑은 자다. 문집인 『원중랑집(袁中郞集)』이 이덕무를 비롯한 18세기 조선의 문인과 지식인들에게 거대한 영향을 끼쳤다. 특히 이덕무는 원굉도를 주변 사람들에게 확산시켜 중랑서원(中郞書院)을 세우려고 한다는 농담 아닌 농담을 들을 정도로 그에게 매료되어 있었다.

원굉도는 고문에서 벗어난 혁신적인 문장을 지향했다. 그 혁신은 고문과 고전에 대한 독서에 바탕을 두고 있으면서, 다시 그것들을 뛰어넘어 자신만의 문장을 개척해 얻은 것이다. 독서의 참된 방법이란 책 속에서 옛사람을 만나되, 도끼를 들고 진주와 옥을 캐듯 그물을 쳐서 봉황과 기린을 잡듯 하는 뜻을 배워 스스로의 정신과 기운을 기르는 것이다. 하지만 여기에만 머물러서는 안 된다. 스스로 한 자루의 비를 들고 온 세상의 가시와 수풀을 쓸어버리고 자신만의 영토를 개척하는 것처럼 해야 한다. 만약 스스로 터득해 얻는 것이 없다면 독서는 단지 옛사람의 말과 글을 되풀이하는 데 불과할 뿐이다. 독서는 다른 사람을 모방하거나 흉내 내려고 하는 것이 아니라 자신만의 세계를 건설하는 데서 지극한 경지를 찾아야 한다.

내 서재

서재가 조금 서늘하고 술기운이 뺨에 오를 때 오른편 벽에는
문장원(文壯元, 중국 남송南宋의 정치가이자 시인 문천상文天祥)의
초상화를 걸어 놓고, 왼편 벽에는 도징군(陶徵君, 동진東晉의 시
인 도연명)의 초상화를 걸어 놓은 뒤 치성(徵聲, 동양 음악의 오성
五聲 중 넷째 음계)으로 정기가(正氣歌)를 외고, 상성(商聲, 오성 중
둘째 음계)으로 귀거래사(歸去來辭)를 외면서 좌우를 돌아보면
열렬함과 슬픔이 교차된다. 바야흐로 촛불 빛이 모두 무지개를
이룰 적에 칼등을 거꾸로 잡고 연적을 두드리면 쟁그랑거리는
구리 북소리가 난다.

書齋薄寒 村醪騰頰 右壁 揭文壯元像 左壁 揭陶徵君像 徵聲 誦正氣歌
商聲 誦歸去來辭 睥睨左右 烈悲酸瑟 時燭焰盡成珥虹 倒把劍脊 築玉
蟾蜍 鏗鏘如銅皷音

—『선귤당농소』

이덕무는 스무 살 무렵 목멱산(남산) 아래 자신의 집에 '구서재(九書齋)'라는 이름을 붙였다. 서재에 책을 아끼는 아홉 가지 생각을 담았다. 구서(九書)란 첫째 독서(讀書), 둘째 간서(看書), 셋째 장서(藏書), 넷째 초서(鈔書), 다섯째 교서(校書), 여섯째 평서(評書), 일곱째 저서(著書), 여덟째 차서(借書), 아홉째 폭서(曝書)를 말한다. 책을 읽는 것, 보는 것, 간직하는 것, 내용을 뽑아 베껴 쓰는 것, 내용을 바로잡아 고치는 것, 비평하는 것, 저술하는 것, 빌리는 것, 책을 볕에 쬐고 바람에 쐬는 것 등이다. 책을 좋아하더라도 '독서'라는 두 글자에서만 크게 벗어나지 못하고 있다면 한번 생각해 볼 일이다.

공정한 마음과 문장

문장은 하나의 기예일 따름이다. 오히려 고상한 것과 속된 것의 분별을 혼탁하게 하거나 진짜와 가짜의 구별을 혼동하고 있으니 어떻게 산수(山水)를 품평하고 인물을 감식하겠는가. 공정한 마음을 갖춰야 문장을 식별할 수 있다. 편견을 고집하는 사람과는 구설로 다툴 필요조차 없다.

文章 一藝耳 尙渾混於雅俗眞贋之辨 山水何能品 人物何能鑑 持公心者識文章 偏見之守 不可以口舌諍

— 『이목구심서 2』

옛사람이 남긴 말 중 윤휴의 "천하의 진리란 한 사람이 모두 알 수 있는 것이 아니다!"라는 말을 가장 좋아한다. 진리를 알게 되었다고 말하는 사람은 계속 거기에만 머무를 것이다. 그러나 역설적이게도 바로 그 순간부터 그는 진리로부터 멀어진다. 진리란 결코 절대적이지도 고정불변하지도 않기 때문이다. 오히려 상대적이고 가변적이다. 어떤 경우에는 옳지

만 어떤 경우에는 그르고, 어떤 때에는 맞지만 어떤 때에는 틀리게 되는 것이 진리라는 놈이다. 따라서 어떤 것도 단정 짓지 않고, 어느 한쪽에도 치우치지 않는 식견을 가져야 비로소 진리를 이해했다고 할 수 있다. 자신의 견해만이 천하의 진리라고 말하는 사람은 사실 편견에 사로잡혀 있는 자에 불과하다. 따라서 공정한 마음을 가져야 하며 편견을 가진 사람과는 다툴 필요도 없다는 이덕무의 말은 공자가 말한 중용의 철학, 붓다가 말한 중도의 길, 박지원이 말한 중간의 이치와 맥락이 같다.

독서의 유익한 점

최근 날마다 일과로 책을 읽으면서 네 가지 유익함을 깨달았다. 학문과 식견이 넓고 정밀하고 자세해 옛일에 통달하거나 뜻과 재주에 도움이 되는 점은 상관하지 않는다. 첫째, 굶주릴 때 소리 높여 독서하면 그 소리가 곱절이나 낭랑하고 부드러워 이치와 취지의 맛을 느끼게 되어 배고픔을 깨닫지 못하게 된다. 둘째, 약간 추울 때 독서하면 기운이 소리를 따라서 두루 퍼져 나가 몸 안이 훈훈해져 추위를 잊어버리게 된다. 셋째, 근심과 걱정으로 마음이 괴로울 때 눈은 글자에 두고 마음은 이치에 몰입해 독서하면 천 가지 생각과 만 가지 잡념이 일시에 사라지게 된다. 넷째, 기침병을 앓고 있을 때 독서하면 기운이 통하고 부딪치지 않게 되어 기침 소리가 갑자기 그치게 된다.

近日覺日課讀書有四益 廣博精微 通達古昔 資輔志才不與焉 一略飢時 讀 聲倍朗潤 味其理趣 不覺其飢也 二稍寒時讀 氣隨聲而流轉 體內適 暢 足以忘寒 三憂慮惱心時讀 眼與字投 心與理湊 千思萬念有時消除 四病咳時讀 氣通不觸 漱聲頓已也

— 『이목구심서 3』

독서의 네 가지 이로움을 알았다. 그러나 어떻게 독서해야 할지는 잘 모를 때 참고할 만한 글이 있다. 류성룡(柳成龍)은 박학(博學), 심문(審問), 신사(愼思), 명변(明辯), 독행(篤行)의 다섯 가지 독서 방법을 말하면서, 모두 '생각하는 것'을 중심으로 독서해야 한다는 뜻이라고 했다. 정약용은 이 다섯 가지 독서 방법을 구체적으로 밝혀 놓았다. 첫째 박학(博學)은 "두루 넓게 배운다"는 말이다. 둘째 심문(審問)은 "자세히 묻는다"는 말이다. 셋째 신사(愼思)는 "신중하게 생각한다"는 말이다. 넷째 명변(明辯)은 "명백하게 분별한다"는 말이다. 다섯째 독행(篤行)은 "진실한 마음으로 성실하게 실천한다"는 말이다. 출처는 『다산시문집(茶山詩文集)』의 「오학론(五學論)」이다.

저절로 독서할 마음이 생길 때

만약 덥지도 않고 춥지도 않고 굶주리지도 않고 배부르지도 않고, 마음은 화평하고 기쁘며 몸은 건강하고 편안하고, 게다가 등불은 밝아 창이 환하고 책이 보기 좋게 정돈되어 있고 책상과 자리가 정결하면 독서하고 싶은 마음을 이겨 낼 재간이 없다. 하물며 뜻이 높고 재주가 막힘없이 환히 통하고 젊은 나이에 건장한 기운까지 겸비한 사람이 독서하지 않는다면 다시 무엇을 하겠는가. 무릇 나와 뜻이 같은 사람은 힘쓰고 또 힘써야 할 것이다.

如其不暖不寒不飢不飽 心地和悅 體幹康安 加之以燈紅窓白 書帙精嚴
几席明潔 則可不勝其讀矣 況兼之以志高才達 年少氣健之子 不讀復何
爲哉 凡吾同志勉之勉之

— 『이목구심서 3』

———————

중국 위(魏)나라 사람 동우(董遇)는 〈삼여지설(三餘之說)〉에서 '밤'과 '비 오는 날'과 '겨울철', 이 세 가지 여분의 시간

이야말로 마음을 하나로 집중해 독서할 수 있는 좋은 때라고 말했다. 맑은 날 밤 고요하게 앉아 등불을 켜고 차를 달이면 온 세상이 쥐 죽은 듯 조용하고 간혹 종소리만 들려온다. 이때 이 아름답고 고요한 정경에 빠져 책을 읽으며 피로를 잊는다. 이것이 첫 번째 즐거움이다. 비바람이 몰아쳐 길을 막으면 문을 잠그고 방을 깨끗하게 청소한다. 사람의 발길이 끊어지고 책만 앞에 가득히 쌓여 있다. 이처럼 그윽한 고요함이 두 번째 즐거움이다. 낙엽이 떨어진 나무숲에 한 해가 저물고 싸락눈이 내리는가 싶더니 어느새 깊게 눈이 쌓여 있다. 바람이 마른 나뭇가지를 흔들며 지나가고, 겨울새가 들녘에서 울음 운다. 방 안에 난로를 끼고 앉아 있노라면 차 향기에 달콤한 술이 익어 간다. 이러한 때 시와 글을 모아서 엮고 있으면 좋은 친구를 대하는 것처럼 마냥 즐겁다. 이것이 세 번째 즐거움이다. 허균이 옛사람들의 글을 모아 엮은 『한정록(閑情錄)』「정업(靜業)」편에 나오는 말이다.

문장과 세도

한나라의 문장은 자기와 다른 사람을 용납했다. 송나라의 문장
은 자기와 다른 사람을 배척했다. 명나라의 문장은 자기와 다
른 사람을 업신여기고 꾸짖거나 원수처럼 다루었다. 원미(元
美, 중국 명나라의 문장가 왕세정王世貞의 자)의 무리는 업신여겼다
고 할 수 있다. 중랑(원굉도)의 무리는 꾸짖었다고 할 수 있다.
수지(受之, 중국 명나라 말기 청나라 초기의 지식인 전겸익錢謙益의 자.
본래 명의 신하로 청에 투항해 비판을 받았다)의 무리는 원수처럼 다
루었다고 할 수 있다. 가히 세도(世道)의 높고 낮음을 살펴볼
수 있다.

漢文章異己者容之 宋文章異己者斥之 明文章異己者侮之 又有罵之仇

之者 元美輩侮焉者也 中郎輩罵焉者也 受之輩仇焉者也 可以觀世道升

降也

— 『이목구심서 2』

만약 지금 문장의 세도가 있다면, 나는 이렇게 말할 것이다.

"글이란 반드시 불온해야 하고 마땅히 시대와 불화해야 한다"고. 그것은 일찍이 시인 김수영이 주장했던 '문학의 불온성'과 맥락을 같이 한다. 필자는 20세기 대한민국의 문인과 지식인 중 가장 위대한 말과 문장을 남긴 사람은 다름 아닌 김수영이라고 생각한다. "모든 전위 문학은 불온하다. 그리고 모든 살아 있는 문화는 본질적으로 불온한 것이다. 그것은 두말할 것도 없이 문화의 본질이 꿈을 추구하는 것이고 불가능을 추구하는 것이기 때문이다."(김수영, 〈실험적인 문학과 정치적 자유〉,『김수영 전집 2(산문)』, 민음사, 2003, 221쪽) 이보다 더 좋은 말이 있는가? 마치 이학규가 망상을 예찬한 뜻과 같지 않은가? 불온하고 망상하고 상상할 때에야 우리는 비로소 권력의 족쇄와 시대의 굴레에서 벗어나 온전히 자유로운 인간일 수 있다.

독서의 방법

위진 남북조 시대 진나라의 스님 지영(智永)은 『천자문(千字
文)』을 팔백 번이나 썼다. 홍경려(洪景廬, 남송의 학자 홍매. 경려는
자)는 『자치통감(資治通鑑)』을 세 번이나 등사했다. 남송의 명
신 호담암(胡澹菴)이 양구산(楊龜山)을 보자, 양구산은 팔뚝을
들어 보이면서 이렇게 말했다. "이 팔뚝이 삼십 년 동안 책상을
떠나지 않은 다음에야 도(道)에 진전이 있었다." 송나라의 장무
구(張無垢)가 횡포(橫浦)라는 곳으로 귀양 가서 매일 새벽 책을
안고 창 아래에 서서 십사 년 동안이나 독서를 했다. 이에 돌
위에 장무구의 두 발 자국이 희미하게 남아 있었다. 우리나라
의 학자 두곡 고응척(杜谷 高應陟)은 젊었을 때 사면이 모두 벽
이고 구멍 두 개만 있는 집을 직접 지었다. 두 개의 구멍 중 하
나는 음식을 넣어 주는 곳이고, 다른 하나의 구멍은 바깥사람
과 말을 주고받는 곳이었다. 그 집에서 『중용(中庸)』과 『대학』
을 삼 년 동안 읽은 다음에 바깥으로 나왔다. 중봉 조헌(重峰 趙
憲)은 평생 동안 잠을 자지 않고 밤에는 독서하고 낮에는 논밭
을 경작했다. 밭두둑에 나뭇가지를 걸어 놓고 책을 펼쳐 소를
몰고 오가며 온갖 책을 널리 읽었다. 밤에는 또한 어머니 방의
불빛에 의지해 책을 보았다. 옛사람은 이처럼 용맹정진(勇猛精

進)하며 공부해서 다른 사람들을 크게 뛰어넘었다. 이에 비한다면 우리 같은 무리는 단지 마시고 먹고 잠이나 자는 무리일 뿐이다.

智永寫千文八百本 洪景廬手鈔資治通鑑三過 胡澹菴見楊龜山 龜山擧肘示之曰 吾此肘不離案三十年 然後於道有進 張無垢謫橫浦 每日昧爽輒抱書立窓下而讀十四年 石上雙趺之跡隱然 我國高杜谷應陟 少時手結一屋 四面皆壁 只有二穴 一通飮食 一與外人酬答 讀中庸大學於其中三年廼出 趙重峯憲一生無睡 夜讀而晝耕田 田畔架木支書 叱牛來往 必涉獵 夜又爇火母房映薪覽閱 古人修業如是猛進 大過於人 如吾輩者只飮啖昏睡而已

— 『이목구심서 1』

독서의 방법 역시 이것은 옳고 저것은 틀렸다고 고집해서는 안 된다. 정독과 반복도 하나의 방법이다. 한 권을 읽더라도 정확하고 정밀하게 읽어야 한다. 내용을 파악하고 이치를 깨칠 때까지 반복해서 읽어야 한다. 그러나 다독과 박학도 하나의 방법이다. 수많은 책을 두루 널리 읽고 온갖 분야의 책을 훑듯이 읽다 보면 어느 순간 문리(文理)가 트이게 된다.

산을 오를 때 한 길만을 통해서도 정상에 오를 수 있지만, 또 한 수백 수천 갈래의 길을 두루 거쳐 정상에 오를 수 있는 것과 같은 이치다. 어떤 것이 더 좋은 방법일까? 정해진 답은 없다. 각자의 취향과 기호, 재능과 역량에 맡길 뿐이다.

필자는 젊은 시절에는 다독과 박학보다는 정독과 반복에 더 무게를 두었고, 마흔 이후로는 정독과 반복보다는 다독과 박학에 더 무게를 두었다. 젊을 때는 보다 정확하게 보고 되풀이해서 읽지 않으면 책의 내용과 뜻을 이해하기 어려웠다. 반면 마흔 이후에는 구태여 정밀하게 보고 반복해서 읽지 않아도 대개 책이 담고 있는 내용과 저자의 뜻을 파악하는 데 큰 어려움이 없었기 때문에 다독과 박학에 무게를 두어도 크게 문제가 없었다. 물론 지금도 때에 따라 정독하고 반복해서 읽어야 할 책 역시 많다.

옛사람과 지금 사람

지금 사람들이 옛사람에게 미치지 못하는 까닭은 다만 지금 사람들이 스스로 하는 것이 옛사람이 스스로 하는 것에 미치지 못하기 때문이다. 만약 좋은 일을 하는 것을 오직 옛사람이 하는 것처럼만 한다면 반드시 후세 사람들이 "어떤 옛사람이 한 이런저런 좋은 일은 배워야 한다"고 칭찬하게 될 것이다. 여기에서 말하는 이른바 '좋은 일'이란 내가 오늘 해 두는 것에 불과할 따름이다.

今人之不及古人者 只以今人自處 不以古人自處故也 若修置好事 但如
古人而已 必有後人贊我曰 某古人 有某好事可學也 其所謂好事 不過
吾今日所修置者也

— 『이목구심서 2』

옛사람을 법도로 삼아 지금 사람을 본다면 참으로 비루하다고 여길 것이다. 그러나 옛사람도 그때의 자신을 본다면 반드시 자신이 생각하는 '옛사람'이 아니라고 생각할 것이다.

현재의 관점에서 바라본 옛사람 역시 당대에는 한 명의 '지금 사람'이었을 따름이다. 아침에 술 마시던 지금 사람이 저녁에는 세상을 떠나 옛사람이 되어 있다. 수없이 많은 시간 동안 옛사람과 지금 사람은 이와 같은 이치를 따라 변해 왔다. 옛사람도 당시에는 지금 사람이었고, 지금 사람도 곧 옛사람이 된다. 옛사람과 지금 사람의 관계가 이렇다면 구태여 옛사람만을 거론할 필요가 뭐 있겠는가? 지금 사람으로 바로 지금, 여기의 삶에 충실하면 될 일이다. 이른바 옛사람의 훌륭한 일이란 내가 지금 하는 일에서 벗어나지 않는다는 이덕무의 말 역시 여기에서 벗어나지 않는다. 박지원이 이덕무의 첫 시문집인 『영처고(嬰處稿)』에 써준 서문을 취해 다시 글로 옮겨 보았다.

음덕과 이명

음덕(陰德)을 베푼다는 것은 마치 이명(耳鳴)과 같아서, 자신은 알 수 있지만 다른 사람에게는 알게 할 수 없는 법이다. 내가 하지 못하지만 마땅히 하려고 하는 일이 바로 그것이다. 다른 사람의 잘못과 실수를 언급하는 것은 마치 입안에 피를 머금었다가 다른 사람에게 뿜는 것과 같아서, 반드시 먼저 자신의 입을 더럽히는 법이다. 내가 하고 있지만 마땅히 하지 않으려고 하는 일이 바로 그것이다.

陰德如耳鳴 可自知不可使人知 我不能而欲能者也 論人過失 如含血噴人 先汚其口 我爲而欲不爲者也

— 『이목구심서 2』

이명은 나만 들을 수 있을 뿐 다른 사람은 들을 수 없다. 음덕이란 남을 돕되 나만 알 뿐 세상은 알지 못하게 하여 쌓는 덕이다. 세상 사람들은 음덕을 쌓으면 큰 복을 받는다고 말한다. 그러나 음덕이란 누구나 쉽게 할 수 있는 일이 아니다.

덕을 쌓으면서 덕이라고 생각하지 않아야 비로소 음덕이 되기 때문이다. 만약 자신이 베푼 덕의 혜택을 보려고 한다면, 그것은 더 이상 음덕이 아니다. 이덕무가 하려고 하지만 하지 못하는 일이다. 다른 사람의 잘못을 말할 때는 그 사람보다 나의 입과 마음이 먼저 더러워진다. 그러나 사람들은 몸과 마음을 더럽히면서도, 틈만 나면 다른 사람의 잘못을 말하는 것을 즐거워한다. 이덕무 역시 그러한 잘못을 피하지 못하는 자신을 안다. 그래서 하고 있지만 하지 않으려고 하는 일이다. 하려고 하지만 하지 못하는 일이나, 하고 있지만 하지 않으려고 하는 일은 저절로 그렇게 되는 것들이 아니다. 힘써 노력해야만 비로소 이룰 수 있는 일들이다.

글 한 편, 시 한 수

한 편의 글이나 한 편의 시를 지을 때마다 때로는 부처의 배에 보관하고 싶을 만큼 사랑스럽다가도, 때로는 쥐의 오줌이나 받는 데 쓰고 싶을 만큼 마음에 들지 않기도 한다. 이 모두가 망상에서 오는 근심과 혼란이다.

每做一文一詩 有時而愛 欲藏佛腹 有時而憎 欲承鼠溺 莫非妄想擾亂 之

— 「선귤당농소」

명나라 말기 청나라 초기의 문인 장대(張戴)는 『도암몽억(陶庵夢憶)』이라는 소품문의 명작을 남겼다. 여기에서 그는 자신의 삶 전체를 한단지몽(邯鄲之夢)과 남가일몽(南柯一夢), 곧 너무나 화려하고 아름다워 더욱 허망한 꿈에 비유했다. 청나라의 무력 앞에 삶의 터전을 빼앗기고 더 이상의 희망을 찾을 길 없어 죽고 싶지만 그마저도 쉽지 않은 망국의 회한이 가득 서린 말이다. 그런데 그 와중에도 『도암몽억』에 쓴

〈자서(自序)〉에서 맹렬한 불꽃으로도 태워 버릴 수 없는 것이 문인의 공명심(功名心)이라고 말한다. 아무리 떼어 내려고 해도 지긋지긋하게 달라붙는 공명심이란 놈을 차마 버리지 못하고 산송장이나 다름없는 처지인데도 글을 쓰고 책을 엮어 세상에 내놓는다는 이야기다.

그렇다면 공명심이란 글을 쓰는 사람의 기쁨이나 운명일까, 아니면 집착이나 고통일까? 심지어 김수영은 1966년 세상에 내놓은 〈마리서사〉라는 제목의 평론에서 글, 특히 산문을 쓰는 자신의 행위를 가리켜 매문(賣文)이자 매명(賣名)이라고까지 말한 적이 있다. 진정 글을 쓴다는 것이 돈을 위해 자신의 글을 파는 매문이고, 자신의 이름을 파는 매명에 불과하단 말인가? 그렇다고 말하면 너무나 비참한 일이고, 그렇지 않다고 말하면 참으로 솔직하지 않는 일인 것 같아 이러지도 저러지도 못하는 꼴이다. 상황이 이러하니 아무 목적도 이익도 없이 그저 자신이 쓰고 싶은 글을 썼던 이덕무는 말할 것도 없고, 수백 년 전의 장대나 수십 년 전의 김수영보다 나아지기는커녕 오히려 더 한심한 신세를 모면하지 못하고 있는 셈이다.

명확한 것과 모호한 것

태어나서 땅에 떨어진 것은 크게 깨달은 것이다. 죽어서 땅에 들어가는 것은 크게 잊는 것이다. 깨친 이후는 유한하고, 잊은 이후는 무궁하다. 삶과 죽음의 중간은 곧 역참과 같으니 하나의 기운이 머물러 자고 가는 곳이다. 무릇 저 벽의 등잔이 외로이 밝다가 새벽에 불똥이 떨어지면, 곧 불꽃을 거두고 등잔 기름의 기운도 다한다. 또한 어느새 아무 기척도 없이 고요해진다. 외로이 밝은 것이 다해 없어진 것인가? 아무 기척도 없이 고요한 것이 한계가 있는 것인가?

其生而墮地也大覺 其死而入地也大忌 覺以後有限 忘以後無窮 生死中間 是郵舍也 一氣之留宿 而過去處也 夫彼壁燈兀兀明也 曉來燼落焉 則焰收 而膏氣亦斯須寂然也 其兀兀明者窮乎 寂然者有限乎

— 『이목구심서 1』

사람은 대개 애매모호한 것보다는 명확한 것을 좋아한다. 그러나 곰곰이 생각해 보면 이치와 진리라는 놈은 명확한 것

보다 애매모호한 것 속에 있는 경우가 더 많다. 이른바 역사 속에서 명확하다고 주장한 것들의 목록을 작성해 살펴보라. 당대 또는 후대에 와서 명확한 것으로 인식되거나 인정받는 다 해도 그 시기는 한때일 뿐이다. 오히려 명확한 것일수록 나중에는 그렇지 않은 것으로 비판받거나 반박당하기 십상 이다. 필자도 한때 어떤 사상을 명확한 것이라 믿었던 적이 있었다. 그리고 그 잘못된 믿음을 여지없이 부숴버린 이들 이 바로 수학자 쿠르트 괴델(Kurt Gödel), 화가 마우리츠 에 셔(Maurits Cornelis Escher), 음악가 요한 제바스티안 바흐 (Johann Sebastian Bach)였다. '진리의 명확성'에 맞서 '애매 모호한 것의 진리'를 입증한 그들의 사유와 작업을 다룬 더 글라스 호프스태터(Douglas R. Hofstadter)의 『괴델, 에셔, 바흐』라는 책을 읽고 난 후에야, 비로소 정신이 온전히 자유 로워질 수 있었다.

다만 쓰고 싶은 것을 쓸 뿐

신선은 별다른 사람이 아니다. 담담하여 마음속에 한 점의 더러운 티끌도 없을 때에는 도가 이미 원숙한 지경에 이르고 금단술(金丹術)이 거의 이루어진다. 매미처럼 껍질을 벗고 날아 하늘에 오른다는 것은 지어낸 말에 불과하다. 만약 내 마음에 잠깐 동안이라도 더러운 티끌이 없다면 그 잠깐 동안 신선이 되는 것이다. 만약 내 마음에 반나절 동안 더러운 티끌이 없다면 그 반나절 동안 신선이 된다. 내 비록 오랫동안 신선이 되지는 못했지만 하루에 두세 번 정도는 거의 신선의 경지에 이르곤 한다. 무릇 번거롭고 속된 세상을 발아래에 두고서 하늘 높이 날아오르는 신선이 되기만을 바라는 사람은 일생 동안 단 한 번도 신선의 경지에 도달하지 못할 것이다.

神仙非別人 澹然無累時 道果已圓 金丹垂成 彼飛昇蛻化 勉強語耳 如我一刻無累 是一刻神仙 半日如許 爲神仙半日矣 我則雖不能耐久爲神仙 一日之中 幾三四番爲之 夫脚下軟紅塵勃勃起者 一生不得爲一番神仙

— 『선귤당농소』

신선이란 별다른 것이 아니다. 만약 사람들이 붐비는 저잣거리 한복판에 있더라도 잠시라도 그 마음에 걸리거나 얽매이는 것이 없다면, 바로 그 순간 신선이 된다. 산속 깊숙이 몸을 숨기고 세상을 멀리 등진 채 사는 사람이 신선인가? 천만의 말씀이다. 비록 그윽한 산속에 거처하면서 세상을 가까이하지 않는다고 해도 마음에 걸리거나 얽매이는 것이 있다면 범인(凡人)에 불과하다. 세상에 나도는 온갖 종류의 종교 서적 가운데 볼 만한 글을 찾기란 쉽지 않지만, 유독 불교의 원시 경전인 『숫타니파타(Sutta Nipāta)』에 나오는 이런 말만은 세상 그 어떤 것보다 좋다. "소리에 놀라지 않는 사자처럼, 그물에 걸리지 않는 바람처럼, 진흙에 더럽히지 않는 연꽃처럼, 무소의 뿔처럼 혼자서 가라."(법정 옮김, 『숫타니파타』, 이레, 2008, 34쪽.)

만약 이러한 순간이 짧든 길든 자신의 마음속에 자리한다면, 그때만큼은 신선이 아니라 부처라고 해도 괜찮을 것이다. 글을 쓰는 것도 여기에서 크게 벗어나지 않는다. 어떤 때는 하루에 이백 자 원고지 백 장을 가득 채우고도 모자랄 만큼 글을 쓸 수 있다가도, 어떤 때는 하루가 아니라 일 년이 다 지나가도록 단 한 글자도 쓰지 못하기도 한다. 왜 그럴까? 마음이 그물에 걸리지 않는 바람과 같을 때는 애써 쓰려고 하지 않아도 술술 글이 나오지만, 마음속 한 귀퉁이일망정 걸리거나 얽어매는 것이 있으면 단 한 글자도 쓰고 싶지가 않기 때문이다. 그래서 종종 사람들을 만나 어떻게 글을 쓰는지에 대해 말할 때면 다음과 같이 토로하고는 한다.

"숙제하듯이 쓰는 글이 가장 나쁘다. 숙제는 내가 하고 싶은 공부가 아니다. 그저 다른 사람에게 꾸중을 듣지 않을까 무서워 마지못해 하는 것일 뿐이다. 그래서 대개 참고서 모범답안 따위를 그대로 옮겨 적는 경우가 다반사다. 내가 한 것이지만 사실상 내가 한 것이라 말할 수 없는 것이 바로 숙제다. 또한 목적이 따로 있거나 남을 위해 쓰는 글이 가장 좋지 않다. 십중팔구 자신이 정말 쓰고 싶은 글이 아니라 남이 원하는 형태의 글을 써야 하기 때문이다. 그런 글은 진실로 '내가 쓴 글'이라고 할 수 없다. 따라서 자신이 쓰고 싶은 것을, 쓰고 싶을 때 쓴 글이 가장 좋다. 단지 정말로 쓰고 싶다는 마음 외에 아무런 다른 목적도 이유도 없이 써야 비로소 좋은 글을 얻을 수 있다."

지극히 소소하지만 너무나도 따스한 이덕무의 위로

문장의 온도

초판   1쇄 발행 2018년 1월 15일
초판 10쇄 발행 2022년 1월 25일

지은이 이덕무
엮고 옮긴이 한정주
펴낸이 김선식

경영총괄 김은영
기획 · 편집 김대한 **크로스교정** 양예주 **디자인** 황정민 **책임마케터** 최혜령, 김민수
콘텐츠개발8팀 김상영 최형욱 김지원 강대건
마케팅본부 이주화, 정명찬, 최혜령, 이고은, 김은지, 유미정, 배시영, 기명리, 김민수
전략기획팀 김상윤
저작권팀 최하나, 추숙영
경영관리팀 허대우, 권송이, 윤이경, 임해랑, 김재경, 한유현

펴낸곳 다산북스 **출판등록** 2005년 12월 23일 제313-2005-00277호
주소 경기도 파주시 회동길 357, 3층
전화 02-702-1724(기획편집) 02-6217-1726(마케팅) 02-704-1724(경영지원)
팩스 02-703-2219 **이메일** dasanbooks@dasanbooks.com
홈페이지 www.dasanbooks.com **블로그** blog.naver.com/dasan_books
종이 (주)한솔피앤에스 **출력 · 인쇄** 민언프린텍 **후가공** 평창P&G **제본** 정문바인텍

ISBN 979-11-306-1556-1 (03810)

다산북스(DASANBOOKS)는 독자 여러분의 책에 관한 아이디어와 원고 투고를 기쁜 마음으로 기다리고 있습니다.
책 출간을 원하는 아이디어가 있으신 분은 이메일 dasanbooks@dasanbooks.com 또는 다산북스 홈페이지
'투고원고'란으로 간단한 개요와 취지, 연락처 등을 보내주세요. 머뭇거리지 말고 문을 두드리세요.